Scarlet
스칼렛

www.b-books.co.kr

바람에 새긴 꽃

SCARLET ROMANCE STORY

김필주 장편 소설

바람에 새긴 꽃

목차

〈1부〉

들어가기에 앞서   7

프롤로그   9

1   25

2   53

3   73

4   109

5   133

6   165

7   183

〈2부〉

1   227

2   245

3   265

4   281

5   307

6   333

7   359

에필로그   395

외전   401

작가 후기   409

들어가기에 앞서

　　신라 26대 왕인 진평왕은 정비인 마야 사이에서 천명과 덕만, 두 딸을 두었다.

　　(워낙 오래전의 일이라 역사서마다 장녀와 차녀에 대한 기록이 다르고, 딸이 하나 더 있어 그 딸이 선화공주라는 기록도 전해진다.)

　　화랑세기 13세世 용춘공전龍春公傳을 보면 승만황후(진평왕의 계비)가 아들을 낳아 선덕의 지위를 대신하고자 하였으나, 불행히도 그 아들이 일찍 죽어 버렸다는 기록이 남아 있다.(時僧滿皇后○○生子 欲代善德之位而夭傷)

　　이에 덕만공주가 왕위에 오르니 이가 바로 신라 최초의 여왕인 선덕여왕이다.

이 글은 "만약 진평왕의 아들이 죽지 않고 살아 있었다면?"이란 가정하에 쓰인 이야기로 일부 기록에 작가의 상상이 더해져 창조된 픽션임을 미리 밝힙니다.

(글의 모티브가 된 화랑세기 필사본에는 진평왕의 아내를 '황후'로 기록하였으나, 글의 자연스러운 진행을 위해 '황후'가 아닌 '왕후'로 표기하였습니다.)

1부
프롤로그

〈천년의 고도 경주에 들어서는 꿈의 아파트 — 명인건설 그린빌〉

신축 공사장 주위를 둘러친 안전 펜스 위로 곧 들어서게 될 자사 아파트의 광고 문구가 선명히 떠 있다. 건축 자재들과 함께 각종 기계들이 즐비한 펜스 너머 공사장 안에선 터파기 공사가 한창이었다. 우웅, 척. 흙을 떠낼 때마다 포클레인이 커다란 굉음을 만들었다.

텅!

한창 땅을 파던 중, 갑자기 들려온 둔탁한 금속음에 레버 조작을 멈춘 기사가 이맛살을 찌푸렸다.

"이건 또 뭐야."

소리로 봐선 나무뿌리나 바위는 아닌 듯했다. 목을 쭉 빼 살폈지만 정확한 것은 아무래도 내려가 직접 확인을 해야 할 것 같았다.

"귀찮게."

목덜미를 긁적인 기사가 운전석에서 훌쩍 몸을 내리곤 방금 들려온 소음의 정체를 파악하고자 휘적휘적 걸음을 옮겼다. 짜증 실린 얼굴로 삐죽 고개를 내려 구덩이를 바라보던 기사의 눈이 묘하게 흐트러지는가 싶더니 이내 화등잔만 하게 커졌다.

"헉!"

한 발 두 발 뒷걸음질을 치던 그가 '소장님!'을 외치며 어디론가 달려가기 시작했다.

✕ ✕ ✕

삑. 삐리리.

도어 록이 해제되는 전자음과 함께 현관문이 열리자 한 몸인 듯 뒤엉킨 한 쌍의 남녀가 휘청거리는 걸음으로 가쁘게 들어섰다. 문이 닫히기도 전에 다급히 여자를 벽으로 몰아붙인 정혁이 그녀의 입술을 삼킬 듯 베어 물곤 낮게 신음을 흘렸다.

"흐음."

입술을 붙인 채 팔을 움직여 재킷을 벗어 던진 그가 여자의 뒷머리에 손가락을 집어넣으며 좀 더 집요하게 입술을 탐하기 시작했다.

"하아. 나, 자기 못 보낼 것 같은데……. 어쩌지?"

타액과 숨결만이 오가는 은밀한 공간 속. 입술을 떼어 낸 여자가 잔뜩 흐려진 눈으로 그를 올려다보자 입술 끝을 당겨 매력적인 미소를 그려 낸 정혁이 그녀의 허리와 등을 감싸 안아 들며 침실을 향해 성큼성큼 거실을 가로질렀다.

Rrrrr. Rrrrr.

셔츠의 단추를 풀어내던 찰나 들려온 휴대전화 벨 소리에 그가 슬쩍 미간을 찡그리며 거실을 향해 고개를 돌렸다. 열망에 젖은 눈으로 정혁을 바라보던 여자가 누워 있던 몸을 일으키며 그의 팔을 잡아당겼다.

"무시해."

달콤한 목소리로 여자가 속삭였다. 하얗고 긴 손가락으로 유혹하듯 정혁의 가슴을 어루만지던 여자가 툭툭, 남은 단추를 풀어내기 시작했다. 느릿한 손길이지만 그 안에 담긴 의사는 명백했다. 원초적 욕망이 그에 반응하듯 꿈틀거렸다.

여자의 얼굴을 내려다보던 정혁이 싱긋 미소를 지으며 느긋이 입술을 겹쳤다. 혀를 얽으며 희고 가느다란 목덜미를 손끝으로 쓸자 겹친 입술 사이로 낮은 신음이 새어 나왔다.

입 안을 깊숙이 헤집은 혀가 여린 점막을 뜨겁게 훑고 지나갔다. 달콤한 타액을 삼키며 얽힌 혀를 거칠게 비벼 대자 허리 아래가 견딜 수 없이 뻐근해졌다.

하지만 벨 소리는 끊길 생각이 없다는 듯 집요하게 울려 댔다. 왠지 모를 불안감에 뒤통수가 당겼다.

"젠장."

낮게 욕설을 뱉어 낸 그가 결국 몸을 일으켰다. 여자의 시선이 따라왔다.

"무시하라니까?"

여자의 채근에 잠시 갈등이 일었지만, 역시나 확인을 하는 편이 나을 것 같았다.

"잠깐 확인만 하고 올게. 혹시 현장에 일이 생겼을 수도 있으니."

"토요일이잖아."

여자의 투정 어린 목소리에 허리를 굽힌 정혁이 촉, 이마에 입을 맞추며 다시 몸을 세웠다.

"너한테만 집중하려면."

자신을 달래기 위해 던진, 그저 듣기 좋은 소리란 걸 알면서도 입술에 걸리는 미소는 어쩔 수 없다.

흠. 밉지 않게 눈을 흘긴 여자가 빨리 확인하고 오라는 듯 손짓하자 그가 몸을 돌려 거실로 나갔다.

바닥에 아무렇게나 널브러져 있던 재킷을 주워 든 정혁이 안주머니를 뒤져 휴대전화를 꺼내 들었다. 발신 번호를 확인하는 그의 눈썹이 미세하게 일그러졌다.

빠르게 액정을 그은 그가 전화기를 귀에 갖다 대자 박 팀장님?

하고 운을 뗀 남자가 다급한 목소리로 무언가를 보고했다. 한 손을 허리에 짚은 채 다다다 쏟아지는 소리를 듣고 있던 정혁이 번쩍 고개를 들며 눈을 키웠다.

"뭐?"

"저 앞에서 세워 주시면 됩니다."

현장 근처에 다다른 것을 확인한 정혁이 지갑을 꺼내며 말했다. 서울역에서 가장 빨리 출발하는 기차를 탔는데도 시간이 이렇게나 지체가 되어 버렸다. 차를 몰고 왔다면 지금도 혼잡한 주말 고속 도로에 갇혀 있을 것이 뻔했다.

택시에서 내린 정혁을 가장 먼저 반긴 것은 '문화재 발굴 중'이란 팻말과 함께 주변에 드리운 라인이었다. 한창 아파트 터파기 공사를 하고 있어야 할 건설 장비들은 그대로 멈춘 채였고, 트라울(Trowel. 모종삽 모양의 발굴 도구)과 브러쉬 등을 쥔 발굴 인부들의 바쁜 움직임만 눈에 들어오고 있었다.

"하아."

벌어진 입술 사이로 허탈한 숨이 새어 나왔다. 생각보다 엄청난 규모에 그는 그저 멍한 얼굴을 할 수밖에 없었다.

곳곳에 유적지가 넘쳐 나 도시 자체가 지붕 없는 노천 박물관이라 불리는 것도, 땅을 파기만 하면 유물이 나오는 바람에 개발이 어렵기로 유명한 도시라는 것도 알고는 있었지만, 적어도 제가 기획한 프로젝트와는 상관없는 일일 거라 자신했기에 맞닥뜨린 충격은 너무도 컸다.

"혹시 명인건설에서 나오신⋯⋯."

갑자기 들려온 음성에 정혁은 퍼뜩 정신을 차렸다. 소리가 난 방향으로 고개를 돌리자 파란 니트릴 장갑을 낀 여자의 모습이 보였다. 아마도 현장 담당자인 모양이었다.

"아."

정혁이 곧 익숙한 손길로 명함을 꺼내 건넸다.

"명인건설 기획2팀 팀장 박정혁입니다."

명함을 건넨 그가 가볍게 고개를 숙여 보이자 빠르게 장갑을 벗어 그것을 받아 든 여자가 시선을 맞추며 자신을 소개했다.

"명함 가진 게 없네요. 경북문화재연구소 김서진입니다."

문화재란 단어에 정혁의 미간이 미세하게 일그러졌다. 찰나에 스친 감정을 놓치지 않고 읽어 낸 서진이 살짝 미소 띤 얼굴로 물었다.

"달갑진 않으시겠죠."

달가울 리가 있을까. 하지만 그렇다고 내색을 할 순 없는 노릇이었다. 대꾸를 하는 대신 그가 말을 돌렸다.

"근데 저건⋯⋯."

그의 시선이 다시 현장으로 향했다. 크레인이 움직이고 있는 그곳엔 누가 봐도 종의 형태를 하고 있는 물체가 거대한 형체를 드러내고 있었다.

보고를 받을 때만 해도 상황이 이렇게까지 심각할 거라곤 생각하지 않았다. 전달하는 과정에서 어느 정도 과장되고 부풀려진 부분도 많았을 거라 여겼기 때문이다. 그런데 눈으로 보고 있는 것은 타종 행사 때나 볼 법한 커다란 범종이었다. 그저 조금 골치가 아프겠구나, 정도로 끝날 일은 결코 아닌 듯싶었다.

그러니까, 이게 왜 하필 이곳 아파트 공사장에 묻혀 있는 거냐고!

"공사는, 바로 재개될 수 있는 겁니까?"

그의 물음에 서진이 알면서 왜 모르는 척하느냔 눈으로 바라보았다.

"중단하시고 매장 문화재 발견 신고서부터 작성하셔야 할 것 같은데요."

말문이 막힌 그가 입술을 꾹 깨물었다. 그녀의 말대로 즉각 공사를 중단시켜야 한다는 걸 알지만 그의 입장에선 공사 지연에 따른 손해나 추가적인 비용을 생각하지 않을 수 없었다.

"진짜 유물인지 아닌지 일단 성분 분석부터 하면 안 됩니까? 비파괴 검사는 성분 분석 결과를 바로 알 수 있는 걸로 아는데. 금속 유물이니까 XRF(X-ray Flourescence Spectrometry. X선 형광 분석법) 같은."

"대신 데이터의 정확성은 떨어지죠. 말씀하신 XRF뿐만 아니라 XRD(X-ray Diffraction. X선 회절분석법), 그리고 유물 수습 중에 얻은 시료들로 파괴 분석을 할 예정이에요. 동시에 자문회의를 구성해 관련 전문가 토론도 거쳐야겠죠."

들려온 답에 그가 거친 손길로 머리를 쓸어 올렸다. 그러고는 막 걸음을 떼기 시작한 서진을 따라 움직이며 다급히 물었다.

"시일은 얼마나 걸릴 것 같습니까?"

걸음을 멈춘 서진이 정혁을 돌아봤다.

"지금부터 알아봐야죠."

고개를 살짝 기울인 채 말하던 서진의 눈매가 일순 가름해졌다.

"무척 바쁘신가 보네요."

무슨 의미로 하는 말인지. 그가 눈썹을 휘는 순간, 쭉 뻗어 온 가느다란 손가락이 그의 가슴께를 가리켰다.

"단추, 밀렸어요."

그가 고개를 내리자 한 칸씩 밀린 채 잠겨 있는 단추가 눈에 들어왔다.

하.

입술 끝에 허탈한 웃음을 머금은 그가 질끈 눈을 감았다.

✕ ✕ ✕

10일 뒤.

보존과학센터 건물 안으로 들어서는 정혁의 걸음이 초조했다. 살이 빠져 조금 더 날카로워진 턱선과 잔뜩 굳은 입매가 그의 심정을 대변하는 듯했다.

"아무래도 지금으로선……."

전화기를 귀에 댄 채 빠른 걸음으로 복도를 걷던 정혁이 갑자기 걸음을 멈추고 대꾸를 했다.

"아뇨. 반드시 처리합니다. 네."

정중하지만 단호한 말투로 통화를 마무리한 정혁이 고개를 들었다.

「보존과학연구실」

물끄러미 표찰을 바라보던 정혁이 심호흡을 하며 노크를 했다.

— 들어오세요.

안에서 들려온 목소리에 그가 문을 열고 들어섰다. 무언가를 들여다보고 있던 서진이 고개를 들며 몸을 세웠다.

"오셨어요?"

서진이 살짝 입술 끝을 들어 올리며 인사를 했다. 굳은 얼굴의 정혁도 조용히 목례를 했다.

관련 전문가 토론을 마쳤다는 소리에 부리나케 달려온 그의 머릿속은 온통 아파트 공사 재개 여부에 대한 생각만으로 가득한 상태였다.

어떻게 따낸 개발 허가인데. 7개월간 꼬박 매달렸던 프로젝트를 떠올리자 한숨이 절로 흘러나왔다.

"일단 예비 조사를 끝내고 보존 처리를 위한 부식생성물 제거 작업에 들어간 상태예요. 오랜 시간 땅속에 묻혀 있었기 때문에 부식과 손상이……."

"저기, 그러니까……."

다급히 말을 끊은 정혁이 난감한 듯 이마를 문지르다 물었다.

"전에 종의 조형 양식이 신라 시대의 것으로 보인다고 하셨는데. 혹시 성분 분석 결과도……."

발견된 종이 납형법蠟型法으로 제작이 되었다든지 따위의 설명을 늘어놓으려던 서진이 가만히 그를 응시했다. 딱딱하게 굳은 얼굴을 하고 있는 정혁에게 고개를 끄덕이자 그의 눈빛이 대번 어두워졌다.

무겁게 흐르는 침묵에 그녀가 흐음, 작게 숨을 내쉬었다. 그리고 손에 쥔 종이로 시선을 내리고는 적혀 있는 것을 읽어 내려갔다.

"진평왕유자眞平王有子. 진평왕에게 아들이 있었다는 말, 들어 보셨어요?"

하늘이 무너져 내린 듯 넋을 빼고 있던 정혁이 천천히 고개를 들어 올렸다.

"타명석가他名釋迦. 이름이 석가라는."

느릿하게 눈을 깜빡이던 그가 고개를 젓자 서진이 말을 이었다.

"모르시는 게 당연해요. 역사상 존재하지 않는 인물이니까."

그게 이 종과 무슨 상관이냐는 듯 그가 바라봤다. 당면한 문제만으로도 머리가 복잡한데 별 상관 없는 이야기에까지 신경을 써야 하느냔 표정이었다.

"선덕여왕, 아시죠?"

하지만 그의 기분 따윈 관심 없다는 듯 물어 온 서진의 질문에 정혁은 마지못해 고개를 주억거렸다.

"진평왕이 선덕여왕의 아버지니까, 선덕여왕의 남동생이 되겠네요."

정혁이 씰룩 미간을 좁혔다.

"잠깐. 진평왕에게 아들이 없어 딸인 선덕여왕이 왕위에 오른 거 아니었나요?"

"맞아요, 신라 최초의 여왕. 그런데 이 종에 새겨진 명문銘文을 보면 진평왕에게 석가라는 아들이 있었다네요?"

그가 뜻밖이라는 얼굴을 하자 서진이 덧붙였다.

"사실, 계비인 승만부인과의 사이에서 아들이 있었지만 일찍 죽었다는 기록이 있긴 해요. 학계에선 위작 논란이 있긴 하지만."

피곤한 듯 얼굴을 쓸어내리며 정혁이 대꾸했다.

"낳자마자 바로 죽기라도 한 모양이죠."

"그런데 이 종엔 그가 스무 살 되던 해에 죽었다고 되어 있네요. 그것도 종과 함께."

그가 번쩍 고개를 들어 올렸다.

"종과 함께라니. 이게 무슨 에밀레종이라도 된단 말입니까?"

그의 물음에 서진이 쥐고 있던 서류를 내밀었다.

"종에서 인 성분이 나왔어요."

하. 아직 넘지도 못한 산 앞에 또 다른 산을 맞닥뜨린 기분이었

다. 정혁이 숨을 들이쉬며 서류를 받아 들었다.

"막상 아기를 넣었다고 전해지는 에밀레종에서도 검출되지 않은 인이 바로 이 종에서는 나왔다는 거죠."

빠직, 하고 머릿속에서 뭔가가 부서지는 것 같았다. 이마를 짚은 정혁이 망연한 얼굴로 눈을 깜빡였다. 창백하게 질린 얼굴 위로 '공사 중단' 이란 네 음절이 날카롭게 파고들었다. 그런 정혁의 얼굴을 물끄러미 바라보던 서진이 입술을 움직였다.

"알아요, 그 심정."

담담하게 뱉은 서진의 말에 정혁이 어이없단 얼굴로 물었다.

"안다고요? 뭘? 7개월간 기획해서 드디어 진행되던 공사가 그깟 종 하나 때문에 멈췄습니다. 이태리 연수고 뭐고, 모든 게 올 스톱이란 말입니다!"

"발굴 조사는 이뤄져야 해요."

"역사에도 존재하지 않는 사람 때문에 내 인생을 허비할 순 없습니다."

"역사가 뭔데요?"

"역사는 그냥 기록입니다, 승자의 기록. 진평왕의 아들이 살았든 죽었든, 내 눈엔 역사에 기록조차 되지 못한 패자일 뿐이라구요."

"패자의 진실은 그냥 묻혀야 한다?"

절제 못한 감정을 다스리려는 듯 그가 머리를 쓸어 올리며 대꾸했다.

"눈으로 보지 못한 모든 것들은 책에 적힌 대로, 들리는 대로, 그냥 그런가 보다 믿는 겁니다."

이채를 띤 눈으로 정혁을 바라보던 서진이 단정하게 다물려 있던 입술을 움직였다.

"슬프네요."

시선을 아래로 내리고 있는 정혁의 얼굴에선 아무런 감정도 읽히지 않았다. 물끄러미 그의 얼굴을 응시하던 서진이 작게 한숨을 내쉬며 어깨를 으쓱였다.

"그래도 한 번쯤은……."

느슨하게 풀어져 있던 몸을 바로 세운 그녀가 눈을 반짝이며 물었다.

"들어 보고 싶지 않나요? 기록되지 못한 그들의 이야기를."

1

신라의 도읍. 천년 궁성宮城에도 어김없이 봄이 찾아들었다. 잎 사귀는 온통 연둣빛으로 물들었고, 곳곳에 피어나기 시작한 꽃들은 저마다의 색을 뽐내며 아찔한 향을 흩날리고 있었다.

천명과 덕만. 진평왕의 두 딸도 궁 안을 물들인 봄의 가운데에 있었다.

사락.

바닥에 끌리는 고운 치맛단 안에서 툭, 발길질을 한 덕만이 눈에 닿는 꽃 한 송이를 손으로 건들며 입술을 삐죽였다. 사신들을 위해 베푼 연회장에서 아바마마께 조롱하듯 건넸다던 그들의 말을 떠올린 탓이다.

'이토록 맛난 음식과 아름다운 여인들이 넘쳐 나는데, 어찌

왕께서는 왕위를 이을 후사가 없는지. 황제 폐하의 걱정이 이만 저만이 아니십니다.'

"사신 주제에 감히 그딴 말을 지껄이다니."

덕만의 중얼거림에 황급히 주변을 살핀 천명이 바짝 다가와 소리를 낮췄다.

"쉿! 누가 들을까 겁난다."

"들으라지. 일개 사신 따위에 신라의 공주가 겁을 내? 언닌 그런 소릴 듣고도 아무렇지도 않소?"

"사신이라도 당에서 보낸 이들이니 이웃국의 사신과는……."

"당이 아니라 당 할아버지가 보냈어도 사신은 사신일 뿐이요."

그러고는 여전히 분이 풀리지 않는 듯 씩씩거리며 말을 이었다.

"뭐? 황제 폐하의 걱정이 이만저만이 아닙니다? 누가 자기들더러 걱정해 달랬나? 대체 이 신국神國을 얼마나 얕봤으면 그딴 망발을 했을까."

제 앞이었다면 당장 상을 뒤엎었을 텐데 아바마마는 사람 좋은 얼굴로 그저 허허 웃기만 하셨다 한다. 그것이 더더욱 그녀를 화나게 하는 이유다.

"왕은 하늘이 점지해 주시는 것이야. 욕심을 부린다고 취할 수 있느냐."

담담한 얼굴로 타이르는 천명의 말에 덕만이 뾰족하게 눈썹을 세웠다.

"무슨 소릴 하는 거요. 왕자가 없으면 아바마마의 혈육지친血肉
之親인 우리가 왕위를 잇는 건 당연한 건데."

"순리를 따르잔 말이다. 그리될 일이라면 안달복달하지 않아도
그리될 터이니."

"부처님 같은 소리. 대체 욕심이란 게 있긴 하오?"

"나라고 욕심이 없을까. 다만 사람의 욕심은 한이 없으니 하나
를 가지고 나면 또 다른 것들을 바라게 될까 두려울 뿐이야."

덕만이 천명을 바라보며 물었다.

"그럼 언니는 그 하나도 가지지 못한다면 어찌할 건데?"

덕만의 물음에 느릿하게 눈을 깜빡인 천명이 조용히 대답했다.

"그럼, 모든 걸 다 포기하겠지."

"언니가 원하는 그 하나라는 게…… 설마, 왕위?"

궁금하다는 듯 눈을 반짝이는 덕만을 향해 천명이 방싯 미소를
지었다.

"비밀."

✕ ✕ ✕

같은 시각, 왕후전.

조용히 허공을 응시하고 있는 얼굴과 달리 손가락에 끼워진 청
옥 지환指環을 바쁘게 돌리는 마야의 손끝엔 초조함이 가득 배어
있었다. 그러고도 지워지지 않는 긴장감에 쥐었다 폈다, 손가락을

움직이는데 문밖에서 익숙한 목소리가 날아들었다.

— 마마, 소인 안으로 들어도 될는지요.

퍼뜩 고개를 돌린 마야가 서둘러 의자에 몸을 앉히며 매무새를 가다듬었다.

"들라."

마야가 명하자 조용히 문이 열렸다. 조심스레 주변을 살핀 시녀가 빠르게 몸을 돌려 안으로 들어섰다.

"그래, 알아보았느냐?"

마야가 바짝 몸을 세우며 물었다. 시녀가 바로 고개를 숙이며 대답했다.

"예, 마마."

이어질 말을 기다렸지만, 들려오는 말이 없었다. 꿀꺽, 침을 삼킨 마야가 눈짓하자 잠시 머뭇대던 시녀가 큰 숨과 함께 입을 열었다.

"회임을 하신 것이, 확실하다 합니다."

마야의 눈동자가 일순 흔들렸다.

"그래? 알았다."

내색하지 않으려 했지만, 목소리에 낙담이 어리고 말았다. 황급히 고개를 털어 낸 마야가 피하듯 시선을 내렸다.

"마마."

말끝에 묻어난 습기를 애써 모른 척한 마야가 시녀를 향해 시선을 들어 올렸다.

"어찌 그러느냐."

"미천한 소인의 마음도 이리 혼노惛㤪한데⋯⋯."

"시끄럽다."

재빨리 시녀의 말을 잘라 낸 마야가 고개를 들어 올리며 말을 뱉었다.

"내 지금 신궁으로 갈 터이니 채비하여라."

✕ ✕ ✕

연못을 향해 뒷짐을 지고 선 진평의 두 걸음 옆으로 가볍게 고개를 숙이고 선 진현의 모습이 보인다. 진평의 옆에 응당 도열해 있어야 할 시녀들과 환수宦竪들은 그의 명命에 따라 중문 너머 멀찍이 걸음을 물린 채다.

적막에 잠긴 연못가. 간간이 불어오는 바람만이 두 사람 곁을 고요히 맴돌다 사라진다.

"상대등의 나이가 올해 어찌 되는가?"

움직일 것 같지 않던 진평의 입술이 나직한 음성을 뱉어 냈다.

"서른이옵니다."

"자네도 후사가 늦구먼."

잠시 더 침묵을 지키던 진평이 천천히 몸을 돌리며 그의 이름을 불렀다.

"진현."

그가 화들짝 놀라며 고개를 들어 올렸다.

"폐하! 어찌 신의 이름을……."

"이곳에 뭐라 흉볼 사람도 없지 않은가. 이미 눈치 볼 나이도 지났고."

진평의 입가에 씁쓸한 웃음이 지어졌다.

"내 나이 어느새 서른아홉."

그가 한숨처럼 중얼거리곤 소매 춤에서 무언가를 꺼내 보였다.

"이것이 무엇인지 짐작할 수 있겠는가?"

불쑥 내밀어진 그것에 진현의 눈가가 가늘어졌다. 금으로 띠를 두른 나무 목패木牌. 그곳엔 한자로 釋迦(석가)라고 적혀 있었다.

진현이 한동안 그것을 응시하자 진평이 덧붙였다.

"아들을 낳으면 붙여 주려고 했던 이름이네."

얼핏 일그러진 진현의 얼굴에 애처로움이 깃들었다. 할 말을 찾지 못한 진현이 입술을 달싹이던 순간, 갑자기 손을 들어 올린 진평이 연못을 향해 휘익, 그것을 집어 던졌다.

"폐하!"

크게 호선을 그리며 날아간 목패가 풍당 소리를 내며 연못 아래로 가라앉았다. 놀란 진현이 다급히 연못으로 뛰어가려 하자 진평이 고개를 저으며 그를 말렸다.

"놔두시게."

움직임을 멈춘 진현이 진평을 돌아보았다. 황망한 표정을 하고 있는 자신과 달리 짙은 체념에 젖은 진평의 얼굴은 오히려 편안해 보이기까지 했다.

"내겐, 부질없는 것이니."

담담하게 들려오는 목소리가 그의 가슴을 묵직하게 내리눌렀다. 굳은 듯 더 이상 걸음을 떼지 못한 진현이 연못을 향해 고개를 돌렸다. 조금씩 파문이 잦아들고 있는 목패의 흔적이 그의 눈동자에 깊숙이 박혀 들었다.

※ ※ ※

"아, 따분해."

침상 위에 뉜 몸을 이리저리 비틀던 덕만이 천장을 바라보며 팔다리를 대자로 뻗었다. 그 모습을 지켜보던 유모는 몸가짐을 단정히 하시란 일장 설교를 하려다 이내 입을 다물었다.

그래 봤자 금세 한 귀로 흘러나올 것을.

끄응, 머리를 짚은 유모가 손에 쥐고 있던 바느질감을 내려놓으며 덕만을 바라봤다.

"그러시길래 애초에 왕자마마로 태어나셨으면 나가서 활도 쏘고 말도 타고, 좀 좋으십니까?"

쫓아다니면서 잔소리를 늘어놓는 저나, 매일같이 제 잔소리를 들어야 하는 공주님이나 모두가 못할 짓이었다.

하늘도 무심하시지. 이왕 인심 쓰시는 김에 왕자님으로 점지를 해 주시든가, 아님 공주님 성격이라도…….

아무 소용이 없는 줄을 알면서도 답답한 마음에 눌러두었던 불만들이 이리 툭 튀어나오고 만다.

"안 그래도 좀 쑤셔 죽겠는데!"

발딱 몸을 일으킨 덕만이 유모를 바라보며 미간을 모았다.

"그놈의 남자, 남자, 남자 타령. 치마를 입고도 얼마든지 말을 탈 수 있을 텐데 말이다."

툴툴거리던 덕만의 눈이 갑자기 반짝, 빛을 발했다. 그 눈빛에 유모의 심장이 철렁 내려앉았다.

"으어, 공주님? 공주님 그런 눈빛 하실 때마다 쇤네 가슴이……."

쪼그라듭니다!

"만일 폐하께서 아시는 날엔 쇤네 목숨은 오늘로 끝입니다요."

연신 주변을 살피며 연무장 안으로 들어서던 유모가 덕만의 옆에 바짝 붙은 채 작게 속삭였다.

머루알처럼 까만 눈을 반짝이며 덕만이 향한 곳은 화랑들이 평소 무예 수련을 하는 연무장이었다. 궁 밖에 자리한 그곳엔 활쏘기를 하는 사대射臺와 창과 검을 겨룰 수 있는 창검술장, 평소 마상 무예를 연마하다가도 가끔 편을 갈라 축국蹴鞠을 하는 너른 공지空地가 광활히 펼쳐져 있었다.

그러나 마침 연무研武를 쉬는 시간이었는지, 마른 먼지만 날린 채 텅 비어 있었다. 어쩐지 조금 김이 빠진 느낌에 덕만이 흐음,

숨을 내쉬었다.

"자, 다 둘러보신 것 같은데 그만 가시지요."

유모의 재촉에 그녀가 눈썹을 모았다.

"보긴 뭘 봤다고."

"더 계셔 무얼 하시게요."

"뭐가 있어야 생각이라도 할 게 아니냐."

"그러니 그만 가시자는 겁니다. 막말로 검술을 배우실 것도 아니고."

"못 할 건 뭔데?"

유모가 기막힌 얼굴로 입을 쩍 벌리자 연무장을 두리번대며 덕만이 말했다.

"사내 타령을 하려거든 그만두어라. 나라를 위함에 남녀가 어디 있다고."

그때, 누군가 매어 놓고 간 말 한 필이 그녀의 눈에 들어왔다. 총총걸음을 옮기던 덕만이 거추장스러운 치맛단을 획 들어 올리곤 매여 있는 말을 향해 경중경중 달음박질을 쳤다.

"아이고, 공주마마!"

체통 없이 달리시면 아니 된다니까요!

퉁퉁한 몸집을 이끌고 뒤뚱뒤뚱 덕만의 뒤를 쫓던 유모는 채 뒷말을 잇지 못한 채 휘둥그레 눈을 키워야만 했다. 쓰다듬듯 갈기를 어루만지던 덕만이 겁도 없이 냉큼 말 위로 올라탔기 때문이다.

"헉!"

심장 안으로 커다란 주먹이 턱, 박히는 기분에 유모의 입이 크게 벌어졌다. 그리고 아니 되옵니다, 손을 뻗는 순간 거칠게 투레질을 하던 말의 묶어 놓았던 매듭이 툭 풀려 버렸다.

히힝!

낯선 이의 등장에 가뜩이나 예민해진 말이 이내 자유로워진 제 상태를 느낀 듯 빠르게 땅을 박차며 달려 나가기 시작했다. 갑작스런 움직임에 전혀 대비를 않고 있던 덕만의 몸이 중심을 잃고 휘청거렸다.

"으악, 공주마마!"

유모의 비명이 너른 연무장 위로 울려 퍼졌다. 이어 벌어질 끔찍한 상황을 차마 감당할 수 없는 듯 유모가 질끈 눈을 감으며 바닥에 털썩 주저앉았다.

아이고, 하늘이시여.

제 목숨 따위야 어찌 되든 상관이 없었다. 시간을 되돌릴 수만 있다면 공주마마 손에 능지처참을 당하는 한이 있어도 이곳까지 오시는 것을 막았을 텐데.

다그닥 다그닥.

순간 겹쳐 들려오는 말발굽 소리에 그녀가 감았던 눈을 번쩍 떴다. 그녀의 시야에 건장한 사내 하나가 빠르게 말을 몰아 덕만의 뒤를 쫓는 모습이 들어왔다.

주저앉아 있던 몸을 벌떡 일으킨 유모가 어느새 조그만 점이 되어 사라지고 있는 그의 뒷모습을 망연한 얼굴로 지켜보았다.

난생처음 말 위에 올랐단 기쁨을 맛본 것도 잠시, 어느새 달리는 말의 고삐를 잡고 있던 덕만은 본능적으로 몸을 바짝 낮춘 채 질끈 입술을 깨물었다.

겁이 나는 한편 정체 모를 해방감에 얼굴 위로 스치는 바람만큼이나 시원한 기분이 가슴속을 꿰뚫으며 들어섰다.

그나저나 말을 세우는 방법이나 알아두고 오를 것을.

손등의 관절이 하얗게 도드라질 만큼 바짝 고삐를 말아 쥔 덕만이 씰룩 미간을 찡그리곤 고개를 들어 올렸다. 눈에 담을 틈도 없이 빠르게 사라지는 주변 경관이 앞을 향해 미친 듯 질주하고 있는 말의 속도를 말해 주고 있었다.

"아우, 좀 서 봐!"

답답한 마음에 크게 외쳐 보지만 정신없이 달리고 있는 말이 그녀의 청을 들어줄 리 만무했다. 멈출 생각 없이 달리는 말의 기세를 보니 배짱 좋게 올랐던 그녀도 슬슬 두려움이 몰려오기 시작했다.

"야!"

덜컥 겁이 난 덕만이 쥐고 있던 고삐를 바짝 당기며 다시 소리쳤다.

"그리 소리를 지르시면 아니 됩니다."

순간 등 뒤에서 들려온 목소리에 덕만이 뒤를 돌아보았다. 언제 쫓아왔는지 말을 탄 사내가 뒤따르고 있었다.

이제 혼자가 아니라는 생각이 들자 갑자기 안도감이 밀려들었다. 역시 죽으라는 법은 없는 모양이었다.

"말은 겁이 많은 동물이지요."

거리가 일정하게 유지되는 것을 보니 제가 타고 있는 말만큼이나 속도를 내고 있는 것이 분명했다. 그런데도 능숙하게 말을 몰며 타이르듯 말을 건네는 남자는 말투나 표정에 전혀 흔들림이 없어 보였다.

"고삐는 가볍게. 절대 당기지 마시고, 지그시 주먹을 쥐듯. 고삐를 그리 바짝 당기시면 빨리 가잔 소리로 알아들을 겁니다."

말은 쉽지.

"이렇게 빨리 달리는데!"

"소리 지르지 마시고."

허허. 그러나 어쩔 도리가 없다. 입을 꾹 다문 덕만이 힐긋 뒤를 돌아보자 어느새 그녀의 옆으로 붙은 그가 다시 입을 열었다.

"상체를 그리 바짝 숙이시면 말은 속도를 높일 수밖에 없습니다. 상체는 똑바로 세우시고, 고삐 잡은 손은 그리 높게 올리시면 안 됩니다."

아깐 고삐를 바짝 당기지 말라더니. 구시렁대면서도 그의 말대로 따르자 아까보다 조금 속도가 줄어드는 듯했다.

"균형을 잡을 수 있도록 상체를 조금 뒤로 하시고."

워.

달래듯 말에게 소리를 낸 남자가 손을 뻗어 고삐를 잡았다. 얼핏 보니 고삐를 조였다 풀어 주기를 반복하는 것 같았다.

"이제 발꿈치를 충분히 내리시고, 양다리를 말에 밀착시키십시오."

덕만이 그의 지시에 따르는 사이, 그가 재차 워워 소리를 내며 고삐를 조정했다. 그러자 믿기지 않게도 말이 우뚝 걸음을 멈췄다.

"하아."

꼿꼿이 세우고 있던 허리가 툭, 하고 무너졌다. 노래졌던 하늘이 다시 푸르게 보이는 걸 보니 조금씩 제정신이 돌아오는 기분이었다.

간사한 것이 사람 마음이라고. 이깟 말 한 필 제대로 다루질 못해 그 위에 납작 엎드려 있었나, 생각하니 갑자기 부아가 치밀었다.

"에잇!"

짜증 실린 발길이 말의 옆구리를 툭, 건드리자 히힝, 하고 투레질을 한 말이 갑자기 번쩍 앞발을 들어 올렸다.

"어?"

순식간에 중심을 잃은 덕만의 몸이 휙 꺾이며 그대로 허공으로 떠올랐다.

뭐야. 이대로 죽는 건가, 싶으면서도 손에 쥔 고삐를 생명 줄인 양 꼭 움켜쥐었다.

빠르게 몸을 날린 사내가 가까스로 덕만의 허리를 잡았으나 그보다 먼저 발목이 땅에 꽂혔다.

"앗!"

둔탁한 통증에 그녀가 짧은 비명을 질렀다. 그가 잡아 준 덕에 직접 닿는 충격은 감소했지만 떨어지는 순간 아무래도 발목을 접질린 모양이었다.

재빨리 덕만의 손에서 고삐를 빼앗은 사내가 능숙한 솜씨로 말을 달랜 뒤 근처 나무에 매어 두었다. 그러고는 몸을 돌려 다가와 무릎을 꿇고 앉았다.

"무엄하다! 감히 내가 누군 줄 알고!"

치마에 손을 대려는 찰나, 그녀가 소리쳤다. 다친 곳을 살피려던 그가 갑자기 몸을 일으키고는 그녀를 내려다봤다.

탄탄하게 뻗은 두 다리를 따라 그녀의 시선도 길게 이어 올라갔다. 한껏 꺾인 고개 너머로 6척 장신의 사내가 보였다.

크다!

그녀의 머릿속에 제일 먼저 든 생각이었다. 아바마마는 물론, 왕실의 어떤 호위 무관도 그만큼 크고 건장한 이를 본 적이 없다.

바닥에 두 손을 짚은 채 앉아 있던 그녀가 조용히 숨을 삼키며 그를 바라봤다. 강렬하게 내리쬐는 햇살 덕분인지 날렵한 콧날이며 굳게 다문 입술 위로 짙은 음영이 드리워졌다. 그도 가만히 덕만을 응시하자, 둘 사이에 불편한 침묵이 흘렀다.

"그럼."

정적을 가르며 그가 입을 열었다.

"귀하신 마마 혼자 돌아가시지요."

단정하게 끊어 말한 그가 가볍게 읍하고는 몸을 돌렸다. 크고 너른 등이 눈앞에서 점점 멀어지는 것을 보자 인적이라고는 하나 없는 이 막막한 숲길 가운데 도움을 청할 이가 저 사내뿐이란 생각이 퍼뜩 스쳤다.

아아, 유모.

이러지도 저러지도 못한 채 발만 동동거리고 있을 유모가 떠올랐다. 그녀가 말을 타고 나간 것을 아는 이는 유모뿐이었으니 비어 있는 연무장에서 그녀를 위해 달려와 줄 사람이 있을 리 만무했다. 그렇다고 궁으로 달려가 상황을 아뢸 수도 없을 것이다. 그랬다간 당장 난리가 날 게 뻔하니까.

이대로 그를 보낸다면…….

"멈추어라!"

고민하던 덕만이 입을 열었다. 자존심이 상하지만 어쩔 도리가 없었다. 씩씩 숨을 몰아쉬며 바라보자 걸음을 멈춘 그가 몸을 돌렸다. 허공에서 쨍, 시선이 맞부딪쳤다.

"……그렇다고, 그냥 가느냐?"

망설임 끝에 뱉은 말에 사내가 씩, 입꼬리를 당겼다.

올라간 입꼬리가 무척이나 얄미웠다.

능숙하게 말을 몰아 온 사내가 연무장 안으로 들어섰다. 툴툴거리던 아까와 달리 얌전히 제 앞을 차지하고 있는 덕만을 한 손으로 감싸 안은 채였다.

타고 나간 말은 그곳에 매어 두고 온 건지, 말 한 필에 앞뒤로 나란히 앉아 있는 두 사람을 발견한 유모가 그들을 향해 부리나케 달려갔다.

"아이고, 공주마마!"

"워."

말을 멈춘 사내가 훌쩍 먼저 몸을 내리고는 덕만을 향해 손을 내밀었다. 그의 손을 물끄러미 바라보던 덕만이 도도한 눈길을 내리깔며 내민 손을 잡았다.

"무례를 용서하십시오."

속삭이듯 말한 그가 그녀의 팔을 휙 당겨 안아 단번에 땅에 내려 주었다. 순식간에 벌어진 일에 뭐라 반응을 보이기도 전, 발목에서 느껴지는 통증에 덕만이 미간을 찡그렸다.

"아!"

정신을 가다듬을 틈 없이 관통한 통증에 그녀의 몸이 비틀거렸다. 무언가 의지할 것을 찾아 휘휘 손을 뻗는데 강한 팔이 다가와 그녀의 몸을 단단히 붙들었다. 그 모습에 휘둥그레 눈을 키운 유모가 크게 소리쳤다.

"그 손 치우시오! 감히 어느 안전이라고!"

피식 입술 끝을 휜 사내가 덕만을 부축하고 있던 두 손을 들어 훌쩍 만세를 해 보였다. 그러는 바람에 중심을 잃은 덕만이 그대로 바닥에 내팽개쳐졌다.

"아앗!"

"마마!"

하얗게 질린 유모가 쪼르르 달려갔다. 덕만이 잔뜩 인상을 쓴 채 발목을 문질렀다. 실은 발목만 아픈 게 아니라 바닥에 찧은 엉덩이도 얼얼했다.

"뭣들 하고 있는 게냐? 어서 가마로 뫼시지 않고."

유모가 소리치자 시립해 있던 시녀들이 우르르 몰려와 덕만을 부축했다.

"하이고, 쉰네, 마마 때문에 십년감수했습니다. 이 일을 폐하께서 아시는 날엔……."

"잠깐."

시녀들의 부축을 받으며 가마로 향하던 덕만이 한 손을 들어 보였다. 그녀의 시선이 사내를 향해 올라섰다.

"내, 신세를 지었으니 응당 보은을 해야 할 터. 이름이나 남겨주시오."

그가 씩, 입술 끝을 올려 빙긋 미소를 머금었다. 웃음이 헤픈 자로군, 생각하던 찰나 그가 입을 열었다.

"전에 뵈었을 때보다 많이 자라셨습니다."

지그시 그녀를 관찰하는 듯한 눈빛에 덕만의 고개가 갸웃 기울어졌다.

"우리가, 전에 본 적이 있는가?"

그녀가 물었지만 그는 그저 느른한 미소를 지을 뿐이었다.

"폐하께 곧 알현하겠다고 전해 주십시오."

그가 정중히 허리를 숙였다. 묻고 싶은 건 많지만 어쩐지 자존심이 상하는 기분이라 그녀도 그만 몸을 돌렸다.

그러나 가마를 향해 걸어가는 덕만의 얼굴엔 한가득 호기심이 들어차 있었다.

대체…….

기억을 더듬는 덕만의 눈동자가 바쁘게 굴러다녔다.

※ ※ ※

웃전에 알려 제대로 된 치료를 받으심이 좋을 듯싶단 유모의 충고에도 그저 뜨거운 찜질만을 고집하던 덕만은 기어이 아픈 다리를 이끌고 처소를 나섰다. 낮에 보았던 정체 모를 사내에 대한 궁금증이 내내 그녀를 괴롭혔기 때문이다.

나는 모르는데 나를 잘 아는 듯한 사내. 혹시 언니는 뭔가 알고 있는 게 있을까.

호기심을 참지 못한 덕만은 결국 불편한 다리를 절룩이며 천명의 궁에 이르렀다.

"마마. 상처를 태의太醫에게 보이심이……."

"스읍. 그러다 콧바람도 못 쐬게 되면 유모가 책임질 거야?"

"그럼 자리에 가만 누워 계시든가요. 이러다 덧나기라도 하면 어쩌시려고요."

"살살 걸으면 돼. 부축이나 잘 해 봐."

그녀가 태의의 진맥을 거부한 이유는 간단했다. 치료를 받자면 다친 경위가 고스란히 아바마마의 귀에 들어가게 될 테고, 당연히 외출 금지란 불호령이 떨어지고 말 것이다.

차라리 조금 아프고 말지. 방 안에만 갇혀 지낼지 모른단 끔찍한 생각에 그녀가 절레절레 고개를 저었다.

"어?"

중문을 지나 들어선 처소는 벌써 불이 꺼진 채 아득한 적막에 잠겨 있었다. 아쉬운 듯 방문을 바라보던 덕만이 나직이 구시렁댔다.

"노인네도 아님서 일찍도 자네."

휴우. 한숨과 함께 몸을 돌리는 순간 끼익, 하는 문소리가 들렸다. 의아함에 눈을 크게 뜬 덕만이 목을 쭉 빼며 소리가 난 쪽으로 시선을 돌렸다. 한껏 발소리를 낮춘 천명이 살금살금 안으로 들어서는 모습이 보였다.

"어맛!"

덕만을 발견한 천명이 화들짝 놀라며 걸음을 멈췄다. 심장이 덜컹거리는지 가슴에 손을 얹고 숨을 고르고 있었다.

"이 밤에 대체 어딜 다녀오우?"

선뜻 대답을 하지 못한 천명이 시선을 회피하며 고개를 내렸다.

"으음?"

덕만이 기웃, 천명을 살폈다. 천명의 얼굴이 발그레 달아올라 있었다.

"얼굴색이 붉은 게, 어디 아프우? 열이라도 나?"

덕만의 물음에 재빨리 주변을 살핀 천명이 입술에 손가락을 세우며 쉬잇, 그녀를 잡아끌었다.

엉겁결에 처소 안으로 들어선 덕만이 절룩거리는 걸음으로 의자를 찾아 앉았다. 뒤늦게 덕만의 불편한 걸음을 알아챈 천명이 놀란 눈으로 물었다.

"다리는 어쩌다 이리된 게야."

"뭐, 그럴 사정이 있었소. 그나저나 언닌 대체 어딜 다녀온 거요? 설마 이 밤에 몰래 사내라도 만나고 들어온 건 아닐 테고."

농담처럼 뱉은 말에 천명의 낯이 붉어졌다. 덕만이 화들짝 눈을 키웠다.

"으헥? 정말이오?"

천명이 수줍은 얼굴로 고개를 끄덕이자 진짜? 하고 다시 확인한 덕만이 바짝 몸을 당겨 앉았다.

"아니, 대체 어떤 사내길래 새가슴인 언니가 밤마실을 다?"

덕만의 물음에 천명은 꿈을 꾸듯 몽롱한 얼굴로 답했다.

"나비와 같은 분이시지."

덕만의 입술이 뾰로통하게 부풀었다.

"에이, 그럼 너무 헤프잖소. 이 꽃도 향기롭구나, 저 꽃도 향기롭구나."

그에 천명이 가만히 고개를 저었다.

"아무리 멀리 있어도 찾아야 할 향기만을 찾아오시는 그런 분이야."

"빠져도 단단히 빠지셨군."

그 나비가 꽃에 앉을지, 똥에 앉을지 알 게 뭐람.

픽, 하고 고개를 돌린 채 혼잣말로 구시렁대던 덕만이 이내 천명을 향해 몸을 세우며 물었다.

"잘생겼소?"

그녀가 작게 웃음 지으며 고개를 끄덕였다.

"키도 크오?"

고개를 끄덕이던 천명이 나직이 중얼댔다.

"화랑, 풍월주."

"화랑?"

덕만이 갸웃 고개를 기울였다. 나도 오늘 화랑을 만났는데.

"어디, 얼마나 대단한 사내인지 얼굴 한번 봐야겠네."

그러고는 가늘게 눈매를 접었다.

"근데 아무리 좋아도 너무 대놓고 드러내진 마시오. 금방 재미

47

없다 그러면 어쩌려고.”

“그럴 분도 아니지만 혹 그렇다 하더라도 난 내 모든 걸 그분께 바치기로 했으니 상관없어.”

담담하게 뱉는 천명의 말에 덕만이 삐죽 고개를 기울였다.

“그럼 예전에 언니가 원한다던 그 하나라는 게…… 혹시 그 사내였소?”

천명이 대답을 하는 대신 지그시 입술을 감춰물었다.

“그 하나도 갖지 못하게 되면 모든 걸 포기한다는 게?”

다물고 있던 입술을 뗀 천명이 천천히 고개를 끄덕였다.

설마 했는데 진심일 줄이야.

낮게 혀를 찬 덕만이 이해가 되지 않는다는 얼굴로 천명을 바라봤다.

“어째 사내 따위에 모든 걸 걸까? 얼마나 대단한 사내인지 정말로 궁금하네.”

구시렁대는 덕만의 머릿속으로 퍼뜩 생각 하나가 스쳤다.

원하는 게 사내뿐이라면…….

정체 모를 안도감에 덕만의 입꼬리가 슬며시 휘어졌다.

※ ※ ※

시녀들을 거느린 마야가 대전大殿을 향해 걸음을 옮기고 있었다. 그늘진 그녀의 얼굴 위로 신녀와의 대화가 겹쳐졌다.

'틀림없느냐?'

'예. 한데……'

'어찌 말을 흐리는 것이야.'

'사람은 태어나는 날짜와 시간에 따라 운명이 정해진다 하지요. 그런데 같은 날, 같은 시에 태어나더라도 낳은 장소에 따라 운명이 달라지기도 합니다.'

'하고자 하는 말이 무언지, 알아듣게 설명을 하여라.'

'전에 덕만공주님은 불의 기운을 타고나셨다 아뢴 적이 있었죠. 한데 태어날 아기씨는 나무의 기운이 강한 분입니다. 그것도 아주 큰 나무.'

'그것이 문제가 되는 것이냐.'

'불과 나무. 그 둘이 함께 있으면 어찌 되겠습니까.'

한쪽은 말라 죽고 한쪽은 기세를 몰아 활활 타오를 테지.

그러나 그런 엄청난 말을 차마 입에 담을 수는 없었다.

'하면 어찌해야 한단 말이냐. 방도는, 있는 걸 테지?'

'나무의 기운이 강한 분이니 무엇보다 나무를 보할 수 있는 흙의 기운이 필요합니다. 아홉 봉우리가 이어진 산의 여섯 번째 능선 안부鞍部에 궐闕을 지어 그곳에서 아기씨를 낳게 하십시오. 궐의 방위는 반드시 동쪽이어야 합니다.'

'산중에 궁을 지어야 한다니. 아이를 낳기 전까지 완공할 수 있을지 모르겠구나.'

'규모는 상관없으니, 일단 서두르셔야 합니다. 그 궁에서 태

어나지 못한다면 아기씨의 운명은……'

"하아."

작게 벌어진 입술 사이로 한숨이 흘러나왔다. 표정 없는 얼굴로 걸음을 옮기다 보니 어느새 대전 침실 앞에 당도했다.

문 앞을 지키는 시녀를 향해 눈짓을 하자 그녀가 작게 읍하며 안을 향해 고했다.

"폐하. 왕후마마 드셨사옵니다."

— 뫼시어라.

스륵. 조용히 문이 열리고 치맛단을 움켜쥔 마야가 무거운 걸음을 움직였다. 느린 걸음으로 다가선 마야가 진평을 향해 예를 올리곤 의자에 몸을 앉혔다.

"안색이 좋지 않소. 어디 불편한 곳이라도 있는 게요?"

마야의 얼굴을 살핀 진평이 시선을 마주한 채 물었다. 미어지는 가슴을 달래며 마야가 애써 미소를 지어 보였다.

"그럴 리가요. 신첩, 폐하께 기쁜 소식을 전해 드리고자 이리 한달음에 달려왔습니다."

진평의 눈동자에 의아함이 어렸다.

"기쁜 소식이라니요."

"혜승궁주가 회임을 했다 합니다. 감축드리옵니다."

진평이 벌떡 몸을 일으켰다.

"혜승이 회임을?"

반가운 마음에 활짝 웃음을 짓던 그는 이내 표정을 가다듬으며 마야를 바라보았다.

"폐하."

낮게 진평을 부른 마야의 눈에 그렁그렁 눈물이 차올랐다.

"부덕한 신첩, 그간 대통을 이을 왕자를 생산하지 못해 늘 죄
스러웠는데…… 이제야 조상님을 뵐 낯이 설 것 같습니다."

"부인."

"신녀의 말에 의하면 아들이 분명하다 하옵니다."

아들. 진평이 꿀꺽 숨을 삼켰다. 만일 사실이라면 왕위 계승권
을 가진 유일한 이가 될 수 있었다.

마야를 생각하면 마음이 편치 않았으나, 가슴이 벅차오르는 것
을 감출 수 없었다. 제어하지 못한 기쁜 마음이 고스란히 얼굴에
드러났다.

물끄러미 그의 얼굴을 바라보던 마야가 조용히 입을 열었다.

"그 아이가 장차 왕위에 오르는 것은 자명한 일이나……."

그녀가 옅은 한숨과 함께 말을 이었다.

"아이의 운명이 험난하여 서둘러 준비를 하셔야 할 것 같습니
다."

2

오전의 햇살을 잔뜩 머금은 대궁大宮 안. 진평의 행행行幸 준비로 바쁜 이들의 걸음이 부산스럽게 움직이고 있다.

유모와 함께 대전 앞을 지나가던 덕만이 길게 목을 빼며 물었다.

"저게 뭐야?"

"폐하의 행행 준비를 하는 줄로 아옵니다."

"아바마마께서 행행을?"

"예. 흥문사 법회에 참석하신다 하던데요?"

유모의 설명에 귀가 솔깃한 덕만이 은근한 목소리로 물었다.

"어마마마께서도 함께 가시느냐?"

"글쎄, 제가 듣기론 왕후마마께선 아니 가신다 들었습니다."

오랜만에 자유를 만끽하나 했더니. 덕만의 얼굴에 금세 실망의 빛이 깃들었다.

"그래? 기왕 움직이시는 거 함께 가시면 좀 좋으냐."

덕만의 의중을 꿰뚫은 유모가 허리에 손을 얹고 다다다 잔소리를 늘어놓기 시작했다.

"이제 겨우 발목이 나으셨나 했더니. 행여 또 지난번처럼 쉰네 애간장 다 태우시려거든 이번엔……."

말이 채 끝나기도 전에 양손으로 귀를 막은 덕만이 뱅뱅 고개를 저으며 중얼거렸다.

"아고, 시끄러. 꽃도 없는데 웬 벌들이 이리 웽웽댄단 말이냐."

그녀를 바라보는 유모의 얼굴에 한 가닥 주름이 늘었다.

"마마."

"유모는 예서 지키고 있다가 아바마마 출발하시걸랑 바로 내게 알려 줘."

"마마!"

"스읍!"

빠르게 몸을 돌린 덕만이 치맛단을 들어 올리고는 어디론가 총총걸음을 옮겼다.

금세라도 붉은 물을 뚝뚝 떨어뜨릴 것 같은 꽃들이 흐드러지게 피어 있는 후원. 흰 나비 한 마리가 꽃에 앉았다가 팔랑, 날갯짓을 하며 또 다른 꽃을 찾아 유유히 날아간다.

날아가는 나비를 따라가면 후원에 앉아 풍경을 즐기는 마야와 천명이 보인다. 물끄러미 천명을 바라보던 마야가 한숨과도 같은 음성을 흘렸다.

"참으로 아름답구나."

"예. 붉은빛이 어찌 저리도 고운지."

"꽃이 아니라 너 말이다."

꽃에 시선을 두고 있던 천명이 금세 얼굴을 붉히며 고개를 내렸다.

"벌써 이리 자랐구나. 곱고 예쁘기도 하지."

천명을 바라보는 마야의 얼굴에 이내 그늘이 졌다.

"그만큼 내 나이도 들었단 뜻."

공허함이 잔뜩 담긴 목소리에 내렸던 고개를 들어 올린 천명이 가만히 그녀를 불렀다.

"어마마마."

"너는 평생 저 꽃 위의 나비 같은 사람은 만나지 마라. 꽃은 씨를 맺기 위해 나비를 기다리지만 나비는 절대 한 나무의 꽃만 바라보지 않고 이 꽃, 저 꽃, 향기를 쫓아 날아가 버리지."

"어찌 그런 말씀을 하십니까."

느껴지는 시선에 퍼뜩 표정을 풀어 낸 마야가 부드럽게 입술 끝을 늘였다.

"그나저나 네게 좋은 혼처가 나서야 할 텐데."

"저는 아직……."

말끝을 흐리던 천명이 무언가를 망설이듯 입술을 달싹거렸다. 그것을 놓치지 않은 마야가 천명의 얼굴을 살피며 조심스레 물었다.

"무슨, 할 말이 있는 게냐?"

"실은……."

머뭇거리던 천명이 크게 숨을 들이쉬며 질끈 눈을 감았다.

"마음에 담아 둔 정인情人이 있습니다."

평소 천명의 성품으론 전혀 예상조차 할 수 없을 발언이었다. 믿기지 않는다는 듯 마야가 놀란 눈으로 되물었다.

"뭐라?"

입술을 감쳐문 천명이 어머니와 시선을 마주했다. 더는 속내를 숨기고 싶지 않다는 의지가 확고해 보였다.

"어마마마께서도 잘 아시는 분입니다."

"내가, 잘 안다?"

천명의 말에 잠시 생각에 잠겼던 마야가 궁금한 얼굴로 다시 입을 열었다.

"네가 면을 익힌 사내라면, 폐위된 진지왕의 아들 형제뿐이지 않느냐."

천명이 수줍게 고개를 끄덕이며 답했다.

"그러하옵니다."

마야가 머릿속으로 빠르게 용수와 그의 아우, 용춘의 얼굴을 떠올렸다. 그리고 천명을 향해 물었다.

"둘 중 누구인 게야."

"용……."

막상 제 입으로 이름을 말하려니 갑자기 얼굴이 달아올랐다. 차마 용춘의 이름을 담지 못한 천명이 나이가 어리다는 뜻의 숙叔을 써 그를 에둘러 표현했다.

"숙이옵니다."

민망한 듯 고개를 돌리며 말끝을 흐린 덕에 '숙'이란 음성이 입술 안에서 작게 뭉개졌다.

"용수?"

용수라 알아들은 마야가 확인하듯 되묻던 찰나, 문 안으로 덕만이 뛰어 들어왔다.

"어마마마!"

갑작스런 덕만의 등장에 당황한 천명이 제대로 확인도 않은 채 서둘러 예, 하고 대답을 해 버렸다. 의외의 대답에 마야의 미간이 찌푸려졌다.

용춘이 아닌 용수라니.

잠시 생각에 잠겼던 마야가 퍼뜩 고개를 돌려 덕만을 바라봤다. 공주란 신분 따윈 안중에도 없다는 듯 천방지축 뛰어 들어온 덕만의 모습에 그녀의 얼굴 위로 다시 또 한가득 걱정이 실렸다.

"어찌 한 나라의 공주가 그리 정숙치 못하게."

지엄한 꾸짖음에도 건성으로 아, 예, 예, 대꾸를 하던 덕만이 이내 고개를 기울이며 생긋 미소를 지었다.

"한데 저만 빼놓고 무슨 그리 재미난 말씀들을 나누셨는지요."

"덕만아."

웃는 낯으로 상황을 모면해 보려 했지만 엄한 목소리만 돌아올 뿐이었다. 더 있어 봤자 잔소리만 듣게 될 거란 판단에 빠르게 계산을 끝낸 덕만이 자리를 벗어나고자 먼저 선수를 쳤다.

"긴한 말씀을 나누시던 중이었나 보네요. 그럼, 말씀들 계속 나누십시오. 저는 아무래도 아바마마 행행 가시는 데 인사나 드려야겠습니다."

가볍게 고개를 숙인 그녀가 살랑, 몸을 틀었다. 그녀를 바라보는 마야의 눈동자에 짙은 근심이 드리워졌다.

뱉은 말과 달리 덕만의 가마가 향한 곳은 화랑 연무장이었다. 행행 준비로 정신없는 틈을 타 다시 이곳을 방문한 터였다.

덕만의 갑작스런 출현에 무예를 연마하던 화랑들이 일제히 움직임을 멈춘 채 가마를 향해 예를 갖췄다.

유모의 부축을 받아 가마에서 내린 덕만이 허리를 곧추세우며 빠르게 주변을 둘러보았다. 하지만 눈에 보여야 할 이가 들어오지 않았다. 딱히 그를 만나고자 이리 걸음을 한 것은 아니지만 괜스레 솟는 짜증은 감출 수가 없었다.

입술을 삐죽인 덕만이 턱을 들어 올리며 나열한 화랑들 틈으로 천천히 걸음을 옮기기 시작했다.

순간, 한 화랑의 손에 들린 활과 화살이 눈에 들어왔다. 관심이

가는 듯 한참을 바라보던 그녀가 불쑥 물었다.

"그것이 무엇이냐?"

"활과 화살이옵니다."

"활과 화살?"

낯설지 않은 명칭에 그녀가 갸웃 고개를 기울였다.

'그러시길래 애초에 왕자마마로 태어나셨으면 나가서 활도 쏘고 말도 타고, 좀 좋으십니까?'

언젠가 쏟아 내던 유모의 잔소리가 떠올랐다.

아하. 이것이 바로.

삐죽 눈썹을 세운 덕만이 한 걸음 다가가자 유모가 냉큼 경계의 눈빛을 보냈다.

'아니 되옵니다, 절대!'

하지만 이미 흥밋거리를 포착한 덕만의 눈에 유모의 신호가 들어올 리 없었다. 덕만이 손을 뻗자 잠시 당황하던 화랑이 무릎을 꿇고는 들고 있던 활과 화살을 그녀에게 바쳤다.

"아이고, 마마!"

화들짝 놀란 유모가 휘휘 손을 저으며 뛰어왔지만 이미 덕만의 손에 들어간 뒤였다.

"어느 것이 활이고 어느 것이 화살인지 제대로 알려 줘야 할 것 아니냐."

어느새 다가온 유모가 그녀에게서 덥석, 활을 빼앗았다.

"이것은 공주마마께서 만지실 물건이 아니옵니다."

냉큼 손을 뻗은 덕만이 유모에게서 다시 그것을 뺏어 들었다. 만지면 안 된다니 더더욱 오기가 발동했다.

"저 화랑은 되는데 나는 안 되는 게 어딨어?"

그녀가 다시 화랑을 바라보며 재차 물었다.

"어찌 하는 것이냐?"

난감한 기색이 가득한 화랑이 고개를 숙인 채 눈치를 살폈다. 그가 답을 않자 그녀가 답답하다는 듯 입술을 깨물었다.

시선을 내려 손에 쥔 것을 유심히 살피던 덕만이 갑자기 화살을 시위에 걸고는 화랑을 향해 그것을 겨눴다.

"마마!"

예상치 못한 돌발 행동에 유모가 소리쳤다. 놀란 이들이 일제히 얼어붙었다. 반사적으로 손은 뻗었으나 누구도 선뜻 다가서는 이는 없었다. 화살이 걸린 시위가 팽팽히 당겨졌기 때문이었다.

"어찌 대답이 없지? 너 역시 내가 여인이라 우습게 여기는 것이냐?"

빠르게 물은 그녀가 시위를 좀 더 당기며 눈짓했다.

"이리 하는 것이냐?"

"틀렸습니다."

나직이 들려온 음성은 제가 내려다보고 있던 화랑의 입에서 흘러나온 것이 아니었다. 갑자기 등 뒤에서 들려온 목소리에 활을 겨눈 그대로 그녀가 몸을 돌렸다. 화살이 겨누어진 초점에 서 있는 이는 그녀가 찾던, 바로 그 사내였다.

졸지에 그에게로 활을 겨눈 모양새가 되어 버렸다. 자칫 손을 잘못 놀리기라도 하면 바로 화살이 튀어 나갈 일촉즉발의 순간임에도 그의 얼굴엔 아무런 동요도 일지 않았다. 말을 세우던 그때처럼 여유로워 보였다.

오히려 제게 겨눠진 화살에 또렷이 시선을 박아 넣은 그는 단호하면서도 차분한 목소리로 입을 열었다.

"우궁(右弓. 시위를 오른손으로 당겨 쏘는 활)을 하실 거라면, 다행히 활과 화살은 손에 맞게 쥐셨습니다. 왼손에 잡고 계신 것을 활, 오른손에 쥐신 것을 화살이라 하지요. 그리고 활대에 걸린 줄을 시위라 하는데 화살을 걸어 켕기는 줄을 말합니다."

그가 손으로 시위를 당기는 시늉을 해 보이고는 입으로 피융, 하고 소리를 냈다. 진짜 화살을 쏜 것도 아닌데 덕만은 저도 모르게 움찔, 어깨를 움츠렸다.

'이런.'

민망함에 얼른 어깨를 편 그녀가 계속하라는 듯 턱을 까딱였다. 명을 받은 그가 살짝 고개를 내렸다 들고는 말을 이었다.

"우선 간단하게나마 방법을 알려 드리자면, 두 발의 모양은 비정비팔非丁非八. 즉, 정丁 자도 아니고 팔八 자도 아닌 형태로 딛고 선 뒤, 왼발의 방향을 쏘고자 하는 목표의 우측 모서리 쪽으로 돌려 디디십시오."

활을 쥔 채 한쪽 눈썹을 씰룩 움직인 덕만이 그의 말을 따라 발 모양을 바꿔 서자 그 모양새를 유심히 바라보던 그가 덧붙였다.

"벌어진 발의 폭이 어깨너비가 되도록 오른발을 좀 더 뒤로 빼십시오. 그리고 앞발에 단단히 힘을 주어야 다리가 흔들리는 것을 막을 수 있습니다."

발을 딛는 것부터 이리 복잡하다니. 구시렁거리며 발을 떼던 그녀의 몸이 휘청거렸다. 다행히 이내 중심을 잡은 덕에 바닥에 나뒹구는 흉한 꼴은 면하게 되었다.

"그런 뒤에 허리는 바로 펴시고, 몸통의 방향을 시위를 당기는 쪽으로 돌려 대각이 되도록 선 채 숨을 고르십시오."

이리 하라는 것인가. 그의 설명대로 몸을 돌려 세운 덕만이 차분히 숨을 골랐다.

"활은 한가운데에 있는 줌통을 잡고 배꼽 앞으로 조금 들어 올려 시위에 오늬를 끼우십시오."

오늬? 줌통까지는 어찌 알겠는데 오늬는 무엇을 말하는지 도통 알 수 없었다.

그녀가 미간을 세우자 그가 '화살 끝을 보시면 시위에 끼도록 도려 낸 부분이 있습니다.' 하고 덧붙여 주었다. 직접 와서 차분차분 가르쳐 주는 것도 아니고 말로만 듣고 따라 하려니 여간 불편한 것이 아니었다.

하지만 한편으론 반드시 제 힘으로 해 보이고 싶다는 오기가 들었다. 유심히 화살을 살핀 그녀가 오늬를 시위에 끼었다.

"활을 잡을 땐 달걀을 쥐듯 가볍게 쥐시되 하삼지下三指, 즉 중지와 약지, 소지에 힘을 주셔야 합니다. 검지는 살짝 올려놓는다는 느낌으로만. 그리고 시위에 메긴 화살을 오른손 엄지와 검지, 중지로 잡아 위로 들어 올렸다가 목표한 곳을 향해 천천히 끌어 내리시면 됩니다."

달걀을 쥐듯 가볍게 쥐되 하삼지엔 힘을 주라니. 이 무슨……. 하지만 그게 무슨 뜻이냐 묻기엔 자존심이 허락하지 않았다. 궁리 끝에 어설프게나마 그의 설명대로 활을 들어 올린 덕만이 눈매를 가늘게 좁혀 제 시선 끝에 닿아 있는 사내를 바라봤다.

그의 태연한 얼굴이 눈에 들어왔다. 팽팽히 당겨진 긴장의 끈을 따라 둘의 시선이 정면으로 맞부딪쳤다.

그가 무감한 표정으로 말을 이어 갔다.

"자, 이제 차분히 호흡을 고르고 들이쉰 숨을 정지시킨 뒤, 한 껏 시위를 당기십시오. 어깨와 몸은 곧게 펴시고, 활을 잡은 팔의 팔꿈치와 등에 힘을 주셔야 합니다."

모두가 숨죽인 가운데, 조금은 성급히 숨을 들이쉰 덕만이 다부지게 입술을 깨물며 힘껏 시위를 당겼다.

피융!

시위를 당기는 것까지, 라고 생각한 모두의 예상을 깨고 발시 (發矢. 활을 가득 당겨 놓은 상태에서 화살을 쏘는 동작)가 돼 버린 상황 이었다.

"마마!"

유모의 경악 어린 외침이 허공을 가르는 것과 동시에 사내의 얼굴을 스치듯 지난 화살이 바로 뒤, 나무 기둥에 탁, 꽂히며 파르르 몸을 떨었다.

지켜보는 이들 중 제정신인 이가 있을 리 없었다. 얼음을 부어 놓은 듯 주변 공기가 싸늘히 식고, 모두의 등에 식은땀이 주룩 흘러내렸다.

"하아."

저도 모르게 고개를 내린 덕만이 밭은 숨을 몰아쉬며 마른침을 삼켰다. 활을 쥐고 있는 팔이 눈에 보일 정도로 후들후들 떨려 왔다.

정말로 활을 쏠 작정은 아니었는데, 시위를 당기는 순간 마음이 바뀌어 버렸다.

"급하셨습니다. 그리고……."

정신을 가다듬는 순간, 나무에 꽂힌 화살을 돌아본 사내가 먼저 입을 열었다. 귓전을 파고드는 음성에 고개를 들어 올린 덕만이 몸을 틀어 사내를 바라봤다.

"궁술보다는 먼저 예禮를 배우심이 옳을 듯합니다."

여전히 부들거리고 있는 저와 달리 뒷짐을 진 채 제법 엄한 표정으로 바라보고 선 사내는 한 치의 흐트러짐도 없는 모습이었다.

"일시천금一矢千金이란 말이 있지요. 화살 한 발을 천금과 같이 여기라는. 만전을 기한 뒤에 한 발 한 발 신중을 기해 쏘란 의미입니다."

얄밉도록 단정한 입술이 뱉어 낸 책망에 덕만은 제 뺨이 붉게 달아오르고 있음을 느낄 수 있었다.

무에. 칭찬이라도 기대했던 것인가. 꼭 쥔 주먹 안으로 손톱이 파고들던 찰나였다.

"그래도……."

침묵을 가르며 들려온 음성에 그녀가 시선을 들자 그가 한쪽 입술 끝을 비스듬히 올려 웃으며 말을 이었다.

"아주 자알 하셨습니다."

그의 오만한 얼굴에 더욱 약이 오른 덕만이 눈을 부릅뜨며 입술을 깨물었다.

✕ ✕ ✕

어느덧 어둠이 내린 흥문사. 무수한 이들의 염원이 담긴 연등이 제 몫의 소원을 빌듯 대웅전의 너른 마당을 밝히고 있었다.

찬연한 빛을 바라보고 있자니 눈앞에서 불쑥 연꽃 향이 느껴지는 것만 같았다. 멀리, 범종각梵鐘閣에서 울리는 종소리가 고요를 간직한 어둠 사이로 은은히 퍼져 나갔다.

사락.

합장을 한 채 탑을 돌고 있던 혜승이 걸음을 멈추자 세월을 옷 삼아 두른 탑 너머로 열을 이루고 다가오고 있는 행렬이 눈에 들어왔다. 멈춘 걸음과 달리, 그녀의 심장은 뜀박질을 시작한 것처럼 빠르게 요동을 치기 시작했다.

두근거리는 심장을 가라앉히려는 듯 그녀가 가슴에 손을 얹고는 천천히 숨을 골랐다. 내린 시선 끝에 단단히 딛고 선 걸음이 보였다. 그녀가 꿀꺽 숨을 삼켰다.

"소식 들었소, 혜승."

나직이 들려오는 음성과 함께 손등 위로 따스한 온기가 느껴졌다. 덥석 손을 잡아 오는 진평의 행동에 혜승이 움찔, 어깨를 떨며 그를 만류했다.

"폐하."

빠져나가려는 그녀의 손을 단단히 움켜쥔 그가 그녀를 바라보며 물었다.

"몸은, 괜찮은가."

머뭇거리던 그녀가 가만히 입술을 움직였다.

"예."

"혜승이 머물 궁을 짓고 있어."

내내 숙이고 있던 고개가 번쩍 들렸다. 커다래진 눈에 당황함이 깃들었다.

"아니 되옵니다, 폐하. 신첩 회임한 것만으로도 왕후마마께 씻을 수 없는 중죄를 지었는데 궁이라뇨. 가당치 않은 말씀이십니다."

"왕후의 뜻일세."

혜승의 눈이 크게 뜨였다. 그녀의 놀란 얼굴을 바라보는 진평의 눈도 마냥 기쁘지만은 않은 기색이다. 상처를 받았을 것이 분명함에도 차분히 소식을 전하던 마야의 얼굴이 내내 가슴을 짓눌렀다.

표 나지 않게 한숨을 흘리는 진평의 입가로 씁쓸한 미소가 감
겨들었다.

"그러니 혜승은 아무 걱정 말고 몸을 돌보는 일에만 신경을 쓰
시게나."

"폐하……."

젖어 들어가는 눈가를 들키지 않으려 혜승이 질끈 입술을 깨물
자 가만히 손을 뻗은 진평이 그녀의 입술을 쓸며 작게 혀를 찼다.

"내, 방금도 말하지 않았던가."

그러고는 옆에 있던 시녀, 마득을 향해 몸을 돌렸다.

"너는 마마님을 모시는 데 있어 한 치의 소홀함도 있어서는 아
니 될 것이야."

마득이 냉큼 몸을 낮추며 대답했다.

"예, 폐하. 명심, 또 명심하겠나이다."

⚔ ⚔ ⚔

어느새 홀로 서 있는 진평의 뒤로 나열해 서 있는 신하들의 모
습이 보인다. 극락전으로 내려가는 커다란 돌계단에 선 채 바라보
는 앞마당엔 연등이 빼곡히 걸려 있다.

무심한 눈으로 그것들을 바라보는 순간, 바쁘게 다가온 진현이
그의 앞에 고개를 숙였다.

진평이 손을 들어 신하들을 물리자 그곳엔 진현과 진평, 단둘만 남았다. 나직이 한숨을 내쉰 진평이 무겁게 닫혀 있던 입술을 움직였다.

"그대에게 청이 있네."

하명도 아니고, 청이라니.

놀란 마음에 저도 모르게 번쩍 고개를 치켜들었던 진현이 서둘러 몸을 숙이며 입을 열었다.

"하명하여 주십시오."

잠시 침묵을 지키던 진평이 한숨과 함께 말을 이었다.

"그대도 알다시피 혜승이 회임을 했네. 신녀의 말대로 궁을 지어 그곳에서 그 아이를 자라게 한다 하더라도 쉽지만은 않을 것이야."

무엇을 저어하시는 겐가. 진평의 뜻을 가늠하고자 그가 가늘게 눈을 좁히는 순간, 진평이 입을 열었다.

"덕만 말일세."

갑자기 덕만공주님은 왜…….

눈동자에 어린 의문을 읽은 진평이 답했다.

"천명과는 달리 야망이 넘치는 아이야. 분명 왕위를 기대하고 있을 걸세."

그제야 진평의 뜻을 헤아린 진현이 눈썹을 모으며 의견을 고했다.

"하오나 폐하. 아무리 공주마마라 하더라도 하늘의 뜻을 거스를 순 없을 것이옵니다."

입매를 굳힌 진평이 가만히 고개를 저었다.

"아마도, 바람이 불 것이야."

작게 읊조린 진평이 진현을 향해 한 걸음 다가서며 그의 어깨에 손을 얹었다.

"그 아일 지켜 주게."

진현이 조심히 고개를 들자 단호하게 시선을 박은 진평이 말을 이었다.

"앞으로 태어날 아이를, 꼭, 지켜 주어."

눈빛에서 느껴지는 비장함에 진현의 눈에도 덩달아 힘이 들어갔다. 꿀꺽 숨을 삼킨 그가 더없이 믿음직스러운 음성으로 진평을 향해 맹세했다.

"신, 목숨을 다할 것입니다!"

3

궁 안으로 들어서는 용춘의 큰 걸음에 당당함이 묻어난다.

얼마 만이던가. 벅차오르는 감정을 누르며 그가 주변을 둘러보았다.

불어온 바람이 오랜만에 차려입은 관복의 옷깃을 살랑, 흔들었다. 우뚝 걸음을 멈춘 그가 가슴을 부풀려 크게 숨을 들이마셨다.

궁을 둘러싼 담이 아무리 높다 하나 태산보다 높을까만 고작 담장 하나 차이일 뿐인데도 오랜만에 맛보는 공기는 바깥의 것과는 확연히 다르게만 느껴졌다.

눈이 부실 듯 파란 하늘에 하얀 구름이 점점이 박혀 있었다. 그 모습마저도 어딘지 익숙한 느낌이었다.

"이곳은, 별로 달라진 것이 없어 보이는군."

홀로 중얼거린 그가 성큼 걸음을 움직였다. 그가 향한 곳은 마야가 머무는 왕후전이었다.

"왕후마마를 뵈옵니다."

그가 정중히 예를 갖추자 만면에 미소를 띤 마야가 반갑게 그를 맞아 주었다.

"오, 용춘 공. 참으로 오랜만이오."

"그동안 찾아뵙지 못한 소인의 무심함을 용서하여 주시옵소서."

"하필 폐하께서 행행 나가신 사이에 들르셨소."

"앞으로 자주 알현하라는 하늘의 뜻인가 봅니다."

싱긋 웃음 짓는 그의 얼굴이 아름답게 빛났다. 그 모습을 물끄러미 바라보는 마야의 눈매가 부드럽게 휘어졌다.

"잘 자라셨소. 그래, 듣자 하니 화랑 풍월주에 올랐다고."

"워낙에 무예에 출중한 자들이 많으니, 누구를 뽑을까 고심하시다가……."

그가 귓속말을 하듯 슬쩍 소리를 낮췄다.

"주령구라도 굴리신 듯하옵니다."

그에 마야가 피식 웃음을 흘렸다.

"예전이나 지금이나 농을 즐기는 것도 여전하시군."

그러나 입가에 걸려 있던 미소는 문득 닿은 생각과 함께 조용히 사라지고 만다.

"용수 공은…… 어떠한가? 전부터 병약하여 근심이 많았을 텐

76

데."

슬쩍 눈치를 살피며 묻는 그녀의 물음에 그가 환히 웃으며 답을 했다.

"돌을 씹어 드실 만큼 건강하진 못하여도 예전보다 많이 좋아지셨습니다. 이리 궁금해하실 줄 알았으면 형님과 같이 입궁할 걸 그랬습니다."

저도 모르게 새어 나오는 한숨을 삼킨 마야가 고개를 끄덕이며 중얼거렸다.

"그래. 다행이구만."

"그나저나 궁은 변한 게 없는 것 같습니다."

순간 용춘의 입술이 작게 벌어졌다.

"아, 덕만공주께선 참……."

말을 멈춘 용춘이 피식 웃음을 짓자 마야가 물었다.

"덕만을 만나 보셨소?"

"본의 아니게 그리되었습니다."

"천방지축 제멋대로라 이래저래 걱정이 많습니다."

"바라보기 나름 아닐는지요. 제 눈엔 구김 없이 밝아 보여 좋았습니다."

"그러한가요?"

"예."

답을 한 용춘의 입가에 여전히 미소가 맺혀 있었다.

'궁술보다는 먼저 예禮를 배우심이 옳을 듯합니다.'

귓가에 떠올린 음성에 덕만이 코웃음을 쳤다.

"웃기고 있네. 내 언젠가 반드시 네놈의 코를 납작 눌러 주고 말 것이다."

쥐고 있던 긴 목검이 허공을 갈랐다.

"하앗!"

기합 소리는 그럴듯하나 휘두르는 모양새는 마냥 어설프기만 하다. 몰래 구한 병서兵書와 검술서劍術書를 탐독하긴 했지만, 혼자 힘으로 따라 하기엔 한계가 있기 때문이었다.

"엇!"

왼손으로 치맛단을 잡은 채 막대기를 휘두르던 덕만의 몸이 휘청하고 흔들렸다. 풍성한 치마폭에 그만 다리가 꼬인 것이다.

거추장스러운 치마를 원망 어린 눈길로 바라보던 그녀의 눈에 방금 전, 유모가 내려놓고 간 깁(조금 거칠게 짠 비단)이 눈에 들어왔다.

긴 끈이라…….

한참을 바라보던 덕만이 갑자기 손을 뻗어 깁을 집어 들었다. 치마폭 아래로 깁을 집어넣은 그녀가 두 다리 사이로 그것을 끌어 올렸다. 그리고 허리춤에 빙빙 돌려 매듭을 지어 묶자 마치 폭이 넓은 바지를 입은 것처럼 되었다.

모양새는 좀 우스꽝스러우나 그런 것 따위는 아무 상관 없었다. 이쪽저쪽 다리를 들어 보니 움직임이 너무도 편안했다.

"이리 편한 옷을 왜 사내들만 입는 게지?"

가벼움에 폴짝폴짝 뛰어 보는데 중문 안으로 유모가 들어섰다.

"하이고, 마마!"

얼음처럼 굳은 유모의 눈이 화등잔만 하게 커졌다. 화들짝 놀란 유모가 다다다 걸음을 옮겨 덕만 앞으로 달려왔다.

"대체 이게, 이 무슨 해괴한 차림새란 말씀이십니까?"

"이게 어때서? 좋기만 하구만."

"당장 벗으십시오. 왕후마마께서 보시기라도 하는 날엔 쇤네, 경을 치게 될 것입니다."

"아바마마도 안 계시는데 어쩌실 거야."

허리를 곧추세운 그녀가 능청스러운 웃음을 지으며 고개를 끄덕였다.

"괜찮아, 괜찮아. 몸집은 태산만 해 가지고 어째 속은 새가슴이야."

그러다 반짝, 눈을 빛냈다.

"마침 잘됐다."

또 무슨 소린가. 덜컥 심장이 내려앉는데.

바닥에 있던 나무 막대기를 집어 든 덕만이 유모의 손에 그것을 곱게 쥐여 주며 자세를 잡았다.

"혼자 하기 심심했는데. 자, 덤벼!"

"예에?"

"아, 어서!"

"……."

제 손에 들린 것을 물끄러미 바라보던 유모가 바닥에 휙 막대기를 던지며 체념한 듯 중얼거렸다.

"차라리 쇤네를 죽이십시오."

힘없는 소리를 들은 덕만의 눈매가 가늘어졌다.

"쇤네, 마마 때문에 하루도 편할 날이 없습니다. 오늘은 조용히 넘길까, 또 내일은 무슨 일이 있으려나. 이럴 바에야 그냥 땅 파고 들어가 조용히 흙 덮고 누워 있으렵니다."

말을 마친 유모의 귓가로 스며드는 건, 이상하리만치 섬뜩한 정적이었다. 뭔가 잘못되었다고 느끼는 찰나, 서늘한 음성이 들려왔다.

"새가슴인 줄 알았는데, 간이 배 밖으로 나왔구나."

몹시도 차분한 목소리였다. 그런데도 팔뚝 위로 오소소 소름이 돋기 시작했다.

"예?"

이상한 기류를 감지한 유모가 번쩍 고개를 들어 올렸다. 방금 전과는 다른, 싸늘한 눈매가 자신을 응시하는 것이 보였다.

내가 지금 무슨 짓을 저지른 겐가.

뒤늦게 떠오른 생각에 그녀가 붕어처럼 입을 뻐끔거렸다. 제 한 일을 돌아보니 불경스럽기가 이를 데 없었다. 하얗게 질려 가는 유모의 얼굴과 달리 그녀를 바라보는 덕만의 얼굴엔 아무런 감정도 담겨 있지 않아 보였다.

"아이구, 마마. 쇤네가 잠시 미쳤었나 봅니다."

납작 엎드린 유모가 코를 땅에 박은 채 바르르 몸을 떨었다.

"쇤네를 죽여 주시옵소서."

무심한 눈으로 유모의 등을 내려다보던 덕만이 고개를 기울였다.

"글쎄."

그녀가 담담한 목소리로 입을 뗐다. 유모의 어깨가 좀 더 움츠러들었다. 질책 대신 쏟아진 적막에 오히려 목이 조이는 것 같았다.

"생각 좀 해 보고."

고저 없는 어투로 말을 뱉은 덕만이 그대로 몸을 돌려 멀어졌다. 자박거리는 발소리가 더는 들리지 않자 그제야 슬며시 고개를 들어 올린 유모가 참고 있던 숨을 내쉬었다.

"하아."

토해 낸 숨에 조그맣게 흙바람이 일었다. 잠시 잊고 있었다. 천방지축으로 휘젓는 철부지 같지만, 보이는 것이 전부가 아닌 분임을.

✕ ✕ ✕

꽃을 좋아하는 천명답게 처소의 후원은 온갖 종류의 꽃들이 뽐어내는 향들로 가득했다. 작게 미소를 머금은 천명이 만개한 꽃들로 가득한 화원 앞으로 한 걸음 다가서며 지그시 눈을 감았다.

좀 더 가까이 하고 싶은 마음에 허리를 숙이자 수발(垂髮. 뒤로 머리를 길게 늘어뜨림, 또는 그러한 머리)한 길고 풍성한 머리가 흐트러지지 않도록 고정한 머리꽂이의 나비 장신구가 날갯짓을 하듯 팔랑, 떨렸다.

그때, 천명의 뒤로 소리를 죽인 발걸음이 다가왔다. 조용히 멈춘 걸음의 주인은 곧 꽃 앞에 서 있던 천명의 눈을 가리며 그녀의 귓가로 바짝 얼굴을 붙였다.

"누, 누구냐!"

크게 놀란 천명이 몸을 바르작대자 눈을 가린 손에 더욱 힘이 들어갔다.

"돌아보지 마시오. 그대의 향기에 취해 예까지 찾아왔소."

턱을 당겨 사내의 음성을 흉내 낸 그것은 덕만의 목소리였다. 그제야 굳혔던 몸을 풀어 낸 천명이 안도의 숨을 내쉬며 덕만의 손을 떼어 냈다.

"놀랐잖니."

천명이 곱게 눈을 흘기자 덕만이 놀리듯 물었다.

"실망한 얼굴이네. 진짜 정인이 아니라 실망했소?"

"아니, 너!"

뒤늦게 덕만의 해괴한 차림을 발견한 천명이 입을 벌렸다. 채 말을 잇지 못하는 천명의 반응에 고개를 내린 덕만이 자신의 차림새를 살피며 물었다.

"언니 보기에도 그렇게 이상하오? 난 편하기만 한데."

천명이 덥석 덕만의 팔을 잡으며 속삭였다.

"어마마마 보시기 전에 어서……."

끼익.

급히 처소로 이끌려는 순간, 갑자기 문이 열리는 소리가 들렸다. 열린 중문을 향해 두 사람의 고개가 일제히 돌아갔다.

"……!"

돌린 시선의 끝엔 막 중문을 들어선 채로 두 사람을 바라보고 선 사내가 있었다. 그는 덕만을 위기의 순간에서 구해 주었던 바로 그 화랑이었다.

시선이 마주한 세 사람의 움직임이 동시에 멈췄다. 세상의 소리도 함께 멈춘 것 같았다.

"픕!"

적막을 깨뜨린 것은 사내의 입술에서 새어 나온 웃음소리였다. 의아함이 앞선 덕만의 눈썹이 휙, 하고 휘어졌다.

"그대가 이곳엔 어쩐 일로?"

턱을 치켜든 덕만이 사내를 바라보며 물었다. 웃음기를 지운 사내가 가볍게 읍하고는 입을 열었다.

"만나 뵐 때마다 이리 새로운 모습만 보여 주시니, 다음에 만나 뵈올 때는 어떤 모습일지 사뭇 궁금해집니다."

능글거리는 대꾸에 약이 오른 덕만의 얼굴이 화기로 발갛게 달아올랐다.

"어찌 왔냐고 물었소!"

"일전에 폐하를 찾아뵙겠다고 말씀드리지 않았습니까. 아쉽게
도 궁을 비우신 사이에 들렀지만."

질문에 대한 답을 들었으나 뭐라 대꾸를 해야 할지 도무지 떠
오르지 않았다. 덕만이 질끈 입술을 깨무는데 난감한 얼굴로 두
사람을 바라보던 천명이 조용히 그를 향해 물었다.

"어마마마를 뵈셨는지요."

사내가 몸을 돌렸다.

"지금 막 알현하고 오는 길입니다."

크게 눈을 깜빡인 덕만이 천명을 바라보았다.

"아는, 사람이오?"

"그게……."

어찌 설명을 해야 하나. 손끝을 만지작대던 천명이 입술을 달
싹거리자 덕만을 향해 시선을 돌린 사내, 용춘이 뒷짐을 진 채로
눈썹을 모았다.

"세 번이나 보시고도 어찌 기억을 못 하시는지. 참으로 섭섭합
니다."

모은 눈썹 아래로 간신히 웃음을 참고 있는 용춘의 능청스런
입매가 보였다. 궁금한 것도 궁금하지만 약이 올라 미칠 것 같았
다. 점점 가빠 오는 숨을 누르며 이를 사리무는 순간, 그의 입술
이 움직였다.

"자태가……."

뒷말을 듣고자 눈매를 좁히는데 그가 픽, 입술 끝을 당겼다.

"참, 자알 어울리십니다."

벽력霹靂이 내리치듯 자신의 차림새가 떠오른 덕만이 흔들리는 눈동자를 슬그머니 돌려 천명을 바라보았다. 단아하면서도 아름다운 모습이었다. 우스꽝스런 자신과는 너무도 확연히 비교가 되는 자태에 얼굴 가득 민망함이 몰려왔다.

주먹을 말아 쥐는 덕만의 눈가가 떨려 왔다.

널뛰는 감정을 숨기려 그녀가 지그시 입술을 깨물었다.

❈ ❈ ❈

환궁을 위해 준비하는 신하들의 움직임이 분주했다. 그 가운데, 무거운 낯빛으로 선 진평이 진현과 혜승의 배웅을 받고 있었다.

"걸음이 떨어지지 않소."

그가 힐긋 난가(鸞駕. 왕이 거둥할 때 타는 가마)를 돌아보며 소리를 낮추자 혜승이 부드럽게 미소를 지어 보였다.

"염려 마십시오. 신첩, 이제 한 아이의 어미입니다."

한동안 그녀를 응시하던 진평이 몸을 돌려 진현을 바라봤다.

"상대등은 공사에 차질이 없도록 조처해 주오. 내, 부탁할 이가 상대등밖에 없으니."

진현이 읍한 채로 답했다.

"소신, 폐하를 뫼시고 환궁하지 못함이 망극할 따름입니다."

"부디, 조심하시오."

진평의 애틋한 시선이 혜승의 얼굴 위에 머물렀다.

이미 떠날 채비를 마치고 옆에 대기 중인 무리를 돌아본 진평이 낮게 한숨을 내쉬며 부축을 받아 난가에 올랐다. 멈춰 있던 난가가 바닥에서 떠오르자 진평을 태운 행렬이 서서히 움직이기 시작했다.

혜승과 진현이 멀어지는 난가를 향해 고개를 숙였다. 잠시 뒤 몸을 세운 혜승이 멀리 점이 되어 사라지는 행렬을 애잔한 눈으로 지켜보았다.

하염없이 한곳을 바라보고 있는 혜승을 응시하던 진현이 소매춤에 있던 목패를 꺼내 내밀었다. 회임 사실을 알지 못한 진평이 연못에 던졌던 그 목패였다. 깊이 가라앉아 찾지 못하면 어쩌나 싶었는데 다행히 아슬아슬하게 연잎 줄기에 걸려 있던 것을 수색 끝에 찾을 수 있었다.

"오랜 시간 폐하께서 품속에 지니시던 것입니다."

혜승이 손을 내밀어 받아 들었다. 시선을 내린 그녀가 목패에 적혀 있는 글자를 작은 소리로 읽어 나갔다.

"석가釋迦?"

고개를 든 그녀가 이것이 무엇이냐는 듯 바라보았다. 설명을 요하는 그녀의 눈빛에 그가 나직한 음성으로 답했다.

"태어나실 왕자님의 명패名牌이옵니다."

그는 그것이 연못에 버려졌던 것이란 말은 전하지 않았다.

"아……."

목소리가 떨렸다. 혜승의 시야에 진평의 오랜 간절함이 고스란히 묻어 있는 사각의 형체가 들어왔다. 가만히 손으로 감싸 쥔 혜승이 벅찬 가슴에 그것을 갖다 대며 어느새 사라지고 없는 행렬의 흔적을 눈으로 좇았다. 방금 전까지도 텅 빈 듯 허전하기만 하던 심장에 뜨거운 무언가가 울컥 차오르는 기분이었다.

"폐하."

그녀가 조용히 중얼거렸다. 까맣게 빛나던 눈동자가 이내 부연 습기를 머금으며 촉촉하게 젖어 들었다.

✕ ✕ ✕

"아아. 그러고 보니 맞는 것 같습니다요."

유모가 짝, 하고 손뼉을 치곤 고개를 끄덕였다.

"맞네, 맞아."

침상 귀퉁이 옆에 선 유모의 격한 움직임에 팔뚝의 살들이 출렁출렁 춤을 추었다. 눈썹을 모은 채 생각에 잠겨 있던 덕만이 힐긋 유모를 돌아보며 물었다.

"내가 어릴 때 보았던, 그 용춘 오라버니가 맞단 말이야?"

"그렇다니까요? 어쩜 그리 듬직하게 자라셨는지."

고개를 꺾어 한참 올려다봐야 할 정도로 큰 키에, 유달리 너른 어깨며 사내다운 골격까지. 게다가 인물은 좀 잘났던가. 얼굴에서 빛이 자르르 흐르던 게…….

"에구머니나!"

고개를 들어 올린 채 허공에 그의 얼굴을 그려 보던 유모가 갑자기 입을 틀어막으며 바짝 몸을 세웠다.

"그런 줄도 모르고 무엄하네, 어쩌네 했으니, 이를 어째."

나는 또 죽은 목숨이란 말인가. 머리를 감싸 쥔 유모가 땅이 꺼져라 한숨을 쉬며 절레절레 고개를 흔들어 댔다.

무심한 눈으로 유모를 바라보던 덕만이 스륵 몸을 돌렸다. 잔뜩 복잡한 얼굴로 제 앞을 응시하는데 진평의 환궁 사실을 알리는 시녀의 음성이 문을 타고 들려왔다.

— 마마. 폐하께서 환궁하셨습니다.

"알았다."

당장 인사를 드리러 가야 했으나 대답과 달리 쉽게 몸이 움직이지 않았다.

'참, 자알 어울리십니다.'

뒷짐을 진 채 뻗어 내던 그의 능청맞은 음성이 들려오는 것만 같았다. 잘난 낯짝도 덩달아 떠올랐다.

용춘. 용춘 오라버니라.

씩, 호선을 그려 내던 입술이 바로 앞에 있는 듯 생생하게 느껴졌다. 얼굴로 열이 오르는가 싶더니 갑자기 가슴이 쿵쿵 요동쳤다.

"하. 갑자기 왜 이리 더운 것이야."

작게 투덜거린 덕만이 냉큼 손을 움직여 팔랑팔랑 손부채질을 시작했다. 뜀박질이라도 한 기분이었다.

※ ※ ※

그 시각. 환의換衣를 마친 진평은 마주 앉은 마야의 안색을 살피고 있었다. 그녀의 얼굴 위로 드리워진 그늘에 진평의 낯빛도 덩달아 어두워졌다.

"무슨, 하실 말씀이라도 있는 게요?"

애써 불안을 잠재우며 진평이 물었다. 입술을 달싹거리던 마야가 어렵게 말을 열었다.

"다름이 아니라, 천명의 혼사 문제로……."

천명의 혼사라니. 툭, 긴장의 끈이 풀어지는 기분에 안도한 진평이 속으로 숨을 삼켰다. 표 나지 않게 한숨을 내쉰 마야가 말을 이었다.

"천명이, 용수 공을 마음에 두고 있는 듯합니다."

의외의 말에 진평의 눈썹이 크게 휘어졌다. 잘못 들은 것은 아닌지, 그가 확인하듯 되물었다.

"금륜(진지왕) 숙부의 아들 용수요? 천명이 그리 말하던가요?"

"예."

당혹감을 감추지 못한 그가 눈을 깜빡이며 숨을 골랐다. 생각

지도 못한 일이긴 하지만 그렇다고 반대할 이유는 없는 조합이었
다.

"용수."

작게 읊조린 그가 살며시 고개를 끄덕였다.

"병약한 것이 마음에 걸리기는 하지만 심성은 맑은 아이지요."

덧붙여 들려온 말에 마야는 그나마 위안을 얻을 수 있었다.

"알아보니 용수 공의 건강이 많이 좋아졌다 합니다."

"그래요? 그렇다면 부인께서 직접 지도부인을 만나 보시지요."

"그리하겠습니다."

✖ ✖ ✖

깊은 밤. 적요한 어둠을 타고 흘러내린 달빛이 온통 까맣기만
한 세상을 푸근히 감싸고 있다. 높다란 담장과 대문이 겹겹이 둘
러쳐진 궐 담장을 따라 걷던 용춘이 걸음을 멈추며 밤공기를 들
이마셨다. 고개를 젖힌 그가 하늘을 올려다보았다.

오늘따라 유난히 별 무리가 밝은 듯하군.

끼익.

느껴지는 기척에 고개를 돌리자 빼꼼히 고개를 내민 시녀 하나
가 주변을 두리번대는 것이 보였다. 이내 온전히 몸을 낸 시녀가
사위를 돌아보며 정밀히 주변을 살폈다.

이윽고 그녀가 작게 고개를 끄덕이자 멱리羃羅를 쓴 여인이 얼

굴 위로 길게 사라紗羅를 늘어뜨린 채 조심히 궐문을 나섰다. 달 빛 아래 드러난 자태. 천명이다.

용춘을 발견한 그녀가 환히 웃으며 그를 바라보았다. 성큼 다 가온 용춘이 손을 내밀자 수줍게 웃은 그녀가 가만히 제 손을 내 어 주었다.

큼직한 손으로 그녀의 손을 맞잡은 그가 열 손가락을 하나하나 얽어 꿰곤 천천히 걸음을 떼었다. 깍지를 낀 두 사람의 손이 빈틈 없이 맞물렸다.

"어디를 가시는 겜니까."

천명의 물음에 그가 길게 입매를 늘였다.

"흠. 그대에 댈 바는 아니지만 꽤 아름다운 곳?"

그가 가볍게 고개를 기울이며 눈을 맞추자 천명이 피식 웃으며 곱게 눈을 흘겼다.

"농 좀 그만하십시오."

"사실을 말한 건데 어찌 농이라 하오."

"듣기 민망합니다. 그만하세요."

손을 잡은 채로 그녀가 작게 어깨를 흔들자 훗, 웃음을 흘린 용 춘이 맞잡은 손에 더더욱 힘을 주며 걸음을 움직였다.

"다리가 아프지는 않소?"

용춘의 물음에 천명이 고개를 가로저었다. 못마땅한 듯 미간을 좁힌 그가 걸음을 멈추며 그녀를 내려다봤다.

"원. 이렇게 손발이 안 맞아서야."

"예?"

"다리가 아픕니다, 해야 그댈 이리……."

"어맛!"

갑자기 번쩍 안아 드는 용춘의 손길에 화들짝 놀란 천명이 그의 목에 팔을 감아 둘렀다. 가뿐히 그녀를 안아 든 용춘의 입술 끝에 짓궂은 웃음이 시원하게 걸렸다. 그가 다시 걸음을 옮기자 그의 목에 팔을 감은 채 천명이 애원했다.

"내려 주십시오."

"싫습니다."

단호한 거절에 머뭇대던 천명이 중얼거렸다.

"무겁습니다."

"그게 걱정인 겝니까?"

"……."

"나는 그대가 너무 가벼운 것이 걱정입니다만."

"아, 제발."

"제발, 뭘 어찌 해 달라는 겐지 말씀을 하십시오."

입술을 감쳐물고 있던 천명이 체념한 얼굴로 작게 속삭였다.

"……시지요."

그가 고개를 기울이며 말했다.

"잘 들리지 않습니다."

"차라리……. 차라리 업어 주십시오. 이리 안고 가시면 너무 힘드십니다."

그제야 만족스럽다는 듯 미소를 지은 용춘이 안고 있던 그녀를 내려놓고는 등을 돌리고 앉았다. 옅게 한숨을 내쉰 천명이 머뭇머뭇 다가가자 냉큼 업은 그가 가볍게 몸을 일으켰다.

"뿌리쳐도 좋고, 이리 맞받는 것도 좋으니. 도무지 그대를 놓을 수가 없단 말입니다."

"민망합니다. 그만 좀."

"하하."

그녀를 업은 채로 그가 호탕하게 웃어 젖혔다.

"나중에 나이 들어 함께 곱씹을 추억 몇 가지는 있어야 할 게 아닙니까."

나직이 들려온 음성에 천명의 가슴이 조용히 일렁거렸다. 눈을 감으니 늙어 조금은 굽어든 등을 담벼락에 기대고 앉아 오붓이 담소를 즐기고 있는 노부부의 일상이 그려졌다.

입가에 웃음을 매단 채 따사로운 햇살을 받고 있는 노부부의 앞으로 흐드러지게 핀 색색의 꽃들을 품은 정원이 넓게 펼쳐져 있을 것만 같았다.

아직은 먼 훗날의 이야기겠지, 하면서도 뭉근히 피어오르는 기대감에 그녀가 옅게 미소를 지었다.

그녀를 등에 업은 채 성큼 걸음을 옮기던 그가 마침내 움직임을 멈췄다. 발이 땅에 닿는 느낌과 함께 감고 있던 눈을 뜨려는 순간, 빠른 속도로 몸을 세운 그가 그녀의 얼굴 위에 드리워져 있던 사라를 걷어 올렸다.

"아!"

시야 너머, 드넓게 펼쳐진 꽃밭이 보름달에 그 자태를 훤히 드러내고 있었다.

"정말, 아름답습니다."

발갛게 상기된 얼굴로 천명이 중얼거렸다. 혼을 쏙 빼놓을 듯 사방에 진동하는 꽃향기. 존재하는 이는 오롯이 둘뿐인 듯 요요한 정적이 주변을 감쌌다.

그가 성큼, 그녀 앞으로 다가서며 말했다.

"얼굴이."

손을 들어 올린 그가 가만히 그녀의 뺨을 쓸어내렸다.

"붉어졌소."

그의 손안에 갇힌 채 천명이 중얼거렸다.

"그러게요. 이제야 낯부끄러운 줄을 깨달았나 봅니다."

"무엇이 말입니까?"

"실은."

작게 운을 뗀 천명이 마저 말을 이었다.

"어마마마께 속내를 말씀드렸습니다."

용춘의 눈썹이 휙 휘어졌다.

"속내?"

머뭇대던 천명이 입술을 움직였다.

"용춘 공께 마음이 있다고……."

말끝을 흐린 천명이 민망한 듯 눈을 깜빡이다 이내 고개를 돌려 버렸다. 공기의 흐름을 싹둑 잘라 낸 듯 일순 무겁게 가라앉은 적막이 주변을 침습해 왔다.

괜한 소릴 한 것인가. 천명이 도록 눈을 굴리며 입술을 깨물었다. 그와 동시에 다가온 손이 그녀의 입술을 가만히 쓸어내렸다.

입술에 닿은 온기에 천명이 고개를 들어 올리는 순간 두 손으로 그녀의 얼굴을 감싸 쥔 용춘이 입술을 겹쳐 왔다.

"이것은 왕후마마께 먼저 아뢰지 못한 내 비겁함에 대한 죗값이며."

그가 입술을 맞댄 채 짙은 음성으로 속삭였다.

"이것은 사랑 앞에 용감한, 그대에게 드리는 선물이오."

말을 마침과 동시에 그가 삼키듯 입술을 베어 물었다. 작게 벌어진 입술 사이로 들어선 혀가 고른 치열을 훑더니 이내 쇠를 녹일 듯 뜨거운 기세로 그녀의 입 안을 헤집기 시작했다.

거친 숨결과 함께 곧 서로의 혀가 얽혔다. 말랑하면서도 뜨겁고, 부드러우면서도 또 격렬했다. 어디에서부터 비롯된 것인지 모를 열기가 무서운 속도로 두 사람을 휘감았다.

"하아."

입술 사이를 비집고 나온 신음이 이내 공기 중으로 흩어졌다. 몸이 녹아내릴 듯 아득해지는 느낌에 천명이 그의 옷깃을 움켜쥐었다.

단단히 그녀를 받쳐 안은 그가 아쉬운 듯 천천히 입술을 떼어 냈다. 여전히 눈을 감고 선 천명이 가쁜 숨을 몰아쉬었다.

다시 고개를 내린 그가 그녀의 입술에 촉, 입을 맞췄다. 파르르 눈꺼풀을 들어 올리는 천명의 눈동자에 이내 그렁그렁 눈물이 차 올랐다.

"이렇게 눈물이 많아서야."

물끄러미 그녀의 얼굴을 내려다보던 그가 막 방울져 흘러내리는 눈물을 닦아 내곤 다정히 그녀를 당겨 안았다.

"은애하오."

그녀의 이마에 깊게 입술을 누른 용춘이 나지막하게 속삭이곤 그녀를 안은 팔에 더욱 힘을 주었다. 품 안에서 작게 고개를 끄덕이는 천명의 움직임이 전해졌다.

팔 안에 가둔 가녀린 존재만으로도, 그는 세상을 다 가진 듯한 기쁨을 느낄 수 있었다. 풀벌레 울음 사이로 요요한 달빛이 흩어져 내렸다.

※ ※ ※

"어서 오십시오. 먼 길 오시느라 고생하셨습니다."

왕후전으로 들어서는 지도를 향해 환히 웃음을 지어 보인 마야가 먼저 입을 열며 그녀를 반겨 맞았다.

코끝을 찌르는 분 향. 한눈에 보기에도 쉽게 구하기 힘든 값비싼 장신구와 비단으로 온몸을 휘감은 지도는 오히려 제가 왕후전의 주인인 듯한 얼굴로 인사를 받았다.

"좋은 일로 불러 주신 덕분인지 오랜만의 궁 나들이임에
도……."

말끝을 흐린 그녀가 힐긋 왕후전을 둘러보며 비죽 눈썹을 치켜
올렸다. 예의 도도한 눈빛이 못마땅한 듯 살짝 일그러졌으나 이내
평정을 되찾았다.

"제집인 양 편안하군요."

"……그러십니까."

불편한 마음을 털어 내며 애써 미소를 지은 마야가 그녀를 향
해 자리를 권했다. 사락, 소리와 함께 그녀의 화려한 치맛단이 바
닥을 스쳤다.

시립해 있던 시녀가 공손히 차를 우려 올렸다. 찻잔을 바라보
던 지도가 붉은 입술을 움직였다.

"천명공주가 우리 용수를 마음에 두고 있었다니."

싱긋 입꼬리를 들어 올린 그녀가 찻잔을 들어 향을 음미했다.

"하기야. 어릴 때부터 궁을 제집 드나들듯 하며 면을 익힌 사
이니 마음을 두는 것이 그리 이상한 일은 아니지요."

무겁게 가라앉은 마야의 얼굴과 달리 지도의 얼굴엔 들뜬 기색
이 가득했다. 은은히 감도는 차향을 코끝으로만 느끼던 지도가 한
모금 차를 머금었다. 생각보다 맛이 좋은지 그녀의 입술이 호를
그리며 올라섰다.

"아. 덕만공주의 혼기도 곧 차겠군요."

"덕만은……."

"하루라도 빨리 이 혼사가 진행되도록 애쓰겠습니다."

재빨리 마야의 말을 끊어 낸 지도가 그녀의 눈을 마주한 채 말했다. 입 안을 맴도는 씁쓸한 기분을 삼키며 마야가 작게 고개를 끄덕였다.

"예."

미소는 짓고 있지만, 어쩐지 마음이 편하지가 않다. 커다란 바위에 눌린 듯한 가슴을 어루만지며 그녀가 나직이 한숨을 흘렸다.

⁂ ⁂ ⁂

바늘귀에 꿴 고운 색실이 차분히 넘나들며 꽃을 피워 냈다. 흰색의 꽃잎 위에 다시 붉은빛이 입혀졌다. 탐스럽게 피어난 꽃 위로 곧 두 마리의 나비가 나풀나풀 날아올랐다.

"언니!"

매끄러운 비단 위에 차분히 자련수를 놓던 천명의 귓가로 다급한 음성이 날아들었다. 이어 벌컥 문이 열리고 벌겋게 상기된 얼굴의 덕만이 숨을 헐떡거리며 들어왔다.

"그게, 헉, 사실이오?"

다짜고짜 달려와 사실이냐 묻는 덕만의 얼굴을 올려다보던 천명이 바늘을 정리하며 수틀을 뒤로 물렸다. 느릿한 움직임이 답답하다는 듯 덕만이 급히 숨을 고르며 재촉하듯 물었다.

"혼인을 한다는 게, 헉, 사실이냐고."

주변을 갈무리한 천명이 그제야 미소를 지으며 고개를 끄덕였다. 덕만이 천명의 앞에 자리를 잡으며 동그랗게 눈을 떴다.

"그, 밤이슬을 맞고 만나던, 그?"

"응."

천명의 대답에 덕만의 얼굴이 환하게 피어났다.

"축하하오. 드디어 하나뿐이라던 그 소원을 이루시는구려."

그러고는 힐긋 수틀을 돌아보며 허리에 손을 얹었다.

"나 같으면 좋아 온 궁을 뛰어다닐 텐데, 차분히 앉아 수가 놓아지오?"

말을 마친 덕만이 멈칫했다. '좋아 온 궁을 뛰어다닐 텐데.' 라는 말을 하는 순간, 용춘 공의 얼굴이 떠오른 탓이었다.

그와 무슨 상관이라고. 꾹, 하고 입매를 붙이는 와중에도 커다란 나무처럼 든든하게 서 있던 모습이 자꾸만 어른거렸다. 요전처럼 다시 얼굴이 달아오르고 심장이 쿵쿵 울렸다.

덕만의 변화를 알지 못하는 천명은 수틀을 돌아보고는 잔잔한 미소를 머금었다.

"그분께 드릴 것이니 그분 생각하면서 한 땀 한 땀."

냉큼 생각을 털어 낸 덕만이 절레절레 고개를 저었다.

"딱 자기 같은."

푸, 하고 숨을 뱉어 낸 덕만이 아까보다 한결 차분해진 얼굴로 천명을 바라봤다. 미친 듯 날뛰던 심장도 덩달아 얌전해졌다.

정인이 있단 속내를 먼저 고백했단 소릴 들었다. 여리고 유약

하기 이를 데 없던 언니가 어찌 그럴 수 있었을까.

"궁금하네. 무엇이 언니 같은 사람을 그리 용감하게 만들었는지."

덕만이 천명의 얼굴에 시선을 꽂은 채 가만히 턱을 괴며 물었다. 평소와는 다른 진지한 모습에 천명이 한참이나 그녀를 바라봤다.

"그걸 어찌 말로 설명할 수 있겠어. 그건 그냥……."

천명이 입술을 다물고는 꿈을 꾸듯 몽롱한 눈빛으로 허공 어딘가를 응시했다.

"그렇게 돼 버리는 건데."

"그냥 그렇게?"

덕만의 물음에 천명이 응, 하고 고개를 끄덕이며 말을 이었다.

"견딜 수 없이 뜨거워지거든."

나직한 중얼거림에 덕만이 물었다.

"어디가?"

"글쎄. 어느 날은 가슴이 뜨거웠다가, 또 어느 날은 얼굴이 뜨거웠다가. 그건 나도 알 수 없는걸."

천명의 설명에 덕만은 덜컥 심장이 내려앉는 기분이 들었다. 누군가를 떠올릴 때마다 제 몸에서 보낸 반응이 이와 다르지 않기 때문이었다. 무섭도록 가빠 오던…….

두근두근.

갑자기 그녀의 심장이 미칠 듯 요동을 쳤다. 단지 이야기를 들고 있는 중임에도 마치 뜀박질을 하고 있는 듯 얼굴이 화끈거리고 숨이 가빠 왔다.

한두 번도 아니고. 어찌 이런 것이지? 어찌?

"그나저나 네가 요즘 검을 잡는단 소문이 있던데."

혼자만의 생각에 빠져 있던 덕만이 퍼뜩 고개를 들어 올리며 천명을 바라봤다.

"내가 잘못 들은 게지?"

"잘못 들은 게요."

덕만의 대꾸에 다행이라는 듯 천명이 가슴을 쓸어내렸다.

"검뿐 아니라 활도 잡고 있으니."

"뭐?"

저도 모르게 소리를 키운 천명이 얼른 제 입을 막으며 몸을 낮췄다.

"어마마마 귀에 들어가기라도 하면 어쩌려고."

"까짓 잔소리밖에 더 하시겠소."

"덕만아."

"언니가 수를 놓는 것과 같은 것이오, 나도."

"설마……. 좋아하는 이가 생긴 거야?"

얼굴에 닿는 시선이 뜨거웠다. 머쓱한 정적을 견디지 못한 덕만이 벌떡 몸을 일으키며 주먹을 움켜쥐었다.

"아잇, 그런 건 아니고. 그냥, 배워 보고 싶었단 말이오."

"일국의 공주가 검을 잡아 무에 쓰려고."

"보란 듯 잘해 보이고 싶었소."

"누구에게?"

"그건."

입술을 꾹 다문 덕만이 미간을 좁혔다. 다시금 용춘 공의 얼굴이 떠오른 탓이었다.

"내 자신에게요."

다신 부끄럽지 않게.

뒷말을 삼킨 덕만이 시선을 돌리자 비단 위, 곱게 놓아진 수가 눈에 들어왔다. 그 고운 모양에 괜한 심술이 찬 덕만이 뿌, 볼을 부풀린 채 얼른 고개를 틀었다.

✕ ✕ ✕

처소로 돌아온 덕만이 동경(銅鏡. 청동 거울)을 꺼내 들었다. 그러고는 가만히 얼굴을 비추었다.

콧등 위로 돋아난 주근깨가 오늘따라 유독 눈에 거슬렸다. 눈처럼 희고 고운 언니와는 영 다른 모습이었다.

그러고 보니 온통 다른 것투성이였다. 제약이 많은 궁 생활에 늘 불만을 품는 저와 달리 언니는 활짝 핀 꽃 한 송이에도 행복한 표정을 짓곤 했으니까.

그래선지 언니를 용감무쌍하게 만든 이의 존재가 더욱 궁금해졌다. 물어도 답을 주지 않으니 궁금증에 애가 달 지경이다.

무엇이 언니를 그리 용감하게 만들었느냐는 물음에 언니는 그냥 그렇게 되어 버렸다고 했다.

'견딜 수 없이 뜨거워지거든.'

'어디가?'

'글쎄. 어느 날은 가슴이 뜨거웠다가, 또 어느 날은 얼굴이 뜨거웠다가. 그건 나도 알 수 없는걸.'

어려운 설명임에도 아주 알아듣지 못할 바도 아니라 기분이 이상해져 버렸다. 언니의 놀란 목소리가 더욱 그리 만들었는지도 모를 일이었다.

'설마⋯⋯. 좋아하는 이가 생긴 거야?'

그녀가 깊게 숨을 내쉬었다.

좋아하는 이라.

그것까진 모르겠으나 보란 듯 잘해 보이고 싶단 생각이 든 것은 사실이었다. 요사이 궁 출입이 잦은 용춘 공의 얼굴을 보고자 이곳저곳을 기웃댄 것도 그 때문이었다.

운이 좋으면 우연처럼 맞닥뜨리기도 했고, 아닌 날에는 종일 궁 안을 어슬렁대도 머리카락 하나 보지 못하기도 했다. 그를 만나고 만나지 못하고에 따라 기분이 오르락내리락 널을 뛰었다.

'근래 검술을 연마 중이시라고요.'

오늘은 운이 좋은 모양이구나! 앞선 반가움에 막 입꼬리가 들썩이던 찰나, 그가 불쑥 물었다.

'검술은 무슨. 무료함에 굴러다니던 병서兵書 몇 권을 훑어보

앉을 뿐인걸요.'

심드렁한 얼굴로 답한 덕만이 턱을 들어 올렸다. 유치한 줄 알
면서도 그간 독학으로 익힌 검술을 자랑하고 싶어졌다. 말 때문에
죽을 뻔했던 것이나 연무장에서의 활 사건이나. 그와 부딪친 매
순간 무지한 모습만을 보였단 생각에 부끄러움이 몰려왔기 때문
이었다.

'어렵진 않으셨습니까.'

'뭐, 별것 없더군요.'

코끝으로 웃은 그녀가 어깨를 으쓱였다.

'역시. 공주님다우십니다.'

칭찬인 건가? 눈썹을 세우는데 그가 호방한 웃음을 지으며 입
을 열었다.

'일후(日後. 뒷날), 대련을 기약할 날이 올지도 모르겠습니다.'

부드럽게 휘어진 입매로 시선이 닿았다. 참인지 희롱인지 도통
가늠이 되지 않았다. 그는 사람을 멍청이로 만드는 재주가 탁월한
듯싶었다.

좀 더 말을 나누고 싶었으나 가볍게 읍한 그가 서둘러 몸을 돌
려 멀어지는 바람에 그만 헤어질 수밖에 없었다.

그리고 다시 그를 만난 것은 닷새 전 저녁. 종일 목검을 쥔 채
로 어슬렁거렸지만 결국 용춘 공을 만나지 못한 채로 돌아오던
길이었다.

터덜터덜 걸으며 세법勢法에 나오는 동작을 외던 그녀는 스스

로 보기에도 영 매끄럽지 않은 동작 하나를 반복하며 허공에 검을 겨누었다.

'칼끝을 밑으로 하는 것이 아니라 이렇게.'

저녁 어스름을 가르며 들려온 것은 묵직하면서도 울림이 깊은 음성이었다. 미처 돌아볼 틈 없이 긴 그림자 하나가 그녀의 위로 드리워졌다. 그리고 코끝으로 은은히 백산차白山茶의 향이 스미는 찰나, 목검을 쥔 손 위로 따스한 온기가 겹쳐졌다.

'어깨로부터 수평이 되도록 한 뒤 돌아서며 상대의 옆구리를 공략하는 겁니다.'

그가 움직이는 대로 그녀의 몸도 따라갔다. 혼자 연습할 때와 달리 너무도 자연스럽게 동작이 이어졌다.

능청스럽게 놀리는 대신, 그는 진중하고 세심하게 동작을 가르쳐 주었다. 정숙하지 못하다는 꾸지람을 하지도, 걱정을 늘어놓지도 않았다. 입술을 타고 흐른 음성은 다정하고 부드러웠고, 온전히 저에게로만 집중된 시선도 곰살궂었다.

검 위로 겹친 손이 유독 커다래 보였다. 손만 큰 것이 아니라 키도 크고, 어깨도 너른 편이었다. 가로로 길게 뻗은 눈매며 날렵하게 솟은 콧날, 단정하게 다물린 입술마저도 근사해 보였다. 제 것보다 단단하고 꺼칠한 손의 감각이 선명하게 와닿았다.

그녀는 처음으로 시간이 멈추었으면 좋겠다는 생각을 했다. 커다란 나무에 감싸인 듯 포근하고 따스한 느낌이 드는 한편 가슴이 벅차고 설레었다.

그러니까, 좋아하는 이가 생긴 모양이야.

그제야 언니의 물음에 답을 할 수 있을 것 같았다. 심장이 거센 파도처럼 일렁거렸다. 예전이라면 바보 같다 여겼을 것들이 찬찬히 이해되기 시작했다.

— 마마, 차 들여갑니다.

밖에서 들려온 유모의 음성에 덕만이 얼른 고개를 들었다. 갑자기 마시고 싶다며 닦달한 백산차가 준비된 모양이었다.

다기를 받쳐 든 채 방으로 들어서던 유모가 갑자기 그 자리에 멈춰 서서는 눈을 끔뻑거렸다.

"쇤네 눈이 잘못된 모양입니다."

"눈이? 왜?"

"그럴 리가 없는데, 꼭 동경을 들고 계신 것처럼 보여서요. 허허."

덕만이 힐긋 동경을 내려다보며 미간을 좁히자 유모가 히익, 놀란 얼굴로 다가왔다. 그 바람에 다반茶盤 위에 있던 청자완青磁椀이 달그락 소리를 냈다.

"그건 대체 왜 들고 계신 건데요?"

유모의 물음에 덕만이 입술을 달싹였다.

나도 화장이란 걸 해 볼까, 물으려던 찰나 유모의 목소리가 날아들었다.

"가벼워 보여도 쇳덩입니다. 잘못 휘두르셨다간 사람 여럿 잡으실 수도 있단 말입니다."

뒤늦게 유모의 말뜻을 알아들은 덕만이 헛웃음을 삼켰다. 안 하던 짓을 하였으니 유모가 놀랄 법도 했다.

그만큼 어울리지 않는다는 뜻이겠지. 아는 사실인데도 입이 썼다.

"그럼 제대로 휘두르면 어찌 되는지 지금 알아보면 되겠네."

불퉁하게 뱉은 덕만이 동경을 불끈 쥐었다. 놀란 유모의 눈이 튀어나올 듯 커다래지는 것을 불만스럽게 바라보던 그녀가 유모를 지나쳐 방을 나섰다.

4

어느덧 의혼(議婚. 혼인을 의논하는 일)의 절차가 끝나고 신랑 측에서 보낸 청혼서와 예물이 마침내 궁에 당도했다.

커다란 궤 안에서 지도가 보낸 패물함을 꺼내 든 마야가 천명의 앞에 그것을 내려놓았다. 떨리는 손으로 천명이 패물함을 열자 눈이 부시도록 화려한 금붙이들이 함 안 가득 모습을 드러냈다.

하지만 천명의 시선을 사로잡은 것은 금붙이 위에 단정히 놓여 있는 청혼서였다. 조심스레 청혼서를 펼쳐 안의 내용을 읽어 내려가던 천명의 얼굴이 순식간에 납빛으로 변하며 차갑게 얼어붙었다.

"어마마마……."

청혼서를 손에 쥔 천명이 부들부들 몸을 떨자 마야가 놀라 물었다.

"어찌 그러느냐."

"이것이, 이것이……."

금방이라도 바스라질 듯 위태롭게 서 있던 천명의 몸이 그대로 바닥으로 무너졌다. 한옆에서 시큰둥하게 서 있던 덕만도 놀란 얼굴로 달려들었다.

"언니!"

"천명아, 천명아! 뭣들 하는 게야. 어서 태의를 불러라!"

주저앉아 천명을 살피던 마야가 주변에 시립해 있던 시녀들을 향해 외쳤다. 예상치 못한 상황에 황망히 서 있던 시녀들이 그제야 정신을 챙기며 일사불란하게 움직였다.

얼마 지나지 않아 뛰듯이 들어선 태의가 침상에 누운 천명의 맥을 짚었다.

"대체 무슨 일이란 말인가."

진맥을 마친 태의가 몸을 일으키며 마야에게 고했다.

"마음의 문제로 인하여 갑자기 심신의 기혈이 막히신 듯합니다."

"기혈이? 치료법은 있는 게지?"

"곧 막힌 기를 순환시키는 탕약을 올리겠나이다."

"탕약을 먹으면 괜찮아지는 겐가."

"예. 기혈이 순조롭게 유통되면 곧 심신을 추스를 수 있으실 것입니다."

"알겠네."

가볍게 읍한 태의가 밖으로 나가자 고개를 내린 마야가 가만히 천명의 손을 잡았다.

"네가 그리 원하던 혼사인데 대체 이게 무슨 일이란 말이냐."

입술을 감쳐문 천명이 대꾸를 하지 못한 채 뚝뚝 눈물을 흘렸다.

"천명아."

차라리 소리 내어 울기라도 할 것이지. 속으로 끅끅 울음을 삼키는 딸을 안쓰럽게 바라보던 마야가 제 볼에 흘러내리는 눈물을 서둘러 닦아 내며 덕만을 돌아봤다.

"시녀들을 데리고 나가 단단히 입단속을 시키거라."

어찌 된 것인지 앞뒤 정황이 궁금했지만, 덕만은 별달리 토를 달지 않은 채 이내 시녀들을 이끌고 몸을 뒤로 물렸다.

금세 방이 비워지고 너른 방에 천명과 마야만이 남았다.

"이제 우리 둘뿐이니 어서 말을 해 보아라. 대체 이게……."

"소녀가 말씀드렸던 정인은, 용수 공이 아닌 용춘 공이었습니다."

누워 있던 몸을 일으킨 천명이 무겁게 닫혀 있던 입술을 움직였다.

"그럴 리가. 네 분명 용수라 하지 않았느냐."

가슴이 철렁 내려앉는 것을 느끼며 마야가 물었다. 이내 물기 어린 답이 돌아왔다.

“제 입으로 그 이름을 말하기 민망하여 두 형제 중 어릴 숙叔 자를 써서 용숙이라 표현한 것이온데…….”

눈앞이 갑자기 하얗게 흐려졌다.

“그럴 수가.”

황망한 얼굴로 마야가 중얼거리자 투둑, 눈물을 흘린 천명이 어깨를 들썩이며 울음을 터트렸다.

“흑, 어마마마…….”

흔들리는 어깨를 바라보던 마야가 넋 나간 사람처럼 허공을 응시했다. 부모의 뜻에 늘 순종하기만 하던 딸이 처음으로 피력한 소원이었다. 해서 무슨 일이 있어도 꼭 들어주고 싶었다. 사랑을 구걸하는 것이 어떤 고통인지 알기에 자신의 딸만큼은 스스로 선택한 정인과 오래도록 해로偕老하기를 누구보다 간절히 바라고 바랐다.

“내 탓이다. 모두 내가 부덕한 탓이야. 내가 마음을 곱게 쓰지 못한 탓에 네가 이런 험한 꼴을 겪는구나.”

어찌하면 좋으냐, 천명아.

몸을 늘어뜨린 마야가 피눈물이 흐르는 가슴을 쥐어뜯으며 소리 죽여 오열했다.

⁂

벌컥.

요란한 소리와 함께 지도의 방문이 열렸다. 철경(鐵鏡. 쇠로 만든 거울)을 보며 머리를 다듬던 지도는 성큼성큼 걸어와 제 앞에 멈춰 선 용춘을 올려다보며 눈썹을 치켜올렸다. 크게 부릅뜬 눈이 그녀의 얼굴 위로 한동안 고정되었다.

"할 말이라도 있는 게냐?"

불끈 주먹을 쥔 채 마냥 서 있기만 하는 용춘을 보며 지도가 물었다. 너무도 아무렇지 않게 묻는 모습에 애써 숨을 고른 용춘이 낮고도 서늘한 음색으로 물었다.

"형님이 천명공주와 혼례를 치른다니요."

"들은 대로."

무심한 어투로 답을 한 그녀가 거울에 제 얼굴을 이리저리 비췄다.

"이 혼사는, 이루어질 수 없습니다."

지도의 시선이 용춘을 향해 올라섰다.

"천명을 사랑하는 사람은 접니다. 어머니께서도 아시지 않습니까?"

지도의 입술에 냉랭한 웃음이 걸렸다.

"알지. 알다마다."

"아신다면서 어찌 그간 모두를 감쪽같이 속이신 겁니까!"

형님의 혼담이 오간다는 것은 알고 있었으나 그 상대가 천명일 거란 사실은 꿈에서조차 상상하지 못한 일이었다. 그저 도성의 여느 진골 여식일 거라 믿고 있던 용춘은 청천벽력과도 같은 소식에 혼이 나갈 듯한 충격에 휩싸일 수밖에 없었다.

"네 진정 그 이유를 몰라 내게 묻는 게냐?"

지도의 싸늘한 음성이 방 안을 울렸다. 곧바로 몸을 일으킨 그녀가 용춘의 얼굴을 똑바로 바라보며 일갈했다.

"사랑? 흥! 그깟 사랑 놀음 때문에 즉위한 지 4년 만에 왕위에서 쫓겨 나간 네 아비를 보고도 그런 소릴 해? 그 일만 아니었으면 지금 진평의 자리는 너나 용수가 꿰차고 있을 것이야."

"하."

"다행히 하늘이 우리 모자를 버리지 않으시어 천명과 연을 맺게 되었으니. 홋, 일이 참 재미있게 되어 가지 않느냐?"

"천명의 남잔 바로 접니다."

용춘이 낮게 으르렁댔지만 그의 기분 따윈 아랑곳하지 않는 듯 지도는 픽 입술 끝을 들어 올리며 남은 말을 이어 갔다.

"글쎄. 마음이란 것이 워낙 간사한지라, 나는 그저 주어진 기회를 놓치고 싶지 않았을 뿐이란다."

"어머니!"

"그럼, 국혼國婚을 뒤엎었어야 했을까?"

두 사람의 시선이 허공에서 맞부딪쳤다. 불꽃이 일듯 두 사람의 눈동자가 일렁였다. 하지만 숨이 막힐 듯한 정적이 흐른 것도 잠시. 이내 부드럽게 눈매를 휜 지도가 나긋한 목소리로 입을 열었다.

"안타깝게도 진평에겐 왕위를 물려줄 아들이 없지. 남아 있는 성골이라곤 천명과 덕만 두 딸뿐이다."

바짝 다가간 그녀가 비밀스럽게 물었다.

"그렇다면 왕위를 물려받을 자는 누굴까?"

고개를 기울인 지도가 눈을 찡긋했다.

"사위일 수밖에."

그러고는 지그시 용춘의 눈을 응시했다.

"탐이 나느냐? 그럼 덕만을 꾀어 보거라."

용춘의 미간이 일그러지는 것을 보며 지도가 고개를 젖혀 크게 웃기 시작했다. 탐욕에 젖은 웃음소리가 방 안 가득 울려 퍼졌다.

⊗ ⊗ ⊗

퀭한 눈. 표정 없이 앉은 용춘이 홀로 술잔을 기울였다. 늘 반듯하게 정제整齊되어 있던 의복은 그의 마음만큼이나 잔뜩 구겨진 채 흐트러져 있고, 입가에 걸려 있던 호탕한 웃음이 사라진 대신 표출되지 못한 분노가 용암처럼 들끓었다.

스윽.

문 앞에 검은 그림자가 어른거리더니 이내 문이 열렸다. 못마땅한 듯 바라보고 있는 지도 뒤로 안타까운 눈을 한 용수의 모습이 보였다.

"모자란 것."

혀를 찬 지도가 매몰차게 몸을 돌려 사라졌다. 미동 없이 서 있던 용수가 천천히 걸음을 옮겨 그 앞에 다가갔다.

"얼굴이 많이 상하였다."

용춘이 대꾸 없이 술잔을 털어 넣었다. 금세 비워 낸 잔에 다시 술을 따르려는 그의 손을 용수가 덥석 잡아 말렸다.

"용춘아."

"놓으십시오."

"떠나거라."

머리 위에서 들려오는 비장한 음성에 용춘이 뒤늦게 고개를 들어 올렸다.

"천명을 데리고 아무도 모르는 곳으로 떠나."

"……!"

"진즉 알았더라면 일이 이렇게 되도록 놔두진 않았을 텐데, 미안하구나."

자책하듯 중얼거린 그가 고개를 떨어뜨렸다. 그 역시 심한 마음고생을 한 듯 며칠 새 부쩍 수척해진 모습이었다.

용수를 바라보는 용춘의 눈동자가 크게 흔들렸다. 정신을 차린 용춘이 외면하듯 시선을 돌렸다.

"형님 탓이 아니니 그리 자책 마십시오. 설령 미리 알았다 해도 어머님의 뜻을 꺾을 방도는 없었을 겝니다."

그가 술상을 물리며 한결 차분해진 음성으로 말했다.

"천명에 대한 네 마음을 어찌 모르겠느냐."

이름을 듣는 것만으로도 가슴 한구석이 아릿했다. 용춘이 미간을 좁히며 입술을 깨물자 그런 아우를 물끄러미 바라보던 용수가 입을 열었다.

"그러니 떠나거라."

"형님."

"뒷일은 내가 책임지마. 지금은 너와 천명만을 생각하도록 해."

✕ ✕ ✕

언젠가 그의 등에 업혀 찾았던 꽃밭은 어느새 흐드러지게 피었던 꽃잎을 모두 떨어뜨린 채 푸른 잎사귀만을 남겨 놓고 있었다. 따스하기만 하던 바람은 문턱에 이른 가을 덕분인지 제법 선선한 기운을 머금고 있었다. 주변의 나무들도 곧 단풍 옷을 입게 될 것이다. 파랗게 하늘이 높은 어느 날엔 혼례를 치르게 될 것이고.

애잔한 눈으로 꽃잎이 사라진 들판을 바라보던 천명이 담담한 목소리로 물었다.

"떠나자 하셨습니까?"

그녀가 몸을 돌려 용춘을 바라봤다.

"아무도 없는 곳으로요. 용춘 공은 나무를 하고, 저는 개울에서 빨래를 하고."

입가에 드리워지는 슬픈 미소에 용춘의 가슴이 서걱거렸다. 함께 떠난다는 생각에 무작정 신나 달려온 그와 달리 천명의 눈빛엔 비장함마저 감돌고 있었다.

어찌 그런 표정인 게요. 그의 미간이 미세하게 구겨졌다.

"과녁을 향해 쏘던 활은 들짐승을 잡는 데나 쓰실 것이며, 가슴 가득 품었던 야망은 산골 아낙의 치마폭에 쏟아 버리려 하십니까?"

국혼을 뒤엎는 일이다. 불어닥칠 폭풍이 어떠할지, 굳이 설명하지 않아도 잘 알 수 있었다.

"그깟 야망 따위, 버리면 그만이오."

"그래서. 저더러 하루하루 산골 촌부로 변해 가는 용춘 공을 그저 지켜보기만 하란 말씀이십니까?"

용춘이 침묵했다. 그의 얼굴을 올려다보는 천명의 눈시울이 금세 붉어져 그렁거렸다.

"눈에 보이지 않아도, 몸이 함께 있지 못해도 살 수 있습니다."

"나는 그리 살 수 없소."

"용춘 공."

"함께할 수 없는데, 어찌!"

내내 누르고 있던 감정이 폭발하듯 터져 나왔다. 퍼렇게 핏대가 서도록 이를 악문 그가 벌게진 눈으로 그녀를 바라봤다.

보고 있어도 그리운 이를 어찌 묻고 살란 말인가.

"기억하며 살면 됩니다. 추억하며 살면 됩니다."

"싫습니다."

그만하라는 듯 그가 강하게 고개를 저었지만 천명은 그대로 말을 이어 갔다.

"그리하셔야만 합니다. 저는, 꿋꿋하게 살 것입니다."

"제발!"

옷섶 안으로 손을 넣은 천명이 품 안에 곱게 접어 두었던 비단 수건을 꺼내 내밀었다. 제 앞에 닥칠 불행을 미처 알지 못하던 한때, 한없이 설레기만 한 마음으로 정성껏 수를 놓은 수건이었다.

"받으십시오. 제가 용춘 공께 드리는 마지막 마음입니다."

처연한 얼굴과는 달리 그녀의 목소리는 딱 부러질 듯 단호하기만 했다. 그가 망연히 바라보고만 서 있자 그녀가 그의 손에 직접 수건을 쥐여 주었다.

"이제 제게…… 남은 마음 따윈 없습니다."

말을 마친 그녀가 몸을 돌렸다.

"천명."

꽉 눌린 음성으로 그녀를 불러 보지만 돌아오는 답은 없었다.

돌아선 등을 바라보는 용춘의 심장이 쿵, 한없는 낭떠러지 아래로 추락했다.

❊ ❊ ❊

마침내 혼례일의 아침이 밝았다. 새벽 일찍부터 거울을 끼고 앉은 덕만은 왠지 모르게 들떠 있는 가슴을 내리누르며 평소보다 신경을 써 단장에 집중했다. 제가 이리 치장을 하는 것은 하나밖에 없는 언니의 혼례 때문이지 누구에게 보이기 위함은 아니라는, 누가 묻지도, 또 굳이 대꾸할 필요도 없어 보이는 이유를 스스로에게 갖다 대며.

등허리까지 치렁대는 삼단 같은 머리에 쓱쓱 발유髮油를 바른 유모가 정성 담긴 손길로 빗질을 하기 시작했다. 투박하기 짝이 없는 퉁퉁한 손이지만 야무지게 머리를 땋아 올리는 솜씨만큼은 궁 안 누구도 따라올 자가 없어 보였다.

톡톡.

분꽃 씨앗을 갈아 만든 하얀 백분白粉이 덕만의 얼굴 위로 곱게 발렸다. 산단(山丹. 백합꽃의 붉은 수술)으로 만든 색분色粉도 고운 빛을 더했다. 기름에 갠 잇꽃 연지가 그녀의 입술 위에서 붉은 꽃으로 피어났다. 긴 속눈썹이 나풀나풀 움직일 때마다 달큰한 향이 흘러나오는 듯했다.

"웬 바람이 부셨는지. 하도 오랜만에 하려니 손이 다 떨립니다요."

굴참나무로 만든 미묵眉墨으로 덕만의 눈썹을 마무리하던 유모가 고개를 뒤로 빼며 말하자 덕만이 바락 눈을 치떴다.

"유모는, 내가 오늘 같은 날에도 선머슴처럼 있음 좋겠어? 그래도 하나밖에 없는 언니가 혼례를 치르는데, 어마마마 아바마마 면도 있지."

"누가 뭐랬습니까?"

"……"

"오늘 하루뿐이 아니라 평소에도 제발 이리 꾸미시란 말이죠."

멋쩍은 듯 샐쭉 볼을 불린 덕만이 마저 단장을 하라는 듯 유모를 향해 턱을 들었다. 미묵을 내려놓은 유모가 패물함에서 미리 골라 두었던 장신구들을 집어 들었다.

"흠."

금으로 만든 이환耳環을 귀에 건 덕만이 힐끗 거울을 들여다보며 흡족한 듯 미소를 지었다. 입가에 걸린 환한 웃음이 눈이 부시도록 아름다웠다.

그 모습에 감탄하듯 하, 입술을 벌린 유모가 두 손을 모아 쥐며 그녀를 바라봤다.

"어쩜 이리 고우실까."

활짝 올라가려는 입매에 급히 힘을 준 덕만이 유모를 돌아보며 물었다.

"고와 보여?"

"그럼요. 구름 위에서 막 하강한 선녀님 같습니다요."

"……칫. 거짓부렁도."

"참말이라니까요?"

"아, 됐어."

어깨를 틀며 툭 내뱉는 음성에 설렘이 묻어났다. 늘어놓은 장신구들로 힐끗 시선을 준 그녀가 들릴 듯 말 듯 덧붙였다.

"그, 향낭香囊도 좀 달아 줘 봐."

한껏 들떠 있는 덕만과 달리 천명은 무표정한 얼굴로 시녀들이 단장해 주는 대로 몸을 맡긴 채 앉아 있었다. 곧 혼례가 시작될 거란 시녀의 전언傳言에 표 나지 않게 한숨을 흘린 그녀가 느릿느릿 몸을 일으켰다.

단장을 마친 천명이 시녀들의 곁부축을 받으며 혼례식장 안으로 들어섰다. 천명의 고운 자태에 혼례가 시작되길 기다리던 하객들 모두 숨을 죽인 채 그녀를 바라보았다.

걸음걸음 제게로 다가오는 천명을 바라보고 선 용수의 얼굴이 무겁게 굳었다. 차마 딸의 얼굴을 마주할 수 없는 마야는 피가 맺힐 정도로 입술을 깨문 채 파르르 눈꺼풀을 내려 버렸다.

무심한 눈으로 두 사람의 혼례를 지켜보는 용춘의 얼굴엔 아무 감정도 담겨 있질 않는 듯하다. 자신의 뜻대로 되어 간다 싶은 지도는 알 수 없는 미소를 지은 채고, 영문을 알 리 없는 진평만이 흐뭇한 눈길로 국혼을 지켜보고 있을 뿐이다.

한껏 멋을 낸 덕만은 제 모습을 봐 주길 바라며 어떻게든 용춘과 시선을 부딪치고자 몸을 쭉 뺐다. 하지만 한곳에 고정된 시선은 좀처럼 움직일 생각을 하지 않았다. 그런 용춘이 야속한 덕만이 삐죽 입술을 비틀었다.

'형님과의 우애가 꽤나 돈독했던 모양이군. 그래도 그렇지. 어디나 다 비슷하게 치러지는 혼례를 뭘 저리 집중해서…… 주렁주렁 꽂고 있는 장신구들 때문에 머리가 무거워 죽을 지경인데!'

덕만이 앉은 채로 탁, 발을 굴렀다. 그 바람에 몇몇의 시선이 날아드는 것이 느껴졌지만 정작 돌아봐 주었으면 하는 이는 바위처럼 굳어 꿈쩍도 않는 중이다.

네가 이기나, 내가 이기나. 이를 악문 덕만이 그가 하는 양을 지켜보며 꼿꼿이 세웠던 몸을 내렸다. 이런 덕만의 눈에 천명의 혼례가 들어올 리 만무했다.

※ ※ ※

어느덧 혼례식이 마무리되었다. 혼가婚家의 예로 차려진 술과 음식을 맛보는 사람들 너머로 등을 보인 채 멀어지는 용춘의 뒷모습이 보였다.

혹시나 그를 놓칠까 평소보다 무거운 치맛단을 움켜쥔 덕만이 그가 사라진 방향으로 뛰듯이 걸음을 옮겼다.

사방을 살피며 후원 안으로 들어서던 덕만의 눈에 익숙한 등이 들어왔다.

'찾았다!'

입가에 씩, 미소를 머금은 덕만이 까치발을 들어 그를 살폈다. 허리를 구부리고 앉은 그는 손에 든 무언가를 바라보고 있었다. 그것이 무엇인지까진 알 수 없으나 몹시도 중요한 것임에는 틀림없어 보였다.

대체 무엇을……

바짝 치맛단을 올린 덕만이 살금살금 소리를 죽여 그의 뒤로 다가갔다.

"무얼 그리 유심히 보시오?"

어느새 그의 뒤에 바짝 다가선 그녀가 장난치듯 용춘의 손에 들린 그것을 빠르게 낚아챘다. 다가오는 기척도 느끼지 못할 정도로 생각에 빠져 있던 용춘은 비어 있는 손을 바라보곤 재빨리 몸을 일으켰다.

찰나의 순간, 자신의 손에 들린 비단 수건을 보는 덕만의 표정이 싸늘히 굳었다.

이것은!

'그분께 드릴 것이니 그분 생각하면서 한 땀 한 땀.'

얼음을 뒤집어쓴 듯 빳빳이 굳어 비단 수건을 바라보던 덕만이 당황으로 가득한 눈동자를 들어 용춘을 바라봤다.

이것을 어찌 용춘 공이 갖고 있는 거지?

그녀가 의아해하는 사이, 휙, 하고 덕만의 손에 들려 있던 비단 수건을 잡아챈 용춘이 무섭게 얼굴을 일그러뜨리며 그녀를 바라봤다. 여느 때보다 더 커다랗게 보이는 그는 꼭 방금 지옥에서 뛰어나온 야차 같았다.

"차후로 다시 한 번 나의 것에 손을 댄다면, 그땐 아무리 공주라 할지라도 용서치 않을 것이오."

낮게 으르렁거린 용춘이 그대로 몸을 돌려 빠른 걸음으로 멀어져 갔다. 망연히 그가 사라진 곳을 응시하던 덕만의 눈이 한참 만에 깜빡, 움직였다.

"그런…… 거였어?"

간신히 입술을 달싹여 소리를 낸 덕만이 허, 하고 헛웃음을 뱉어 냈다. 청혼서를 읽던 언니가 사색이 되었던 이유를 이제야 알 것 같았다. 언니가 좋아한다던 정인. 그는 바로 방금 불같이 화를 내고 사라진 용춘 공이었다.

저는 그저 좋아하는 이의 동생이었을 뿐, 애초에 저에 대한 마음 따윈 없었던 거였다. 호의나 관심이라 착각했던 것들 모두 언니를 위한 배려였을 뿐. 그리 대입해 보니 그간 있었던 일들이 하나하나 설명되는 것 같았다.

그런 줄도 모르고 팔푼이처럼 들떠 있었다니.

처음으로 품었던 연정이 통째로 부정당하고 말았다. 설레던 그간의 일들이 멋대로 품은, 혼자만의 착각이라 생각하자 견딜 수 없는 비참함이 몰려들었다.

갑자기 눈가가 뜨뜻해지는가 싶더니 후두둑 눈물이 볼을 타고 흘러내렸다. 손을 들어 쓱, 눈물을 닦아 낸 덕만이 거친 손길로 머리에 꽂혀 있던 장신구들을 뽑아냈다.

한 움큼 그것을 손에 쥔 덕만이 손바닥이 패이도록 힘을 주었다. 움켜쥔 주먹이 부르르 떨렸다. 아릿한 통증과 함께 이내 붉은 핏물이 흘렀지만 손의 힘을 풀지 않았다. 어쩐지 피를 흘리는 손바닥보다 명치께가 더 아프게 느껴졌기 때문이다.

※ ※ ※

떠들썩한 혼례가 모두 마무리되고, 대지를 비추던 달님조차 부끄러운 듯 구름 뒤로 얼굴을 숨긴 초야初夜가 찾아왔다. 청동 촛대가 은은히 불을 밝힌 신방의 원앙금침 위로 적요한 침묵이 쌓여 갔다. 술상을 마주하고 앉은 두 사람 사이에 자귀나무 꽃으로 담근 합환주合歡酒가 합근(合졸. 혼례에서 잔을 주고받는 절차)을 기다리고 있었다.

너울거리는 불빛에 비친 천명의 얼굴은 낮에 보았을 때보다 더욱 청아하고 아름답게 보였다. 작고 동그란 이마. 그 아래 자리한 길고 가지런한 속눈썹과 곧게 뻗은 콧날. 그리고 단정하게 다물린 입술까지, 눈에 닿는 전부가 가슴을 설레게 했다.

하지만 그는 동생이 그녀에게 품은 감정을 처음 눈치챘을 때처럼 꾹꾹 자신을 숨겨야 했다. 그 역시 동생과 다르지 않은 마음으로 그녀를 바라보고 있었기 때문이었다.

그녀의 눈동자가 향한 이를 확인한 순간, 그는 죽는 날까지 자신의 감정을 드러낼 수 없을 거란 걸 깨달았다. 천명과 용춘. 애틋하게 얽힌 두 사람 사이에 감히 제가 끼어들 여지는 없어 보였다.

평생 그러할 줄 알았건만.

자꾸만 향하려는 시선을 애써 다잡은 용수는 입을 꾹 다물며 새어 나오는 한숨을 삼켰다.

하염없는 시간이 흘러갔다. 굳은 듯 앉아 있던 용수가 팔을 뻗어 술병을 집는 순간, 너른 소맷자락 안에서 손을 빼낸 천명이 술병을 받아 들어 용수의 잔에 술을 따랐다. 쪼르륵 소리와 함께 작은 잔 안에 금세 술이 차올랐다.

"미안하오."

천명의 얼굴을 물끄러미 응시하던 용수가 먼저 입을 열었다. 그러자 조용히 술병을 내려놓은 천명이 대꾸했다.

"용서하십시오."

술잔을 쥔 용수가 그녀를 바라봤다. 의미하는 바를 모를 리 없는 그의 입가가 굳었다. 잔인한 한마디에 그의 가슴이 헤집어졌다.

하필, 오늘이어야만 했을까. 감히 그녀의 마음을 탓할 수 없음에도 씁쓸한 미소가 지어지는 것을 막을 수 없었다.

"알고 있소."

담담하게 답한 그가 술잔을 입에 갖다 댔다.

"원망치 않으십니까."

원망. 원망이라. 목 너머로 술을 넘기며 그가 조용히 자문했다. 단숨에 술잔을 비워 낸 그가 잔을 내려놓으며 답했다.

"그대가 나로 인해 불행해지지 않기를 바랄 따름이오."

차마 그에게 시선을 두지 못한 천명이 작은 소리로 말했다.

"용서하십시오."

아픈 눈길로 응시하던 그가 뜨겁게 올라오는 것을 삼키며 고개를 가로저었다.

"나는, 괜찮습니다."

※ ※ ※

다음 날 아침. 침상에서 일어나 앉은 덕만이 먼저 소세梳洗를
하고는 가지고 있는 옷 중 가장 화려한 하나를 골라 홀로 옷을 입
기 시작했다.

표정 없는 얼굴로 착복着服을 마친 그녀가 거울을 열어 머리단
장을 시작했다.

"하이구, 마마! 밤새 그렇게 앓으시고 웬 단장이랍니까!"

죽 그릇을 들고 들어서던 유모가 화들짝 놀라 달려들었다.

유모의 말대로 그녀는 밤새 들끓는 열과 함께 심한 오한에 시
달린 터였다. 새벽까지 덕만의 곁을 지키던 유모는 혼례는 천명공
주께서 치르셨는데 왜 마마께서 앓아누우셨습니까, 라며 온몸으
로 안타까움을 표했다.

방금 전까지도 끙끙 앓는 모습을 보고 나갔는데, 잠시 죽을 가
지러 간 사이에 이리 일어나 단장을 하고 계시다니. 너무 앓아 머
리가 이상해지신 것은 아닐까, 유모의 얼굴이 황망함으로 굳어 갔
다.

"다신, 사내 따윌 동경하지 않을 것이야."

싸늘한 시선을 거울에 둔 채 덕만이 입술을 움직였다. 얼음이

뚝뚝 떨어질 듯한 섬뜩한 음성에 유모가 휙 눈을 키웠다.

"예?"

"사내 따위에 아파하지도 않을 것이야."

"마마. 그것이 대체……."

"대신, 세상을 가질 것이다. 어떤 희생이 따른다 해도 반드시…… 갖고 말 것이야."

원하는 하나를 가지게 되지 못하면 모든 걸 포기할 거란 언니와 달리, 그녀는 남은 하나만큼은 절대 포기하고 싶지 않았다.

방 안 어딘가를 응시하는 덕만의 눈동자가 짙게 일렁였다.

5

쌀쌀하기만 하던 바람결에 제법 봄기운이 묻어나기 시작했다. 따스한 기운만을 기다리며 잔뜩 움츠려 있던 매화도 곧 꽃망울을 터트릴 기세고, 푸릇푸릇한 봄나물들도 누렇게 얼어 있던 땅을 밀치고 삐죽 모습을 드러내기 시작했다.

방 안 가운데, 부른 배를 한 혜승이 서책을 읽고 있었다. 적힌 글귀를 따라 단정한 시선이 움직였다.

— 마마. 쇤네 마득이옵니다.

밖에서 들려온 소리에 그녀가 고개를 들어 올렸다.

"들어오너라."

조용히 문을 열고 들어서는 마득의 배 역시 불러 있다. 그녀가 들고 온 것을 건넸다.

"상대등께서 보내신 서찰이옵니다."

"그래."

서찰을 받아 든 그녀가 천천히 그것을 읽어 나가기 시작했다. 전해야 할 것들만 담긴 서찰의 내용은 간략했다.

"궁이 완공되었다는구나."

손에 쥔 것을 내려놓은 그녀가 마득을 바라보며 말했다.

"이제 서서히 그곳으로 떠날 채비를 해야 하는가 보다. 그나저나 네가 걱정이구나. 나야 가마를 탄다지만 홑몸도 아닌 네가 어찌 그 긴 노정路程을 견딘단 말이냐."

"쇤네 걱정은 마십시오."

혜승이 고개를 저었다. 무거운 몸을 이끌고 서라벌까지 이동하는 것은 아무래도 무리다. 잠시 생각하던 혜승이 그녀와 눈을 마주하며 말했다.

"너는 하노와 함께 이곳에 남아 몸을 풀고 난 후에 따라오도록 하여라."

마득이 화들짝 놀라며 고개를 저었다.

"천부당만부당하신 말씀 거둬 주십시오. 쇤네, 폐하의 명을 잊지 않고 있습니다."

"누가 오지 말라더냐. 우선 몸부터 풀고 나서란 말이다. 그 정도는 폐하께서도 이해해 주실 것이다."

"제가 마마를 모시는 것이 어디 폐하의 명 때문이겠습니까."

제 마음을 몰라주는 혜승이 야속한지 마득의 눈에 원망이 어렸다. 그런 마득의 마음을 모르는 바 아니나 그녀 역시 피붙이와 진배없는 마득에 대한 걱정부터 앞선 터라 그런 명을 내린 것이었다.

"마마께서 어디를 가시든, 쇤네는 마마의 곁을 지킬 것입니다."

입술을 움직이는 마득의 눈빛이 결연했다. 도저히 뜻을 꺾을 수 없을 거란 생각에 혜승의 입술 사이로 옅은 한숨이 새어 나왔다.

✕ ✕ ✕

"제게 군사를 내어 주십시오."

덕만의 목소리가 당당히 대전을 울렸다.

"뭐라?"

"군사를 내어 달라 하였습니다."

당돌함을 넘어선 그녀의 위험한 발언에 진평이 당황한 얼굴로 그녀를 바라봤다. 이런 그의 반응을 예상했다는 듯 여유 있게 입술 끝을 늘인 덕만이 휙 한쪽 눈썹을 치켜올렸다.

"어찌 그리 놀라십니까. 혹, 제가 역모라도 꾀할까 두려우신 겝니까."

고작 해를 넘겼을 뿐인데 그녀는 너무도 달라진 모습을 하고 있었다. 예전의 천방지축 공주가 아니었다. 두려우냐 묻는 그 눈빛에 서늘한 한기마저 느껴졌다. 답을 않은 채 그가 응시하자 똑

바로 그의 눈동자를 마주하며 덕만이 물었다.

"그럴 연유가 없지 않습니까."

당연히 왕위는 제가 물려받을 텐데요. 뒷말을 삼킨 덕만이 슬쩍 시선을 내리며 설명을 덧붙였다.

"무예가 뛰어난 자들을 뽑아 따로 별군을 만들어 볼 생각입니다."

침묵하고 있던 진평이 입술을 움직였다.

"화랑이 있지 않느냐."

"구습을 타파하고 고루 인재를 등용하려는 용춘 공의 의지를 모르는 바 아니나……."

내렸던 시선을 다시 들어 올리며 덕만이 답했다.

"골품의 균열로 인한 내부 반발 또한 만만치 않다 들었습니다. 수장이 아무리 곧고 바르다 한들 따르는 자들이 그에 미치지 못하니. 이런 자들에게 어찌 신라의 안위를 맡길 수 있겠습니까."

최근 들어 자주 거론되는 문제였기에 진평도 따로 반박을 할 수 없었다. 답답한 마음에 그가 슬며시 주먹을 말아 쥐며 미간을 구겼다.

"두고 보십시오. 이제 더 이상 사신들의 조롱을 참아 넘기는 일 따윈 벌어지지 않을 것입니다."

진평을 바라보는 덕만의 눈매가 곱게 휘어졌다.

⁂

"근자에 들어 자꾸만 병치레를 하시니……. 무슨 근심이라도 있으신 겝니까."

침상에 누워 있는 마야의 얼굴에 병색이 완연했다. 걱정스러운 얼굴로 곁을 지키던 천명이 그녀의 손을 잡으며 조용히 물었다.

"덕만이 폐하께 군사를 내어 달라고 했다는구나."

힘겹게 입술을 뗀 마야가 잡은 손에 힘을 주며 그녀를 바라봤다.

"저도 들었습니다."

그에 가득 근심이 어렸던 마야의 얼굴에 얼핏 희망이 깃들었다.

"혹, 덕만을 만나 보았느냐."

"예."

사정을 알 리 없는 천명은 그녀를 안심시키고자 일부러 얼굴을 밝히며 입을 열었다.

"너무 심려 마십시오. 아버님의 뒤를 이어 왕위를 물려받을 아이가 아닙니까. 영특한 아이니 차근차근 기반을 닦아 성군으로서의 자질을 갖출 것입니다."

걱정 말라는 듯 웃음까지 지어 보이는 천명의 얼굴을 바라보며 마야가 힘없이 고개를 가로저었다.

"자칫 피를 부르게 될지 모르겠다."

그녀가 보인 심상치 않은 반응에 천명이 크게 눈을 떴다.

"무슨……."

"어찌하면 좋단 말이냐."

나직이 운을 뗀 마야가 깊은 한숨과 함께 말을 이었다.

"곧 태어날 아이가 있다."

"아이라니요."

천명이 의아한 얼굴로 묻자 마야가 힘없는 음성으로 답했다.

"폐하의 핏줄이다."

"예?"

황망한 얼굴로 앉아 있던 천명이 여전히 이해가 되지 않는다는 듯 마야를 쳐다보았다.

"혜승궁주가 회임을 하여 천왕산 기슭에 따로 거처를 마련하였다."

"그것이, 사실입니까?"

"그래. 신녀의 말이, 아들이라는구나."

마야의 설명에 바짝 긴장해 있던 천명의 몸이 힘없이 무너졌다.

제가 왕위를 이을 것이라 철석같이 믿고 있을 텐데…….

"예전의 덕만 같지 않아 걱정이구나. 존재를 알게 되면 필시 그냥 두지 않을 것이야. 당장 신라 왕실에 커다란 피바람이 일 것이다. 그 아이의 폭주를 막아야 한다."

"하나 아바마마께서도 어쩌지 못하시는 덕만을 무슨 재주로 막

는단 말입니까.”

맥없이 중얼거리는 천명의 머릿속에 단 한 사람, 떠오르는 얼굴이 있었다.

※ ※ ※

“하앗!”

묵상默想에 잠겨 있던 그가 번개보다 빠른 속도로 장검을 휘두르자 손목 굵기의 대나무 목이 댕강 잘려 나갔다. 짧지만 강한. 깊은 검결의 쓰임에 잘린 단면이 반듯했다.

사락.

단호하게 멈추었던 그의 검이 저를 향해 다가오는 존재를 확인하는 순간 미세하게 흔들렸다.

검을 쥔 손에 힘이 들어갔다. 손등 위로 불뚝 힘줄이 솟았다.

가슴이 철렁 내려앉는 기분을 애써 털어 내며 그가 절제된 동작으로 검을 넣었다.

“형수님께서 이곳에 어인 일이십니까?”

그가 깍듯이 예를 갖추며 천명을 맞았다. 그런 그를 바라보는 천명의 심장 안으로 방금 잘린 대나무의 날이 날카롭게 박혀 드는 것 같았다.

지그시 가슴을 누른 천명이 고개를 숙였다.

“그간 평안하셨는지요.”

"예."

곧 어색한 침묵이 흘렀다. 왠지 모를 긴장감에 온몸의 털이 바짝 곤두섰다.

굳혔던 몸을 풀어 내며 그가 차분히 숨을 골랐다. 하지만 귓가로 들리는 것은 천둥처럼 울려 대는 제 심음心音이었다.

무슨 일로 나를 찾은 것인가.

몸을 감싸던 긴장감은 어느새 기대감으로 탈바꿈한 채 그를 흔들어 대기 시작했다.

"청이 있어 왔습니다."

천명이 어렵게 입을 열었다. 그런 그녀를 물끄러미 바라보던 용춘이 말했다.

"말씀하십시오, 형수님."

당장 그녀를 끌어안고 입을 맞추고픈 욕망을 누르며 그가 이를 악물었다. 제 입술을 통해 흘러나온 형수님이란 호칭은 남은 이성이 보내는 마지막 경고였다.

그럼에도, 가슴이 설레었다.

"덕만이 별군을 만든다 합니다."

아슬아슬하게 이어져 있던 끈이 툭, 끊어지는 느낌이었다. 고작 그것 때문인가? 나를 찾아온 이유가?

주먹을 움켜쥔 그가 입매를 굳힌 채 그녀의 말을 경청했다.

"와병 중이신 어마마마께서 나서실 수도 없고, 한 나라를 다스리는 국왕의 자리에 계신 아바마마께서 공주의 소사小事에 일일이

나설 수도 없으실 터이니…….”

후우, 숨을 고른 그녀가 어렵게 말을 이었다.

“용춘 공께서 그 일을 맡아 주셨으면 합니다.”

“싫습니다.”

가차 없이 들려온 답에 천명은 내내 바닥으로 향하고 있던 시선을 들어 올려 그를 바라봤다. 흔쾌히 받아들일 거라 여기진 않았지만 이렇게 단칼에 거절을 당할 거라곤 생각지 못한 일이었다.

그런 이유에선지 와닿는 충격이 크고 깊었다. 갈 곳을 잃은 눈동자가 대책 없이 흔들렸다. 슬며시 눈매를 좁힌 그가 또렷이 시선을 마주하며 그녀에게 말했다.

“저는 신라의 화랑입니다. 위로는 국가를 위하고 아래로는 벗을 위하여 죽으며 대의를 존중하여 의義에 어그러지는 일은 죽음으로서 항거한다고 배웠습니다. 그런 화랑에게, 그것도 풍월주인 제게 별군을 맡아 달라니요. 그것이 두 명의 왕을 섬기라는 뜻과 같음을 어찌 모르십니까.”

제게로 쏟아지는 비난 어린 시선에 그녀가 황급히 고개를 내렸다. 손끝이 차갑게 식는 대신 얼굴은 불에 덴 듯 화끈거렸다.

힘주어 맞잡은 손이 애처롭게 떨렸다. 차오르는 눈물을 삭이려 그녀가 질끈 입술을 깨물었다.

“짧은 생각을 용서해 주시지요. 아무리 다급해도 용춘 공을 찾아오는 게 아니었는데…….”

그녀가 고개를 숙였다.

"그만 가 보겠습니다."

그녀가 황급히 몸을 돌리려는 순간 그가 물었다.

"그뿐이오?"

천천히 고개를 들어 올린 그녀가 그의 얼굴을 마주했다. 아픈 눈으로 그녀를 바라보던 그가 다시 물었다.

"정말로 그뿐인 것이오?"

"또 무엇이 있을는지요."

황급히 몸을 돌린 천명이 치맛단을 움켜쥔 채 걸음을 움직였다. 그녀를 향해 뻗어 나가려는 손을 간신히 다스린 그가 부릅뜬 눈으로 빠르게 사라지는 뒷모습을 지켜보았다.

'이제 제게…… 남은 마음 따윈 없습니다.'

귓가로 그녀의 담담한 목소리가 들려오는 듯했다.

'눈에 보이지 않아도, 몸이 함께 있지 못해도 살 수 있습니다.'

그대는 정말 그러한가 보군.

그가 무심히 눈매를 좁혔다. 요란하게 두방망이질을 치던 심장이 일순 싸늘하게 가라앉았다.

"그대가 그토록 바라던 것을, 내 반드시 이루어 보여야겠군."

몸을 돌린 그가 성큼성큼 걸음을 재촉했다.

벌컥.

굳게 닫혀 있던 지도의 방문이 열렸다. 꼿꼿이 등을 세우고 앉아 책을 읽던 지도가 고개를 들자 표정 없는 얼굴로 서 있는 용춘이 보였다.

책을 펼쳐 둔 채 그녀가 느른히 등을 기댔다. 할 말을 하라는 듯 턱을 까딱이자 그가 입술을 움직였다.

"어머니 뜻대로 하겠습니다."

의중을 살피는 지도의 눈매가 가느스름해졌다.

"덕만공주와 혼인을 하겠습니다."

그제야 펼쳐 두었던 책을 덮으며 그녀가 물었다.

"무슨 바람이 불었더냐."

"그저 제정신이 들었을 뿐입니다."

그녀의 입술이 작게 비틀렸다.

"다행이구나."

가지런히 책을 정돈한 지도가 평평한 윗면을 긴 손가락으로 쓸어내리며 물었다.

"하나 혼인이 너 혼자 하겠다고 되는 일도 아니고. 덕만의 마음은 어찌 잡을 셈이냐."

"잡는다고 잡힐 마음이 아니지요."

면을 쓸던 손가락이 멈췄다. 물끄러미 그것을 바라보던 용춘이 느릿하게 눈을 깜빡이곤 입술을 움직였다.

"그건 제가 알아서 할 터이니 왕후마마께 운이나 띄워 놓으시지요."

※ ※ ※

휙! 소리와 함께 시위를 떠난 화살이 바람을 가르며 빠르게 날아갔다. 120보나 떨어진 과녁엔 이미 한 시진 넘게 활을 잡고 있음을 입증하듯 수많은 화살들이 빼곡히 박혀 있었다.

화살의 관중貫中 여부를 알리는 고전告傳이 없으니 당연히 펄럭일 고전기告傳旗조차 없다. 대신 화살을 뽑아 대령하는 연전꾼만이 홀로 바쁜 움직임을 이어 가고 있었다.

과녁을 향해 쏜 화살 수만큼이나 덕만의 여린 손가락 역시 부풀어 피가 나고 있었다. 유모가 곁에 있었다면 커다란 몸을 흔들어 가며 호들갑을 떨었을 것이다.

그러나 적막이 내려앉은 황량한 활터엔 밤이슬을 머금은 바람만이 그녀의 옷깃을 건드리고 갈 뿐이다. 다시 시위를 당긴 그녀가 과녁을 응시했다.

타고난 신분이 공주인 탓에 얻고자 했던 건 죄다 손에 쥘 수 있었다. 그 때문인지 무언가를 간절히 바라고 원했던 적이 있었나 싶을 정도다.

'갖고 싶은 게 생긴 게야?'

언젠가 호된 몸살을 앓고 난 뒤 처음 이곳을 찾았던 밤, 스스로에게 던졌던 질문이었다. 과녁을 맞히는 살보다 벗어나는 것이 훨씬 많던 그 밤.

갖고 싶은 것이, 정확히 무엇인가.

자문을 한 덕만이 입술 끝을 비틀었다.

"글쎄."

여전히 모르겠다.

힘껏 활시위를 당겼다 놓으면 정중앙에 날아가 꽂히는 화살. 그것을 바라보는 덕만의 눈동자는 무심하기만 하다.

"관중."

등 뒤에서 들려온 목소리에 그녀가 황급히 몸을 돌렸다. 큰 키만큼이나 긴 그림자를 드리운 채 서 있던 용춘이 저벅저벅 걸음을 옮겨 그녀에게 다가왔다.

"그러나 여전히 급하십니다."

무릎을 꿇고 앉은 그가 가만히 그녀의 손을 잡았다. 갑작스런 그의 등장에 잠시 넋을 빼고 있던 덕만이 잡힌 손을 빼내려 황급히 몸을 틀었지만 단단히 힘을 준 그의 커다란 손안에서 도망을 치는 것은 불가능해 보였다.

시선을 내린 그가 유심히 상처를 살폈다. 그의 눈길이 닿은 상처가 불에 덴 듯 따끔거렸다. 느끼지 못했던 통증이 서서히 감각을 일깨우던 찰나, 손을 맞잡은 그가 조용히 입술을 내렸다.

호오.

뜨거운 입김에 그녀가 움찔 몸을 떨었다. 아랑곳 않은 채 입고 있던 포袍의 안감을 북 찢어 낸 그가 정성껏 상처를 감쌌다.

"무엇이 그리 급하셨습니까."

나직이 물은 그가 고개를 올려 그녀를 바라봤다. 가슴 안쪽, 견

고하게 쌓아 두었던 뭔가가 균열을 일으키며 부서지는 느낌이었다.

크게 흔들리는 눈동자를 들키지 않으려 그녀가 눈에 힘을 주었다. 무슨 짓이냐, 당장 치우지 못하겠느냐 호통을 쳐야 했으나 입술이 움직이지 않았다.

대꾸 없는 덕만의 손을 묵묵히 감싸던 용춘이 따뜻한 미소를 지어 보이고는 몸을 일으켰다. 그녀의 시선이 따라 올라갔다. 가볍게 묵례를 한 그가 몸을 돌렸다.

"……."

그녀의 입술이 달싹거리는 순간 그가 다리를 움직였다. 성큼성큼 멀어지는 그의 뒷모습을 물끄러미 바라보던 덕만이 천에 꼼꼼히 감긴 손을 내려다보았다.

풀어내고자 매듭에 손을 올린 덕만이 움직임을 멈췄다.

갖고 싶은 것이 무언가.

내내 머릿속을 어지럽히던 물음이 기어이 심장으로 내려와 자리를 잡는다.

✕ ✕ ✕

"마마. 채비가 끝났습니다."

모든 준비가 마무리되었다. 등대等待 중인 가마의 상태를 살핀 마득이 혜승의 처소 앞에서 나직이 고하자 조용히 문이 열리며 그녀가 모습을 드러냈다.

가마 옆에 시립해 있던 진현이 다가가 예를 갖췄다. 궁과 천왕산을 오가며 바쁜 일정을 보낸 탓에 그에게는 무척이나 오랜만의 내회來會가 된 셈. 먼저 눈으로 그녀의 건강 상태를 확인한 그가 입을 열었다.

"쉽지 않은 여정이 되실 것입니다."

"저는 괜찮습니다. 그동안 상대등께서 겪으신 수고에 비하겠습니까."

"마땅히 직무에 충실했을 뿐입니다."

가볍게 고개를 숙인 그가 어서 가마에 오르시지요, 하며 몸을 비켰다.

가마에 오르려던 혜승이 옆에서 부축하던 마득을 돌아보곤 이내 그 뒤에 서 있는 하노에게 말했다.

"몸을 풀고 후에 오라 해도 굳이 따라오겠다는구나. 하노, 자넨 어쩌자고 이런 고집불통을 배필로 삼은 게야."

혜승의 말에 하노가 벙실 웃음을 지었다.

"저 아니면 이 물건을 누가 구제해 준답니까."

민망한 듯 쿡, 하노의 옆구리를 찌른 마득이 눈을 흘기자 부러운 듯 두 사람을 바라보던 혜승이 잔잔히 미소를 지었다.

"함께하여 더욱 좋아 보이는구나."

마득의 부축을 받은 혜승이 가마에 올랐다. 멈춰 있던 행렬이 서서히 움직이며 드디어 천왕산으로의 산행이 시작되었다.

※ ※ ※

별군 수련장을 다녀오는 덕만의 가마가 환궁을 위해 바쁜 걸음을 재촉하고 있었다. 흔들리는 가마 안, 생각에 잠긴 덕만은 군장軍將과의 대화를 떠올리며 눈매를 좁혔다.

'별군의 무예는 출중하나 아직 그 규모가 미미하여 마마께 황송할 따름입니다.'

'아니. 오히려 규모가 크다면 왕실의 주목을 받게 될 터. 일부러 아바마마의 경계심을 자극할 필요는 없소.'

늘어뜨린 주렴 사이로 바라본 수련장의 광경은 꽤나 만족스러웠다. 소수의 정예군으로 이루어진 만큼 별군 각각의 실력은 흠잡을 데 없이 완벽했다.

무武의 본의本意를 지과위무止戈爲武라 보는 이들이 있다. '武(무)'라는 글자가 멈춘다는 뜻의 '止(지)'와 창을 뜻하는 '戈(과)'가 합쳐져 만들어진 만큼 그것은 창을 멈추게 하는, 즉 전쟁을 멈추기 위한 수단이 되어야 한다는 주장이다.

하나 자세히 들여다보면 상대의 창을 멈추게 할 수 있을 정도의 막강한 군사력이 전제되어야 이 또한 가능한 것임을. 결국 살아남기 위해 인간을 더욱 강하게 만든 것 역시 무예인 셈이다.

강해져야만.

한곳을 응시하는 덕만의 눈빛이 싸늘하게 빛났다.

같은 시각. 선두에서 혜승의 가마를 호위하는 진현이 느린 속도로 말을 몰며 가마꾼들의 보폭을 맞추고 있었다. 마득과 하노, 그리고 짐을 진 시종 몇이 가마 뒤를 묵묵히 따르는 중이었다.

어느새 마을로 접어든 일행이 논두렁을 따라 걸음을 재촉했다. 바닥에 앉아 흙장난을 하던 아이들을 지나 커다랗게 자리한 나무를 돌아 나가니 구불거리며 흐르는 작은 개울이 모습을 드러냈다.

완만한 물살의 개울이 졸졸 정겨운 소리를 내며 상쾌한 물 향을 뿜어냈다. 발을 담그고 앉아 휴식을 취하고 싶은 마음이 굴뚝같을 테지만 어느 누구도 그것을 입 밖에 내는 이는 없었다. 등짐을 추켜올린 시종들이 가마를 따라 다리 위로 올라섰다.

"잠시 가마를 멈춰라."

혜승이 탄 가마가 개울을 가로질러 놓인 다리를 거의 다 건널 무렵이었다. 넓지 않은 다리 폭 따윈 아랑곳하지 않는다는 듯 막무가내로 진입을 시도하는 가마가 시야에 들어왔다.

일단 손을 들어 가마를 멈추게 한 진현이 미간을 좁힌 채 상대를 바라봤다.

이것이 무슨 경우란 말인가.

먼저 진입한 순서를 따지기에 앞서 다리를 거의 건넌 가마를 무시하고 막무가내로 밀고 들어오는 이의 배짱이 놀라웠다. 게다가 개울의 폭이 좁은 만큼 다리의 폭도 그리 넓지 않았다. 당연히 두 개의 가마가 지날 수 없는 너비다.

"이곳은 다리 폭이 좁아 가마 두 개가 한 번에 지날 수 없으니 잠시 기다렸다 건너도록 하라."

상대의 무경위한 행동을 크게 나무라고 싶었지만 가마 안의 혜승을 생각해 애서 화를 누른 진현이 좋은 얼굴로 타이르듯 말했다. 하지만 이동을 멈춘 혜승의 가마와 달리 상대 가마는 전진을 계속하는 중이었다.

"허!"

진현이 불쾌한 듯 미간을 찡그렸다. 이런 진현의 기분을 아는지 모르는지, 가마의 선두에 선 군장이 오히려 진현을 향해 소리쳤다.

"가마를 뒤로 물리시오!"

가마를 물러? 상대의 입술에서 터진 황당한 주문에 진현의 얼굴에 노여움이 짙게 배어들었다.

"이제 막 다리에 들어선 자가 다리를 거의 다 지난 일행더러 가마를 물리라니. 이 무슨 해괴한 경우란 말인가!"

"어허! 이 가마의 주인이 뉘신 줄 알고!"

"가마의 주인을 놓고 따진다면 응당 그쪽이 뒤로 물러나야 할 터. 어서 길을 열지 못할까!"

— 웬 소란이냐!

좁은 다리 위. 가마 주인을 놓고 한창 설전이 오가던 순간 들려온 날카로운 음성에 모두의 이목이 한곳으로 집중되었다.

천천히 가마의 문이 열리고 누군가 모습을 드러냈다.

'아니!'

상대를 알아본 진현이 황급히 말에서 내려 바닥에 무릎을 꿇었다.

"공주마마……."

바닥을 향한 진현의 얼굴이 일순 일그러졌다. 하필 이런 때.

느린 걸음으로 진현을 향해 다가온 덕만이 호기심 어린 표정으로 진현을 바라보았다.

"아니, 이게 누구신가. 폐하의 둘도 없는 충신이신 상대등 아니십니까."

난감한 듯 질끈 눈을 감은 그가 크게 숨을 들이쉬었다. 왕족인 공주가 어찌 귀족들이 타는 승교乘轎를 이용해 움직인 것인지. 그 덕에 가마 주인을 알아보지 못하였으니 수습할 길이 막막하기만 했다.

"신, 공주마마께 막급한 불충을 저질렀습니다. 죽여 주십시오."

물끄러미 진현을 내려다보던 덕만이 가만히 도리질을 했다.

"아니, 아니. 가마에 누가 탔다 쓰여 있는 것도 아니고. 이번 일은 상대등의 잘못이 아니라 경우 없이 행동한 군장의 잘못이 크지요. 한데……."

말끝을 늘인 덕만이 고개를 기울이며 가마를 바라봤다.

"대체 이 안에 어떤 지체 높으신 분이 타고 계시기에 상대등께서 친히 호위를 하고 가신답니까. 근래 궁에선 자주 뵙지도 못했던 것 같은데?"

휙 눈썹을 치켜올리며 묻는 덕만의 물음에 진현이 난감한 듯
입술을 깨물었다. 공주에게 사실을 고할 수는 없는 노릇. 그가 임
기응변으로 말을 꾸몄다.

"⋯⋯누이이옵니다."

"누이?"

"홀몸이 아닌 몸으로 움직이다 보니 사가私家에 계신 어머님의
걱정이 이만저만이 아니라⋯⋯."

고개를 돌려 바닥에 얌전히 내려앉아 있는 가마를 바라본 덕만
이 작은 소리로 중얼거렸다.

"정말 대단하신 누이인가 보군."

치맛단을 들어 차분히 그 앞으로 걸음을 옮긴 덕만이 가마를
내려다보며 입술 끝을 비틀었다.

"한 나라의 공주 앞에서조차 요지부동 가마 안에 버티고 앉아
있을 정도로."

가마를 바라보는 덕만의 눈빛이 싸늘하게 가라앉았다.

순간, 가마의 문이 열리고 기듯이 나온 혜승이 바닥에 납작 엎
드려 머리를 조아렸다.

"고귀하신 공주마마를 몰라뵌 이년의 무례함을 용서하여 주십
시오."

갑작스런 혜승의 행동에 놀란 진현이 번쩍 고개를 들었다. 비
굴할 정도로 바닥에 머리를 조아린 혜승은 떨리는 음성으로 말을
이었다.

"이년, 폐하의 신임을 얻고 있는 오라버니의 기세를 등에 업은 방자함이 도를 넘었다 하여 시댁에서 내침을 받고 친정행에 나선 길이었습니다. 버림받은 저를 불쌍히 여겨, 오라비로서 마지막 자존심을 지켜 주고자 공주마마께 이런 결례를 저지른 듯하니 벌을 주시려거든 이년에게 내려 주시고 오라버니의 죄과罪過는 너그러이 잊어 주소서."

내리깐 시야 아래로 보이는 만삭의 여인은 파르르 어깨를 떨며 애절하게 읍소하고 있었다.

시댁에서 쫓겨나 친정으로 가고 있던 중이란 말에 덕만의 미간에 주름이 잡혔다. 하면 배 속의 아이는?

상관없는 이의 복잡한 사정까지 신경 쓰고 싶진 않지만 여인의 처지에 동정이 가는 것은 사실이었다.

치밀었던 화가 누그러짐을 느낀 덕만이 그녀를 내려다본 채 입술을 움직였다.

"그만하면 된 것 같군."

빠르게 몸을 돌린 덕만이 시립하고 있는 이들을 향해 외쳤다.

"이제 그만 가자!"

덕만이 가마에 오르자 혜승의 가마가 왔던 길을 되짚어 뒤로 물러나기 시작했다. 옆으로 비킨 채 그대로 바닥에 머리를 조아리고 있는 혜승을 바라보는 진현의 눈에 한탄의 빛이 어렸다.

덕만의 가마가 다리를 건너 사라져 가자 황급히 몸을 일으킨 진현이 혜승에게 달려가 그녀 앞에 고개를 숙였다.

"마마께서 이런 수모를 당하시게 하다니. 소인의 어리석음을 용서하여 주십시오."

마득의 부축을 받아 몸을 세운 혜승이 손에 묻은 흙을 털어 내며 희미하게 미소 지었다.

"아닙니다. 이렇게라도 넘어가게 된 걸 다행으로 생각해야지요. 저는 괜찮으니 차후에라도 이 일을 폐하께 알리지 말아 주십시오."

"마마……."

한숨을 삼키는 진현의 미간에 깊은 주름이 패었다.

✖ ✖ ✖

스릉.

답답한 검집을 빠져나온 용춘의 검이 날카롭게 울었다. 어둠이 내린 연무장. 저녁까지도 속절없이 내리던 비는 어느새 그치고, 비구름 물러간 하늘엔 교교한 달빛이 암흑에 잠긴 세상을 비추고 있었다.

아릴 만큼의 냉기를 머금은 그의 눈이 무심히 검날을 훑었다. 달을 벗 삼아 검을 휘두르는 그의 움직임이 정교하면서도 유려했다. 중력을 잃은 듯 바람처럼 가볍게 날아오른 그의 손끝에서 화려한 검화劍花가 피어났다.

"황창랑黃倡郎의 본국검법本國劍法이구나."

등 뒤로 내리꽂히는 갑작스런 목소리에 그의 움직임이 우뚝 멈췄다. 그가 몸을 돌리자 깊은 어둠 속에서 저벅저벅 용수의 모습이 드러났다.

"네가 있는 한, 신라의 안위는 걱정 없겠어."

"시간이 많이 늦었습니다. 형님께서 어찌 이 시간에……."

그가 검을 집어넣으며 용수를 바라봤다.

"시간이 늦은 건 너도 마찬가지 아니냐."

입을 꾹 다문 용춘의 벌어진 옷깃 사이로 그의 구릿빛 살결이 하얗게 부서지는 달빛을 받아 건강하게 빛났다.

"용춘아."

"예."

"그러지 마라."

단정하지만 묵직한 무게가 실린 음성이 어둠을 타고 흘렀다.

"제발 멈춰."

"무엇을 말씀이십니까."

"네가 하려는 것. 해서는 안 되는 일이다."

어머님께 무슨 언질을 받으신 게로군. 침묵을 지키고 있던 용춘이 그를 바라보며 무심히 물었다.

"안 되는 일입니까?"

되돌아오는 물음에 용수의 눈동자에 당황이 깃들었다.

"어째서요."

무감한 음성이 입술을 타고 흘러나왔다.

"전혀 문제 될 것 없는 겹사돈을 들먹거리실 요량은 아닐 테고."

"덕만이라서 아니 된단 말이 아니다. 처음부터 그 아일 선택했다면……."

"누가 됐든 상관없는 일입니다."

"너나 그 아이에게 독이 될 것임을 어찌 모르는 것이야."

그가 픽 입술 끝을 비틀었다.

"왜요. 형수님이 등을 떠밀기라도 하던가요?"

차갑게 날아든 용춘의 물음에 용수가 움찔 몸을 굳혔다. 비릿하게 입매를 휜 용춘이 검집을 움켜쥐었다.

모든 것이 우스웠다. 관례를 따지자면 천명과 혼례를 치른 형님이 왕위를 이어받는 게 맞지만 형님이나 저나 화백회의 지지를 얻을 수 없는 폐왕의 자식일 뿐이다.

천명이 그토록 바라던 야망이란 것이 대체 무언지.

이룰 수 없는 허황된 꿈 안에서 헤매는 것은 비단 어머니만은 아닌 듯하다. 그러나 가져야만 한다면, 가질 수밖에 없다.

"나는…… 네가 행복했으면 좋겠다."

"형님은, 행복하십니까?"

용춘의 물음에 용수의 시선이 흔들렸다.

"밤이 깊었으니 이만 돌아가시지요. 형수님 걱정하시겠습니다."

그가 꾸벅 고개를 숙이는 순간, 용수가 말했다.

"천명이, 회임을 했다."

몸을 돌리던 그의 움직임이 일순 정지했다.

"행복하냐고 물었느냐? 미안하게도 나는."

꿀꺽 숨을 삼킨 그가 뒷말을 이었다.

"나는 행복하구나. 그러니 그만 멈춰 다오."

천천히 고개를 든 용수가 그와 눈을 마주하며 입술을 움직였다.

"천명은 이제 나의 사람이다."

물끄러미 용수의 시선을 받던 용춘이 무감한 음성으로 대꾸했다.

"형수님과는 상관없는 일입니다."

❋ ❋ ❋

하늘하늘 방 안을 비추던 청동 촛대의 불빛이 사라지자 이내 희미한 어둠이 덕만의 주변으로 몰려들었다.

침상 위, 무릎을 세우고 앉은 덕만이 창문으로 스며든 달빛 한 줌을 가만히 만지작댔다.

상념에 잠긴 덕만의 아미蛾眉에 한 가닥 수심이 어렸다. 검은 눈동자에 스민 외로움이 느릿하게 움직이는 눈꺼풀 아래로 옅은 음영을 드리우며 흘러내렸다.

소란한 마음을 다스리지 못한 불면의 밤이 계속되고 있었다.

몸도 마음도 지쳐 있건만 그녀는 스스로를 극한으로 몰아붙이며 벌써 몇 달째 강행군을 이어 가는 중이다.

두 눈 가득 걱정을 매단 유모의 잔소리가 쏟아졌지만 그것이 살아 있음을 절절히 느끼게 하는 유일한 방법임을 알기에 덕만은 눈과 귀를 닫은 채 별군 양성에 힘을 기울였다.

피로가 어깨를 짓눌렀다. 눈이 무겁고 머리가 어지러웠다. 그만 몸을 뉠 때가 된 건가. 낮게 한숨을 내쉰 덕만이 이불을 끌어당겼다.

"⋯⋯!"

밖에서 들려온 미세한 기척에 뉘었던 몸을 벌떡 일으킨 덕만이 빠르게 손을 뻗어 머리맡에 두었던 단검을 집어 들었다.

조용히 단검을 빼 든 덕만이 다시 자리에 누운 채 숨을 죽였다.

스륵.

소리 없이 방문이 열렸다. 눈을 감고 온 신경을 집중하고 있음에도 웬만해선 느끼지 못할 미세한 움직임이었다. 그만큼 무공이 뛰어난 자란 뜻일 터.

누가 보낸 자객인가. 급히 머리를 굴려 보지만 선뜻 떠오르는 얼굴이 없었다. 눈을 감은 채 덕만이 단검을 움켜쥐었다.

점점 거리가 좁혀짐이 느껴졌다. 입매를 굳힌 덕만이 빠르게 몸을 돌려 세워 상대의 목에 검을 겨눴다. 아니, 그러려고 했다. 하나 침상 위에 눕혀진 몸은 천장을 바라본 채 이미 상대의 팔에 보기 좋게 제압을 당한 뒤였다.

"웬 놈이냐."

낭패감에 미간을 구긴 덕만이 검은 복면의 사내를 올려다보며 물었다. 복면 사이로 드러난 눈이 지그시 그녀를 응시했다. 어쩐지 눈빛이 낯설지 않았다. 예리하게 날을 세운 감각이 온몸을 훑듯이 지나갔다. 오싹 소름이 돋는 것을 느끼며 그녀가 경계의 눈빛을 보냈다.

"도둑이오."

이 목소리는!

"……용춘 공?"

그녀의 눈이 커다랗게 뜨였다. 그제야 덕만의 어깨를 누르고 있던 손을 떼어 낸 용춘이 얼굴을 가리고 있던 복면을 벗었다.

그의 얼굴을 보는 순간 자객의 침입에도 전혀 동요하지 않던 덕만의 심장이 갑자기 요란하게 뛰기 시작했다.

"점잖지 못하게 이 무슨."

애써 표정을 감춘 덕만이 몸을 바로 앉히며 중얼거리자 씩, 입술 끝을 당겨 웃은 용춘이 그녀를 바라보며 말했다.

"담을 넘은 도둑에게 어찌 점잖음을 논하시는 건지."

담담히 시선을 들어 올린 덕만이 눈을 마주한 채 물었다.

"그래. 예까지 훔치러 온 것이 대체 무엇이오."

그가 느릿하게 눈을 깜빡였다. 어쩐지 초조해지는 건 덕만 자신인 듯해 그녀가 혀를 움직여 마른 입술을 적셨다.

"그대의 곁이오."

달빛을 등지고 선 그가 나직이 뱉었다. 그럴 리 없다는 걸 알면서도 심장은 어느새 발밑으로 떨어진 뒤였다.

어찌 이런 농을 하는 것인가.

그럼에도 덜컥거리는 심장은 좀처럼 안정을 찾지 못하고 있었다. 이런 제 상태를 들킬세라 급히 숨을 삼킨 덕만이 고개를 돌리며 입술을 움직였다.

"농을 나누기에 너무 늦은 시각 아닙니까."

"농이라 해도 좋고 미친놈이라 놀려도 좋소이다."

"지금 무슨……."

"나가라 하면 이대로 돌아 나갈 것이오."

그 진지한 음성에 덕만이 천천히 고개를 들어 올렸다.

바라보는 눈빛이 깊다. 그에 입술이 떨리고 마음이 흔들린다. 주먹을 쥔 손에 힘을 주어 보지만, 그마저 파르르 떨릴 뿐이다.

"이대로 나간다면, 나는 다시는 서라벌에 돌아오지 않을 생각입니다."

그녀가 입술을 꾹 다문 채 가만히 숨을 내쉬었다.

"무슨 말씀이신지 모르겠습니다."

"말했잖소. 그대의 곁을 훔치고 싶다고."

잠을 자지 못한 탓인지 정신이 혼미하고 머리가 어지러웠다. 격랑을 만난 돛단배처럼 덕만의 목소리가 떨렸다.

"그만하시지요. 농이 지나치십니다."

"다시 한 번 묻겠소. 그대가 나가라 하면 이대로 돌아 나갈 것이오.”

돌아 나가라 하면 그뿐이다. 하나, 입술이 움직이지 않았다.

“이러는 이유가 궁금할 테지.”

허리를 숙여 눈을 맞춘 그가 시원스럽게 입꼬리를 들어 올렸다. 마치 그녀의 머릿속을 훤히 들여다보고 있는 듯한 표정엔 얄미우리만치 느긋한 여유가 배어 나오고 있었다.

“그대를 갖고 싶어.”

나직이 울린 그의 목소리가 그녀의 심장 안을 휘저어 놓았다. 감정을 숨길 여유를 잃은 덕만의 눈동자가 크게 흔들렸다.

쿵쾅쿵쾅. 누군가 귓가에서 북을 울려 대고 있는 것만 같았다.

“좀 더 정확히 말하자면, 그대의 야망이.”

순간, 뜨겁게 요동치던 심장이 얼음을 뒤집어쓴 것처럼 싸늘히 식었다. 반면 수백 개의 바늘이 꽂힌 양 뜨끔거리는 얼굴은 점차로 타오르는 화독火毒에 시뻘겋게 달아올랐다.

크게 숨을 들이쉰 덕만이 머리끝까지 차오르는 모욕감에 입술을 깨물었다.

“국서(國壻. 여왕의 남편)……. 아니, 왕위를 노리시는 겝니까?”

“무엇이든.”

그가 별 상관 없다는 듯 어깨를 으쓱였다. 그것이 더욱 그녀를 몰아세웠다.

“지금 내 마음을 훔치면, 다신 내게서 빠져나갈 수 없을 텐데.”

애써 아무렇지도 않은 듯, 부러 냉랭한 표정을 지은 덕만이 눈매를 좁히며 그를 도발했다.

"아마도 그럴 테지."

"죽어서까지 그댄 내 남자야."

그러니 지금이라도 어서……

"그럴 거요."

예상치 못한 단호한 답에 그녀가 헉, 숨을 들이쉬곤 그대로 움직임을 멈췄다. 귓가로 들려온 음성이 금세 혈관 안으로 파고들며 온몸 구석구석을 헤집기 시작했다.

독이 될 것을 알면서도 미치도록 달콤한 그것은 그녀의 눈과 귀를 차례로 막으며 요염하게 유혹했다. 이런 그녀의 상태를 짐작하는 양 씩, 미소를 지은 그가 덕만의 허리를 끌어안으며 속삭였다.

"세상이 그대를 위해 돌아가도록 해 줄 것이오."

뜨겁게 다가오는 숨결에 그녀가 질끈 눈을 감았다.

세상을 집어삼킨 어둠 가운데, 두 사람의 호흡이 거칠게 뒤엉켰다.

6

가마를 진 교군轎軍들의 걸음이 점점 속도를 잃은 채 늘어지고 있었다. 험한 산세 탓에 산을 오르는 이들 모두 지친 얼굴들이었다.

헉헉 숨을 내쉬며 가마 곁을 바짝 따르는 마득의 이마에도 송골송골 땀이 맺혔다. 안쓰러운 눈으로 마득을 바라보던 하노가 그녀 곁으로 다가와 등을 다독였다.

아혜현阿兮縣에서 이곳까지의 여정도 힘들었다지만 예기치 못했던 덕만공주와의 조우遭遇 덕에 일부러 길을 둘러 온 탓도 크다. 덕분에 천왕산으로 오르는 가장 험난한 길이 선택되어 아직도 산을 오르고 있는 것이다.

"나도 이렇게 힘든데, 홑몸도 아닌 자네 때문에 걱정이구만."

"걱정은 무슨."

고개를 쭉 뺀 마득이 배를 문질러 보이며 씩 웃음을 지었다.

"어미가 누구인데. 잘 견뎌 낼 테니 걱정 마쇼."

"씩씩해서 보기는 좋다."

순간, 길을 살피러 떠났던 진현이 말을 몰아 달려왔다. 가마 앞에 멈춰 선 그가 훌쩍 말에서 내려 마마, 하고 기척을 내자 가마에 난 작은 창이 열렸다.

"여기서부터는 산세가 험하여 가마가 올라갈 수 없습니다. 송구하옵니다."

"아닙니다. 저 혼자 가마에 앉아 가자니 마음이 불편하였는데, 잘되었습니다."

마득에게 시선을 돌린 혜승이 작은 소리로 명했다.

"여기서부터는 걸어갈 것이니 가마를 내려라."

혜승의 가마가 땅에 내려졌다. 마득의 부축을 받아 가마에서 나온 혜승이 몸을 세워 주변을 둘러보았다.

구불구불 이어진 능선을 훑자, 발아래 초승달 모양의 월성月城이 품듯이 둘러싸고 있는 대궁과 궁궐 남쪽을 지나는 문천蚊川의 물줄기가 시야에 들어왔다.

서라벌을 중심으로 멀리 보이는 남산의 산세가 절제력 넘치는 필선으로 한 번에 그은 듯 유려하게 펼쳐져 있었다. 이제 능선 두 개만 넘으면 천왕산에 이를 것이다.

'하아. 다른 곳도 아닌 천왕산이라니.'

말을 타고 달리자면 고작 한나절이나 걸릴 거리일까. 멀리 대궁의 기와지붕들이 눈에 보이자 애써 누르고 있던 괴로움이 고개를 들며 절로 한숨이 새어 나왔다.

처음에는 제가 갈 곳이 천왕산이란 소리에 기함을 하고 고개를 저었으나 어쩔 수 없단 답이 돌아왔었다.

'신녀가 꼽아 준 산 가운데 가장 적합한 곳을 택했을 따름입니다.'

'궁과의 거리가 지척인 곳입니다. 지금 있는 아혜현보다도 오히려 가까운 곳이라니, 아니 될 말씀입니다.'

'아무리 작게 짓는다 하나 시간 안에 마마가 머무실 궁을 완성하자면 많은 인원과 물자가 오갈 수밖에 없습니다. 쉬쉬한다 해도 결국 말이 돌게 될 터. 차라리 폐하의 별궁을 짓는단 명목으로 쓸데없는 이목을 차단시키는 것과 동시에 상대등인 제가 오래 궁을 비우지 않고도 오갈 수 있는 곳을 찾을 수밖에 없었습니다.'

'하나……'

'등잔 밑이 어둡단 말이 있지 않습니까. 게다가 일반 백성은 감히 올려다보지도 못할 별궁입니다. 누가 폐하의 별궁에 호기好奇를 품을 수 있을는지요.'

별궁을 짓는다는 대외 명목까지 더해진 천왕산은 물자의 자유로운 이동과 외부인의 진입 차단이란 조건을 모두 만족시킬 수 있는 최적의 장소였다.

그러나 어떤 이유를 들든……

대궁의 지붕들이 다시금 시야 안으로 아프게 박혀 들었다. 차라리 눈에 보이지 않는 곳이라면 죄책감이 덜할까.

애써 얼굴의 그늘을 지운 혜승이 몸을 돌려 진현을 바라봤다.

"서라벌을 가로질러 왔더라면 벌써 도착하였을 텐데. 송구하옵니다."

본래 가고자 했던 길이 아닌 탓에 산세마저 험해졌다.

"별말씀을요. 예까지 편히 왔습니다."

시선을 틀어 잠시 산을 올려다본 혜승이 걸음을 옮기기 시작했다. 부지런히 걸으면 내일 저녁 전엔 도착할 수 있을 것이다.

갑작스런 움직임에 놀란 것인지 태胎 안의 아이가 불쑥 발길질을 해 왔다. 배 위에 손을 얹어 가만가만 문지른 혜승이 숨을 고르며 다시 걸음을 이어 갔다.

※ ※ ※

"이것이 다 무엇입니까?"

천명은 제 앞에 놓인 어마어마한 양의 과일을 보며 용수에게 물었다.

"아이를 가진 여인들은 신 것을 좋아한다기에."

혹 잘못 안 것인가 하여 제 눈치를 살피는 그의 마음 씀씀이에 천명은 표 나지 않게 한숨을 삼키곤 작게 미소 지었다.

"어찌 아시고 제가 좋아하는 과일로만 골라 오셨습니까?"

"그렇습니까?"

천명을 향해 묻는 용수의 얼굴이 모처럼 환해졌다.

"하나 양이 너무 많습니다."

"두 몫을 먹어야 하지 않습니까."

정말 그래야 한다고 믿는 양 되물어 오는 용수의 얼굴이 사뭇 진지해 보였다. 피식, 그녀가 웃었다.

입가에 걸린 미소가 해사했다. 수줍게 망울을 피워 낸 봄꽃 같기도, 또 화려하게 가을 산을 수놓은 단풍잎과도 같았다. 입술이 그려 낸 고운 호선에 용수의 심장이 덜컥거렸다. 그대를 이리 웃게만 할 수 있다면…….

"아이를 낳으면 춘추春秋라 이름을 지어 줄 것입니다."

물끄러미 그녀의 얼굴을 응시하던 그가 말했다. 그녀의 시선이 가만히 따라왔다.

"김춘추. 그대와 나의 아이."

용춘의 가슴에 비수를 꽂아 넣으면서도 지키고 싶은.

그러나 모질지 못한 그의 눈가엔 차마 드러내지 못한 감정을 삭이느라 급히 돌아서던 용춘의 뒷모습이 내내 어른거리고 있었다.

잠시 눈이 마주쳤을 때 아프게 일그러지는 용춘의 얼굴을 보았다. 이기利己와 욕망. 그러나 그를 따르지 못한 성정性情은 고스란히 후회와 자책으로 남아 끊임없이 파문을 일으켰다.

문득 그녀가 먼 하늘에 한숨을 흘리기라도 하는 양이면 그는 서걱거리는 황무지에 홀로 서 있는 듯한 불안감에 휩싸이곤 했다. 천명의 행복을 바라면서도, 그것이 제 안에서의 일상이고 생활이길 바랐다. 행여 그녀가 입고 달아날 날개옷이 있다면 저 역시도 나무꾼이 저질렀던 것과 다름없는 소행을 저질렀을 것이다.

찰나의 순간. 그의 입가에 스친 서글픈 미소를 미처 알아채지 못한 천명이 춘추라는 이름을 나직이 되뇌며 시선을 내렸다.

※ ※ ※

진현의 설명대로 디디기 힘든 울퉁불퉁한 바윗등과 나무가 우거진 숲은 만삭의 여인이 오르기엔 너무도 가파르고 험한 곳이었다. 표를 내지 않으려 해도 턱까지 차오르는 숨을 어찌할 수가 없었다.

"아!"

마득의 부축을 받아 산을 오르던 혜승이 갑자기 미간을 찡그리며 배를 부여잡았다. 갑작스런 움직임에 마득이 눈을 키웠다.

"마마?"

고개를 들어 올린 혜승이 호흡을 고르며 그녀를 바라봤다.

"아니다. 괜찮다."

하지만 다시 느껴지는 통증에 벌어진 입술 사이로 낮은 신음이 새어 나왔다.

"윽!"

"혹 산통이 시작되시는 게 아닙니까?"

"그럴 리가. 아직 날짜가 남았는데."

"아휴. 그게 그렇게 꼭 맞아떨어지는 것이랍니까. 이를 어쩌
나."

동동 발을 구르는 마득을 향해 약하게 미소를 지어 보인 혜승
이 그녀의 손등을 다독이곤 입을 열었다.

"잠시 배가 뭉친 것일 수도 있으니 너무 걱정 말자꾸나."

제발, 아가.

기도하듯 배 위에 손을 올린 혜승이 다시 걸음을 떼기 시작했
다. 하지만 그것도 잠시.

"읏!"

다시 신음을 흘린 혜승이 몸을 접은 채 바닥에 주저앉았다.

"마마!"

마득의 외침에 앞서가던 진현이 빠른 걸음으로 다가와 무릎을
꿇었다.

"마마, 어찌 그러십니까?"

"아무래도 산통이 시작되시는 듯싶습니다."

밀려오는 통증에 이를 악물고 있는 혜승을 대신해 마득이 답했
다.

"산통이라니. 이 산중에서 말이냐?"

"예."

난감하다. 곧 대궁에서 태의가 당도할 테지만 약속된 날짜는 이틀 뒤. 그 역시도 어찌할 바 모르겠다는 듯 당황한 낯빛으로 주변을 살폈다.

신속한 이동을 위해 최소한의 짐과 인원으로 움직인 탓에 마득을 제외한 나머지 모두가 가마와 짐을 든 사내뿐이었다.

난감한 듯 어깨를 늘어뜨리는 그의 얼굴이 미세하게 일그러졌다. 초산初産은 대부분 예정일을 넘겨 낳는다는 말만 곧이곧대로 믿은 것이 잘못이었다. 변수가 생길 것에 대비를 하였어야 했는데…….

"마마, 조금만 더 견디십시오. 곧 궁에 다다를 것입니다."

처음 경험하는 산통이었지만, 그녀는 본능적으로 제 몸의 상태를 감지할 수 있었다.

"아무래도, 하아, 힘들 것 같습니다. 으윽!"

하얗게 핏기가 가신 얼굴을 바라보며 마득이 얼른 그녀의 등과 허리를 주물렀다. 격통에 몸을 뒤트는 혜승의 치맛단이 뜨끈하게 젖어 갔다. 양수가 터졌음을 짐작한 마득이 눈물을 그렁그렁 매단 채 진현을 올려다봤다.

"이렇게 있다간 마마나 아기씨 두 분 다 위험하십니다."

서둘러 결단을 내려야만 했다. 그러나 무엇을 어찌해야 하나. 절대 궁에 이르러 출산을 해야 한다던 폐하의 당부가 귓가에 선히 들려오는 듯했다.

"보통 출산까지 얼마의 시간이 걸리느냐."

"사람마다 다릅니다."

"한두 시진 안에 아이가 나오는 건 아닐 테지?"

"경산經産의 경우 초산보단 많이 수월하다 들었습니다. 한
데……."

점점 낯빛이 변해 가는 혜승을 어쩔 줄 모른 채 바라보던 마득
이 손등으로 쓱, 눈물을 훔쳤다. 아무것도 모르는 제가 보기에도
혜승의 상태는 심상치 않아 보였다.

멀찍이, 아무런 도움이 될 수 없음에 그저 입술만 깨물고 선 하
노가 주변을 물린 채 서성대고 있었다.

잠시 망설이던 진현이 마득을 향해 말했다.

"쉬지 않고 말을 몬다면 내일 아침까진 태의를 데려올 수 있을
것이다. 그때까지 네가 수고 좀 해 다오. 무슨 일이 있어도 마마
의 곁을 떠나서는 안 된다. 알겠느냐?"

❊ ❊ ❊

화려한 외양의 금동 촛대가 연꽃 모양의 받침에 진득한 촛농을
흘리며 침전 안을 밝히고 있었다. 침상 위, 마야와 마주 앉은 진
평이 걱정스러운 표정으로 그녀의 얼굴을 바라보았다.

"갈수록 안색이 안 좋아지는구려. 무슨 근심이라도……. 혹 혜
승의 아이 때문이오?"

병색이 짙은 낯빛을 감추려 바른 분이 파리하게 빛난다.

"폐하, 궁 안에 듣는 귀가 많습니다."

"다들 물러가 있으라 하였으니 안심하시오."

그럼에도 마음이 놓이지 않는지 고개를 돌린 마야가 힐긋 문가를 살폈다. 기척이 느껴지지 않는 것을 확인한 그녀가 입을 열었다.

"이제 출산일이 얼마 남지 않았습니다."

차마 고개를 끄덕이지 못한 진평이 가만히 눈을 깜빡이자 마야가 옆에 두었던 비단 두루마리를 집어 진평에게 건넸다. 의아한 표정으로 그것을 받아 든 진평이 빠른 손놀림으로 곱게 접힌 그것을 펼쳤다.

「僧滿」

비단에 적힌 글자를 눈으로 훑은 그가 나직이 소리 내어 그것을 읽었다.

"승만?"

"예. 장차 왕위에 오를 아이를 생산할 터인데 언제까지 이름을 부를 수 없으니."

진평의 입에서 아, 하는 탄성이 흘렀다.

"곧……."

목이 메는지 흠, 하고 목을 가다듬은 마야가 꿀꺽 숨을 삼키며 말을 이었다.

"기회를 봐서 정식으로 직첩職牒을 내리도록 하겠습니다. 궁으로 불러 안위를 살핀다면, 덕만도 무얼 어찌할 순 없을 겝니다.”

“부인을 볼 낯이 없구려.”

“말씀 거두어 주십시오. 듣기 민망합니다.”

“미안하오.”

“폐하.”

진평이 팔을 뻗어 지그시 마야의 손을 감싸 쥐었다.

“부인에게 많이 미안하고 부끄럽소.”

너무도 그리웠던 온기에 마야의 눈가가 촉촉이 젖어 들었다. 눌러두었던 마음이 일렁거리자, 심장에 뻐근한 통증이 밀려왔다. 한때는 오롯이 제게만 향하던 온기를 바라보는 눈길이 아련했다.

제게 남겨진 시간은 얼마일지. 맞잡은 손에 힘을 준 마야가 버석하게 마른 입술을 움직였다.

“신첩, 폐하께 오늘 밤을 청해도 될는지요.”

진평의 놀란 눈이 마야를 향했다.

“폐하와의 하룻밤을, 허락해 주시겠나이까?”

마야를 바라보는 진평의 시선에 애처로움이 가득 깃들었다.

“부인.”

작게 부른 그가 팔을 벌려 마야를 안았다.

그녀의 가냘픈 어깨 위로 눈물이 날 만큼 다정한 온기가 스몄다.

✖ ✖ ✖

따그닥 따그닥.

한 필의 준마駿馬가 어둠에 잠긴 산길을 빠른 속도로 달리고 있었다. 구불구불한 산길을 달려 내려가니 한동안 보이지 않던 평지가 드러나고, 마침내 인가가 나타나기 시작했다.

지친 말이 입에서 거품을 내뱉을 즈음 멀리 대궁의 위용이 어렴풋이 드러났다. 정문에 다다른 그가 훌쩍 말에서 뛰어내려 전력으로 다리를 움직였다. 궁문을 지키고 선 병사들이 그를 향해 예를 갖췄지만 급하다는 듯 빠르게 손을 내젓고는 순식간에 궁 안으로 뛰어 들어갔다.

땀으로 범벅이 된 진현이 헉헉 숨을 몰아쉬며 침전 앞에 이르렀다.

"헉, 어서, 고하여라."

뜻밖의 출현에 쩍, 하고 입을 벌렸던 시녀가 이내 표정을 가다듬으며 그에게 말했다.

"시각이 축시(丑時. 새벽 1시부터 3시까지)인 것을 모르시진 않겠지요."

"촌각을 다투는 위중한 일이다."

침전의 직숙直宿을 맡은 시녀가 냉엄히 고개를 저으며 작은 소리로 말했다.

"이미 침수寢睡 드셨습니다. 날이 밝으면 다시 오시지요."

모처럼 왕후마마와의 침수를 방해하고 싶지 않았던 시녀는 막중한 임무라도 띤 양 문 앞을 가로막았다. 진현의 미간이 대뜸 구겨졌다.

"위중한 일이라 하지 않았느냐!"

벼락처럼 치는 고함에 어깨를 움찔한 시녀가 당황한 듯 그를 바라봤다.

"소리를 낮추십시오."

"폐하, 폐하!"

방문을 타고 들리는 소란에 진평과 마야가 동시에 몸을 일으켰다.

"웬 소란이냐."

흐트러진 자리옷을 정비한 진평이 문을 바라보며 묻자 벌컥 소리와 함께 진현이 뛰어 들어왔다. 다짜고짜 무릎을 꿇은 그가 고개를 내린 채 입술을 움직였다.

"폐하! 신의 불경不敬을……."

"혹 혜승과 관련된 일이오?"

갑자기 들려온 음성에 진현이 번쩍 고개를 들어 올렸다. 마야의 존재를 확인한 그의 얼굴이 당혹감으로 굳었다. 꿈에도 왕후가 함께 들어 있을 것이란 생각을 하지 못했기에 그는 지금의 상황을 어찌 무마해야 할지 난감하기만 했다.

"괜찮으니 어서 고하시오."

마야가 나직이 일렀다. 눈치를 살피던 진현이 어쩔 수 없다는 듯 입을 열었다.

"궁으로 향하던 도중 갑자기 산통이 시작되어 궁에 도착도 하시기 전에 난산으로 고생 중이십니다."

진평의 눈이 흠칫 커졌다.

"안 돼……."

진현을 바라보던 마야가 낮은 탄성과 함께 입가를 가렸다.

"반드시 궁에서 아이를 낳아야 하오. 반드시."

황급히 손을 내린 마야가 단호한 눈빛으로 말했으나 돌아오는 답은 절망적이었다.

"송구하오나 이동이 불가한 상황이옵니다."

넋 나간 사람처럼 멍하니 있던 진평이 침상에서 내려섰다. 그리고는 지밀 시녀의 손을 빌리지 않은 채 홀로 옷을 입기 시작했다.

"태의를 불러라. 내 직접 갈 것이다."

"폐하. 산길이 험하옵니다. 우선은 태의만 데려가고……."

"아이를 가진 혜승도 올랐던 길을 어찌 나는 못 갈 곳이라 하는가!"

대충 걸치기만 한 옷자락을 휘날리며 진평이 빠르게 문을 나섰다. 전전긍긍 마야의 눈치를 살피던 진현이 그녀를 향해 읍을 하곤 몸을 일으켰다.

멍하니 빈 침상을 바라보는 마야의 눈에서 툭, 눈물이 떨어졌다.

떠나셨구나. 나를 두고 결국…… 가셨구나.

파르르 떨리는 입술을 깨문 그녀가 힘없이 고개를 떨궜다.

홀로 남겨진 마야의 주변으로 막막한 어둠이 밀려왔다.

7

진평이 바라보고 있는 것은 언젠가 석가의 이름이 적힌 명패를 던진 연못이었다. 불어온 바람에 수면 위로 잔잔한 파문이 일었다. 그때나 지금이나 다름없는 풍경에 눈매를 좁힌 진평이 흐음, 숨을 내쉬었다.

　진평이 손을 들어 보이자, 진현을 제외한 모든 시녀와 환수宦豎들이 제자리에 멈춰 섰다. 터벅터벅. 몇 걸음 앞서 걸어가는 진평의 뒤를 진현이 말없이 쫓았다.

　"폐하."

　진현의 부름에 그가 걸음을 멈추고 돌아봤다.

　"왕후께서 승하하신 지 벌써 2년이 넘었습니다."

　"그렇지. 벌써 그렇게 됐군."

"언제까지 저리 왕후전을 비워 두실 생각이십니까. 이제 그만 그분을 왕후전으로 들이심이……."

"그날 그렇게 혜승에게 달려가고 홀로 죽음을 맞았을 왕후를 생각하면……. 나는 죄가 많은 사람이오."

어찌 지나갔는지 모르게 흘러 버린 시간을 되짚으며 진평이 한숨지었다. 지독한 난산으로 힘들어하던 혜승은 애써 지어 놓은 궁에 이르지 못한 채 산중에서 아들을 출산했다.

태의와 함께 산에 이르렀을 때, 혜승은 옷과 나뭇가지로 급하게 만든 임시 산실産室에 몸을 뉜 채 막 탯줄을 자른 아이를 바라보고 있었다.

안쓰러움이 이는 순간, 그녀가 생명 줄처럼 손에 쥐고 있던 명패에 시선이 닿았다. 가슴 안으로 뜨거운 불덩이가 차오르는 듯한 벅참을 느낀 것도 잠시, 이어 전해진 부음訃音에 그는 서둘러 환궁을 해야만 했다.

모든 것을 제 탓이라 여긴 혜승은 마야가 마련해 준 별궁에 감히 머물 수 없다며 백 일 뒤, 아들 석가와 함께 다시 아혜현으로 돌아갔다. 정은커녕 제대로 보듬어 주지도 못한 아이에 대한 그리움과 표현할 수 없는 비통은 뼈 마디마디, 혈관 하나하나에 단장斷腸의 아픔을 새겨 넣으며 점차 덕만을 향한 원망으로 그를 몰아가기 시작했다.

그늘이 드리워진 진평의 얼굴을 바라보는 진현의 마음도 함께 어두워 갔다.

"화백회의 만장일치를 이끌어 내는 것은 어렵지 않사옵니다. 하면 덕만공주께서도……."

그러나 진평은 말이 없었다.

"폐하. 저리 왕후전을 비워 두심을 승하하신 왕후께서도 원치 않으실 것입니다."

진평이 가만히 고개를 저었다.

"혜승이, 궁에 들어올 수 없다 하네."

고개를 들어 올리는 진평의 시선이 먼 남쪽 하늘 끝에 아련하게 머물렀다.

⁂

"이놈, 사현이! 예서 놀지 말라니까 자꾸 또 오지."

봄꽃이 만연한 후원. 그냥 보내기 아까운 볕에 푸성귀나 말릴 요량으로 채반을 들고 나오던 마득은 석가와 함께 장난을 치고 있는 사현을 발견하곤 부리나케 걸음을 움직였다.

사현 앞에 털썩 주저앉은 마득이 눈을 맞춘 채 아이를 나무랐다.

"여기 오면 된다고 했어, 안 된다고 했어!"

자유롭게 걷고 뛰는 세 살의 사내아이들은 잠시도 가만히 있질 못한다. 저러다 왕자마마 몸에 상처를 입히기라도 하면 큰일이었다.

"놔두어라. 둘이 잘 노는데 너는 어찌 또 그러느냐."

머리 위에서 들려온 목소리에 마득이 냉큼 몸을 일으켰다.

"마마. 엄연히 신분의 차가 있는 법인데 어찌 왕자마마와 천한 쇤네의 자식을 함께 두려 하십니까."

마득의 물음에 혜승이 물끄러미 그녀를 바라봤다.

"너는 그리 생각했느냐?"

"생각이 아니라……."

법도가 그러한 걸요. 고개를 숙인 마득이 중얼거리자 그녀의 어깨에 손을 올린 혜승이 나직한 목소리로 물었다.

"나는 너를 내 친동생이나 다름없이 생각한다. 그러니 사현인 내 조카가 아니겠느냐."

"마마."

"네가 없었다면, 나 또한 없었다. 내 어찌 그걸 모를까."

눈가가 뜨끈해졌다. 무언가가 심장을 쥐고 흔드는 듯 묵직해지는 가슴에 마득이 황급히 숨을 삼키며 손등으로 입을 막았다.

언제 혼이 났느냐는 듯 까르르 장난질을 하며 뛰어다니는 아이들의 소리가 후원을 울렸다.

※ ※ ※

홀로 방 안에 앉아 애처롭게 흔들리는 촛불을 바라보는 덕만의 귓가로 무심한 기억 한 자락이 스며들었다.

'그래. 대체 예까지 훔치러 온 것이 무엇이오.'

'그대의 곁이오.'

비식. 허망한 웃음이 그녀의 입술 끝에 맺혔다.

"그걸, 믿었던 게야?"

조용히 자문한 덕만이 피곤한 눈가를 누르곤 두 손에 얼굴을 묻었다.

'지금 내 마음을 훔치면, 다신 내게서 빠져나갈 수 없을 텐데.'

'아마도 그럴 테지.'

'죽어서까지 그댄 내 남자야.'

'그럴 거요.'

"믿었던 적 없어."

고개를 들지 않은 채 덕만이 중얼댔다. 짓씹은 입술에서 비릿한 핏물이 흘러나왔다.

혼례를 올리고 곧 내성사신內省私臣에 임명된 용춘은 밤낮으로 3궁(대궁, 사량궁, 양궁)의 업무에 매달렸다.

밤새 뜬눈으로 빈 침상을 지킨 날이 그녀의 가슴에 눈처럼 쌓여 갈 무렵, 무관직武官職의 으뜸 벼슬인 대장군大將軍에 임명된 그는 이제 각 지방과 성곽을 돌며 끊임없이 변경邊境을 침략해 오는 고구려와 백제의 도발에 맞서고 있었다.

겉으로 보기에 그는 여인의 몸으로 왕위에 오를 것을 탐탁지 않게 여기는 세력을 잠재우고자 적극적으로 나랏일에 나서는 좋은 남편이었다.

주변국의 계속된 침략으로 인한 불안정한 정세를 안정시키기 위해 그는 스스로 군사를 이끌고 전방을 나돌았다.

우연히 대전에서 그와 마주쳤던 어느 날. 반갑게 요동치는 심장을 느끼며 걸음을 멈췄던 그녀는, 이내 말없이 등을 돌려 멀어지는 그의 뒷모습에 가슴 한편이 잘려 나간 듯한 허전함을 맛봐야만 했다.

홀로 처소로 돌아오는 발걸음이 서걱거렸다. 믿음이나 기대 따위 없이 시작한 혼인이었지만 무심으로 일관하는 그의 태도는 때때로 그녀가 쌓은 견고한 벽을 허물어뜨리며 그 안에 감춘 여린 마음에 생채기를 내었다.

'어찌 자꾸만 여위시는 겝니까.'

이미 혼례를 올린 공주의 처소를 전처럼 드나들 수 없던 유모는 짐작되는 사정을 속으로 삼키며 연신 건강에 대한 걱정을 늘어놓았다.

흘리듯 '예전 모습이 그립습니다요.' 하던 얼굴이 감은 눈 너머로 선연히 떠올랐다.

"홋. 보고 싶네, 유모."

유모의 잔소리가 유난히 그리운 밤이었다.

✖ ✖ ✖

다음 날 아침. 곱게 단장을 마친 덕만이 대전을 찾았다. 승계와

관련해 어떤 언급도 하지 않고 있는 아버지 진평의 속내를 알아
보기 위해서였다.

물론 폐위가 되지 않는 한, 왕은 죽을 때까지 재위在位하는 것
이 일반적인 일이었다. 나이가 많이 들거나 건강이 좋지 않아 정
사를 돌보기 힘들어질 경우 섭정攝政을 맡기거나 양위讓位를 하고
물러나기도 하는데 아직 정정한 진평에겐 그 어느 것도 해당되지
않았다.

그녀 역시 당장 양위를 요구하는 것은 아니었다. 하지만 원활
한 승계를 위한 준비는커녕 나랏일에 관심조차 줄 수 없는 상황
이다 보니 오히려 전보다도 궁 안에서의 입지가 점점 줄어드는
느낌이었다.

사람들의 눈에 그녀는 아무것도 하지 않고 그저 먹고 놀기만
하는 존재가 되어 가고 있었다.

관련된 논의를 차일피일 미루기만 하는 것을 지켜보자니 '일부
러' 라는 의심을 지울 수 없었다.

"폐하. 덕만공주께서 드셨습니다."

— 들라 하라.

열린 문으로 덕만이 들어섰으나 진평은 눈길도 주지 않은 채
족자簇子를 들여다보고 있었다. 그녀가 읍을 하고 다가가 앉는 동
안도 그는 그림에 빠져 있었다.

"여쭐 것이 있어 들렀습니다."

그가 봐 주기를 기다리던 덕만이 먼저 운을 뗐지만 진평의 시

선은 여전히 그림에 머물러 있었다.

"당 태종이 그림 한 점과 꽃씨 석 되를 보내왔구나."

무시를 하고자 작정하신 겐가. 갑자기 들려온 엉뚱한 소리에 덕만의 눈썹이 씰룩 움직였다.

원망 어린 눈빛으로 물끄러미 그를 바라보자 그제야 고개를 들어 올린 진평이 들고 있던 그림을 그녀에게 건넸다.

"궁 후원에 심어 볼까 하는데. 어떠냐."

내키지 않는 얼굴로 그림을 받아 든 덕만이 시선을 내려 그것을 살폈다. 붉은색, 자주색, 흰색의 커다랗고 화려한 꽃이 화폭 가득 피어 있었다.

"향기도 없는 꽃을 심어 무얼 하시게요."

심드렁한 목소리로 그녀가 묻자 진평이 몸을 앞으로 기울였다.

"향기가 없다? 어찌 그리 생각하느냐."

"당 태종이 보냈다던 꽃씨가 바로 이 그림 속 꽃의 씨앗일 테지요?"

"그래."

"화폭에 담긴 꽃에 나비가 보이지 않으니, 어찌 향기가 있는 꽃이라 여길 수 있을는지요."

느릿하게 눈을 깜빡인 진평이 힐긋 그림을 바라보던 입술을 움직였다.

"궁금한 것이 있다."

"하문下問하시지요."

"혼례까지 치른 네가 궁에서 나가지 않는 연유가 무엇이냐."

머릿속에서 번쩍, 번개가 치는 느낌이었다. 예상치 못한 질문에 잠시 당황했던 덕만이 이내 얼굴 표정을 추스르며 눈매에 힘을 줬다. 그러자 그녀와 시선을 마주한 그가 느긋한 목소리로 재차 물었다.

"천명은 혼례를 치르고 바로 궁을 나가 살고 있다. 그런데 1년이 지난 지금까지 궁을 나가지 않는 연유가 궁금하구나."

"……신라에서 왕위를 잇는 조건은 궁 안에 살고 있는 성골이어야 하지 않습니까."

왕위를 이어받을 수 있는 성골은 왕과 그의 형제, 그리고 그 자녀들이며 반드시 대궁大宮, 사량궁沙梁宮, 양궁梁宮, 이 3궁三宮 안에 살고 있어야 했다.

왕의 가족이라 해도 왕궁을 떠나는 순간 성골의 신분을 잃게 된다. 본래 성골이었던 용수와 용춘도 아버지인 진지왕의 폐위와 동시에 출궁을 당하며 족강族降, 즉 진골로 강등되었다.

언니인 천명 역시 혼인과 동시에 궁을 나갔으니 왕위 계승이 가능한 성골은 덕만 자신이 유일하였다.

"그렇지."

"성골남진(聖骨男盡. 성골의 남자가 없음)인 것을 안타깝게 여기는 이들도 있겠지만, 어찌 됐든 다음 보위에 오를 이는 저이니, 제가 궁에 남아 있는 것은 당연한 일이지요."

"나는 왕위를 용춘에게 물려줄 수도 있다."

"훗. 폐위시킨 왕의 자식에게요? 불안치 않으시겠습니까?"

조소하듯 입술 끝을 비튼 그녀가 눈을 마주한 채 싸늘히 물었다. 어릴 적부터 살뜰히 보살폈다 하나 그 아비를 폐위시키고 오른 자리다. 역심逆心을 품고 덤비자면 반정反正은 한순간일 것이다.

"발호(跋扈. 제어할 수 없을 정도로 제멋대로 날뛰거나 세력이 강해져 감당하기 어려움)를 어찌 견디시려고요."

조용히 속삭이는 덕만의 표정이 잔인할 만큼 차갑게 빛났다.

✖ ✖ ✖

'후사가 없음을 빗댄 그림을 일부러 보이시다니. 분명 나를 능멸하려 작정을 하신 게야.'

분을 삭이지 못한 덕만이 입술을 깨물며 이마에 손을 올렸다. 치밀어 오른 화기 때문인지 머리가 어지럽고 속이 메슥거렸다. 결국 태의를 불러들인 덕만은 그에게 진맥을 명하고 누워 있는 중이다.

"송구하옵게도 태맥胎脈이 잡히질 않사옵니다."

혼자 헛다리를 짚고선 묻지도 않은 답을 내미는 태의의 음성에 감고 있던 눈을 뜬 덕만이 픽, 헛웃음을 지었다.

회임이라. 하늘을 봐야 별을 딴다는 말을 이럴 때 쓰는 겐가.

눈매를 좁힌 덕만이 그를 놀려 줄 요량으로 이맛살을 찡그렸다.

"지어 올린 탕재도 꼬박꼬박 챙겨 먹었거늘 어찌 효험이 없단 말이냐."

"소임을 다하지 못한 소인을 죽여 주시옵소서."

코가 땅에 닿을 듯 머리를 조아리는 태의를 내려다보자니 입 안이 씁쓸했다.

"그러고 보니 아이를 가진 채 쫓겨났다던 상대등의 누이가 궁금해지는군."

문득 떠오른 기억에 그녀가 중얼댔다. 화기가 사라진 그녀의 목소리에 안도의 한숨을 삼킨 태의가 빼꼼히 고개를 들어 올렸다.

"상대등의 누이라 하셨습니까?"

그녀가 고개를 끄덕이자 그가 갸웃 머리를 틀었다.

"상대등께는 위로 형님 한 분만 계신 것으로 알고 있습니다."

"그럴 리가. 내 직접 대면까지 한 것을."

가만히 기억을 되짚던 덕만의 얼굴에 미세한 균열이 인다. 뇌리를 강타하는 끈적하고 석연찮은 느낌에 그녀가 획, 눈썹을 세웠다.

서둘러 태의를 물린 그녀가 시녀에게 명했다.

"아무도 몰래 아바마마를 오래 모신 대전 시녀를 들라 하라. 당장!"

※ ※ ※

"한심한 것. 언제까지 파진찬(波珍飡. 17관등의 네 번째 관등)에만 머물러 있을 생각이냐!"

저녁 무렵, 용수를 찾아온 지도의 눈매가 날카롭게 올라섰다.

"밥상을 차려 눈앞에 대령해 주었는데도 숟가락조차 건드려 보질 못하다니."

그녀의 대성질호大聲叱呼에 묵묵히 시선을 내리고 있던 용수가 천천히 입술을 움직였다.

"바라시던 대로 용춘도 혼인을 하였고. 모든 것이 어머님 뜻대로 되지 않았습니까."

"나의 뜻?"

픽, 하고 입술을 비튼 지도가 그를 바라보며 말했다.

"마야도 죽고 없어진 마당에. 마음만 먹으면 세상을 가질 수도 있다."

"왜요. 그 자리, 어머님이 꿰차고 앉아 보시게요?"

"못할 것도 없지."

도무지 닳아 없어질 것 같지 않은 어머니의 욕심에 그가 한숨을 내쉬며 고개를 돌렸다.

"너랑 농을 하자고 이곳에 온 것은 아니고. 곧 있을 무예 경연에 나가거라."

갑자기 무예 경연이라니. 용수가 아연한 얼굴을 했다.

"일부러 숨기고 있는 것을 안다."

"무엇을요."

대답을 하지 않은 지도가 빤히 그의 얼굴을 바라보았다. 그녀는 용춘만큼이나 용수의 무예 역시 대단하다는 것을 진즉부터 알고 있었다.

"이찬(伊飡. 17관등의 두 번째 관등) 이상은 올라야 상대등이라도 넘볼 수 있을 게 아니냐."

그가 침묵하자 그녀가 말을 이었다.

"만인이 보는 앞에서 너의 무예 실력이 공인되는 순간, 진평에게 주청을 할 생각이다."

"어머님!"

주먹을 움켜쥔 그가 눈을 부릅뜬 채 얼굴을 굳히자 사분사분 그의 어깨를 두드린 지도가 귓가에 바짝 다가와 속삭였다.

"근간에 있을 무예 경연에서 네 자리를 찾길 바란다."

답답한 마음에 밖으로 나선 용수가 가슴이 들썩일 정도로 크게 숨을 들이쉬곤 마당을 둘러봤다. 어둠에 감싸여 아무것도 보이지 않을 것 같은 주변은 조용히 파고든 달빛에 푸른 속살을 드러내고 있었다. 달빛에 물든 사위는 몹시도 고요했다.

"흐음."

차가우면서도 상쾌한 밤공기가 폐부 깊숙이 젖어 들었다. 고개를 들어 바라본 까만 하늘엔 모래알처럼 많은 별들이 곧 쏟아질 듯 반짝이고 있었다.

무심코 몸을 돌리던 그의 코끝에 익숙한 향취가 느껴졌다. 실려 온 바람을 느끼던 그가 이끌리듯 후원을 향해 걸음을 움직였다.

'부인?'

걸음이 멈춘 그곳. 천명이 있었다.

하늘을 올려다보고 선 그녀의 자태는 천상에서 하강한 선녀처럼 곱고 아름다웠다.

반갑게 그녀를 부르려던 용수의 움직임이 이내 들려온 음성에 그대로 굳어 버렸다.

달님이시여
그 빛 닿는 곳 어디인가요
간절히 바라건대
불세존佛世尊 앞에 이르러
사무치게 그리는 이가 있음을
부디 여쭈어 주소서

그녀를 부르고자 올렸던 손이 허공에서 툭, 맥없이 떨어졌다. 그리고 애잔함이 가득 밴 눈으로 그녀를 응시했다.

한 번쯤 돌아봐 주어도 좋으련만 내내 하늘을 향한 그녀의 시선은 그의 마음을 외면하듯 단호히 고정되어 있었다.

"……."

끝내 입술을 열지 못한 용수가 그대로 몸을 돌렸다. 한동안 고개를 숙인 채 숨을 고르던 그가 조용히 걸음을 움직여 사라졌다.

※ ※ ※

툭!

겁에 질린 채 바닥에 납작 엎드려 있는 대전 시녀 앞으로 커다란 금붙이 몇 개가 던져졌다. 무감한 눈으로 시녀의 정수리를 내려다보던 덕만이 몸을 앞으로 기울이며 물었다.

"이것을 받고 내가 얻고자 하는 답을 줄 것이냐. 아니면 쥐도 새도 모르게 궁 밖으로 끌려 나가 산 채로 들짐승의 먹이가 될 것이냐."

덕만의 물음에 시녀가 도르륵 눈동자를 굴렸다. 먼저 떠올린 이는 제가 모시는 폐하였으나 당장 제 목숨이 위험한 상황에 쓸데없는 오지랖을 부릴 만큼 그에 대한 충심忠心이 깊지 않았다. 게다가 공주 말대로 정말 이대로 끌려 나가 죽임을 당한다 한들 의심을 품고 핵득(覈得. 사건의 실상을 조사하여 사실을 알아냄) 할 사람이 있을 리 만무했다. 수백에 이르는 시녀는 그야말로 발끝에 차이는 돌멩이 같은 존재.

꿀꺽. 금붙이를 바라보는 시녀의 눈이 물욕으로 번뜩였다.

※ ※ ※

낭비성娘臂城에서 돌아온 용춘이 피곤이 잔뜩 밴 얼굴을 쓸며 시선을 들어 올렸다. 아비규환의 전장과 달리 주변은 온통 적막하고 고요했다. 그래서일까. 한 달여 만에 돌아온 궁은 몹시도 낯설었다.

모처럼 뜨거운 물에 수욕水浴을 하였건만 진득하게 들러붙은 피비린내는 사라지지 않은 채 코끝을 어지럽혔다.

'살귀殺鬼가 따로 없구나.'

검을 휘두르는 순간, 하필 눈이 마주친 고구려 장수의 마지막 말이 귓전을 맴돌았다.

"후우."

생각을 떨치려는 듯 고개를 턴 그가 막 걸음을 옮기던 찰나였다. 열린 문틈으로 고개를 숙인 채 앉아 있는 덕만의 옆모습이 눈에 들어왔다.

평소와 다름없는 단정한 차림이었으나 방 안을 흐르는 기운은 어쩐지 묘하게 흐트러져 있었다. 걸음을 멈춘 그가 마뜩잖은 시선을 보냈다.

기척을 느꼈는지 그녀가 스르르 고개를 돌렸다. 벌겋게 핏발이 선 눈이 그를 무심히 응시했다. 아니, 무심을 가장한 눈빛이었다.

무슨 일이 있는 게요.

묻고 싶었지만 입술이 움직이지 않았다. 두 사람의 시선이 한동안 부딪쳤다.

스륵.

몸을 돌린 그가 저벅저벅 걸음을 움직여 사라졌다.

"훗."

빨간 입술 끝을 비틀어 올린 덕만이 비어 있는 문 앞을 바라보다 이내 고개를 돌렸다. 그녀의 시선 끝이 한동안 허공에 머물렀다.

"그대가 말리지 않은 탓이야."

작게 중얼거린 그녀가 붓을 집어 들었다.

「打」

'치다' 라는 뜻의 글자를 일필휘지一筆揮之로 써 내려간 덕만이 곧 붓을 내려놓았다.

✕ ✕ ✕

하늘이 유달리 높고 푸른 날이었다. 월성의 서북쪽. 금성金城에 위치한 경연장엔 1년에 한 번 왕실에서 주관하는 무예 경연에 참가하기 위한 이들로 북적이고 있었다.

쿵쿵쿵!

커다란 북소리와 함께 각 종목의 경연이 시작되었다. 길게 도열한 문무 대신들 사이로 진평의 모습이 보이고, 그 왼편에 덕만과 용춘이, 오른편엔 지도와 천명이 앉아 있었다.

용춘이 힐긋 고개를 돌렸다. 주먹을 꼭 쥐고 앉은 덕만은 어딘지 내내 불안한 기색이었다. 애써 무시하려 했지만 저도 모르게 향하는 시선을 막을 수는 없었다. 심상치 않은 기운에 그가 막 입을 떼려는 순간 용수의 차례가 되었음을 알리고 있었다.

"다음은 상마횡창上馬橫槍이오!"

푸른 무복武服을 차려입은 용수가 크게 심호흡을 하고 말에 올랐다. 안장 위에 올라앉은 그가 눈을 좁혀 차양 안의 천명을 바라봤다. 눈이 마주친 그녀가 용수를 향해 미소를 지어 보였다. 마주 웃어 주는 용수의 입술이 미세하게 떨렸다.

한 손에 고삐를, 한 손에 창을 쥔 그가 긴장감에 바싹 마른 입술을 축였다. 고삐를 움켜쥔 손에 힘이 들어갔다.

'그대로 인해 행복하였고, 또 그대로 인해 행복하지 못하였습니다.'

그가 고삐를 당기며 발을 차자 또각거리는 소리와 함께 그를 태운 말이 출발선을 향해 천천히 이동했다.

'나로 인해 행복하지 못했던 단 하나뿐인 사랑에게…….'

출발선에 이른 그가 호흡을 가르며 표적을 바라보았다. 그가 쥔 고삐의 끝이 예리한 칼날에 잘린 채 아슬아슬하게 연결되어 있는 것이 보였다.

'내가 줄 수 있는 마지막 선물이오.'

"이랴!"

고삐를 틀어쥔 그가 이를 악물며 말을 몰았다. 속도에 아무런 제한을 받지 않은 말은 정면을 향해 거침없는 질주를 시작했다.

점차 표적이 가까워졌다. 곧 속도를 줄이고 창을 비껴들어야 했지만 그에게선 아무런 움직임도 느껴지지 않았다.

"……!"

살갗을 파고드는 불안감에 차양 아래 앉아 있던 용춘이 벌떡 몸을 일으켰다. 주체할 수 없이 빠른 속도로 달리는 말을 보며 사람들이 웅성대기 시작했다.

피가 거꾸로 솟구치는 듯한 아득함에 그가 막 용수를 부르려는 찰나 누군가의 비명 소리가 들렸다.

빠르게 깜빡이는 시야 사이로 바닥으로 떨어져 나뒹구는 용수의 모습이 보였다. 모두의 숨이 일제히 멎었다. 하얗게 질린 얼굴로 부들부들 떨고 서 있던 천명이 이내 바닥에 주저앉으며 그대로 정신을 잃었다.

"형……님?"

믿기 힘든 광경에 멍하니 넋을 놓고 있던 용춘이 움직이지 않는 입술을 달싹였다. 차마 다가가 상태를 확인할 엄두가 나지 않았다. 멈춰 있던 사람들이 달려들었다. 그제야 정신을 차린 용춘이 정신없이 걸음을 움직였다.

"형님!"

용수를 안아 든 용춘이 어쩔 줄 모르겠는 눈빛으로 그를 바라봤다. 오히려 용수는 경악으로 일그러진 동생의 얼굴을 안쓰럽다는 듯 응시했다.

"얼굴이 어찌…… 쿨럭!"

용수의 입에서 검붉은 피가 토해졌다.

"뭣들 하는 게냐! 어서 의원을 불러라!"

용춘이 벌겋게 핏대가 선 얼굴로 주변을 향해 고함쳤다. 순간

제 옷깃을 움켜쥐는 용수의 손길이 느껴졌다.

"너는 누가 뭐래도…… 하아, 나의…… 아우니라."

간신히 말을 뱉는 그의 입가로 주룩 피가 흘러내렸다.

"말씀하지 마십시오!"

용춘이 그를 당겨 안으며 울부짖었다. 그러나 가쁜 숨을 몰아쉰 그가 용춘의 귓가에 낮게 속삭였다.

"형사취수(兄死娶嫂. 혼인한 형이 사망하면 동생이 형수를 취하는 제도)."

용춘의 눈이 크게 뜨였다. 순간 굳었던 고개를 내리자 그가 희미하게 미소를 지어 보였다.

"천명과 춘추를…… 하아, 부탁한다."

"아……."

아프게 얼굴을 일그러뜨린 용춘이 고개를 저었다.

"안 됩니다, 형님. 제발……."

"행복하……."

남은 힘을 다해 입술을 달싹이던 그가 힘없이 늘어졌다. 순간 용춘의 얼굴에서 표정이 사라졌다.

"형님?"

넋 나간 얼굴로 그가 중얼대듯 용수를 불렀다.

"형님."

그러나 눈을 감은 그에게선 아무 움직임도 느껴지지 않았다.

"으흑."

고개를 떨어뜨린 그의 눈가에서 굵은 눈물방울이 툭 흘러내렸다.

"형님. 형님. 형님……. 으아악!"

※ ※ ※

어이없이 일어난 사고에 모두가 비통에 잠겨 있는 사이, 곧 장례 준비가 시작되었다.

사고의 경위를 밝힘과 동시에 관리를 소홀히 한 이들에 대한 문책을 예상했던 사람들은 조용히 이어진 추모 분위기에 몰래 가슴을 쓸어내렸다.

경연장에서 혼절을 한 천명은 그대로 자리보전을 한 채로 내내 눈물을 쏟아 냈다. 때때로 떠오르는 용수의 미소가 가슴을 옥죄었다. 한 번도 온전히 마음을 내어 준 적 없었다. 그럼에도 제가 받은 사랑이 어떠하였는지, 그의 마음을 알면서도 내내 다른 이를 품고 있었단 죄책감이 무겁게 그녀를 짓눌렀다.

그의 죽음에 관한 비밀을 알 리 없음에도 그저 미안하고 죄스러운 마음뿐이었다. 모든 것이 제 탓인 것만 같았다.

돌아봐 주지 못해 미안해요. 정말 미안해요. 차마 뱉지 못한 말이 가슴 안에서 메아리쳤다.

넋이 나간 모습으로 꼬박 하루를 보낸 용춘이 벌떡 몸을 일으켰다. 머릿속을 어지럽히던 원망이 곧 그 대상을 찾아 들끓기 시작했다.

잘못된 인연의 시작. 처음 그것만 바로잡아 줬어도 이리 허망하게 형님을 보내진 않았을 것이다.

분노를 가득 품은 채로 그가 어머니를 찾았다. 그래도 어미는 어미였던 듯 충격에 휩싸인 채 식음을 전폐하고 누운 그녀의 핏기 잃은 얼굴이 보였다. 그릇된 방식으로 표출되긴 했어도 아들을 지키기 위한 그 나름의 사랑이었던가. 그녀가 겪고 있는 고통 역시 저와 다르지 않을 거란 생각에 그가 다시 몸을 돌렸다. 그리고 장례에 관한 모든 것을 주도하기 시작했다.

바삐 움직이고 몸을 혹사하는 순간에도 형님의 사고 순간은 그의 뇌리를 맴돌며 걷잡을 수 없는 자책의 늪으로 이끌었다.

'행복하여라.'

맺지 못한 마지막 음성이 윙윙 귓가를 떠돌았다. 어찌. 어찌……. 형님이 계시다면 대음大音으로 묻고 싶었다.

'나는…… 네가 행복했으면 좋겠다.'

저의 폭주를 막고자 연무장을 찾았던 형님은 내내 아픈 얼굴을 하고 있었다. 그걸 알면서도 모질게 형님을 몰아세웠다.

'미안하게도 나는 행복하구나. 그러니 그만 멈춰 다오. 천명은 이제 나의 사람이다.'

천명의 회임 사실을 알리던 형님의 심정이 어떠했을지. 그것을 헤아리지 못한 채 그 앞에 그저 날을 세우기에 급급했던 제 자신을 도무지 용서할 수가 없었다.

버석하게 마른 얼굴을 쓸어 올리며 한껏 고개를 털어 보지만 그렇다고 믿기지 않는 현실이 달라질 리 없었다.

다음 생에선 좀 더…… 모진 이로 태어나십시오.

붉어진 눈을 질끈 감으며 그가 숨을 뱉어 냈다.

✕ ✕ ✕

식사를 모두 물린 채 술병만 비우고 있단 덕만의 소식을 전해 들은 것은 저녁 즈음이었다. 불안하던 눈빛. 미세하게 떨리던 덕만의 입술이 자꾸만 머릿속에 떠돌았다. 석연찮은 느낌에 몸을 일으킨 그는 결국 다리를 움직여 덕만의 처소를 찾았다.

벌컥 문을 열고 들어서자 벌써 엉망이 된 채로 취해 있는 덕만의 모습이 눈에 들어왔다. 전해 들은 대로 어제부터 내내 술을 마신 듯 그녀의 주변엔 빈 술병들이 어지럽게 널려 있었다.

사람이 들어온 것도 모르고 다시 술병을 기울이는 덕만을 향해 성큼성큼 다가간 용춘이 그녀의 손에 들려 있던 병을 빼앗았다. 느릿하게 눈을 깜빡인 덕만이 그제야 시선을 들어 그를 올려다봤다.

가물거리는 시야 사이로 무섭게 굳힌 표정으로 저를 바라보고 있는 용춘의 얼굴이 들어왔다. 그녀가 피식, 웃음을 흘렸다.

"이곳엔 어인 일로?"

"무슨 일이오."

"뭐가?"

"그대를 이렇게 흩트리는 것."

잠시 그를 올려다보던 덕만이 고개를 내리며 짧게 말했다.

"가."

의미를 파악하고자 하는 용춘의 눈썹이 꿈틀 움직였다.

"이제 형수도 아니잖아. 그러니까 가."

그제야 덕만의 말을 알아챈 용춘이 단단히 입매를 굳힌 채 그녀를 바라봤다.

"왜. 못 가겠어?"

똑바로 그와 시선을 마주하던 덕만이 그의 손에 들려 있는 술병을 뺏어 들었다.

"공주."

"훗."

그의 부름에 짧게 웃은 덕만이 고개를 내려 술병을 바라보았다. 어느새 붉어진 눈가에 커다란 눈물방울이 그렁그렁 맺혀 있다.

"난 이제 더 이상 당신이 활쏘기를 가르쳐 주던 공주마마가 아니야."

물끄러미 술병을 바라보던 덕만의 눈동자가 흔들렸다. 툭. 불안하게 맺혀 있던 눈물이 떨어졌다.

"너무, 멀리 와 버렸어."

작게 중얼거린 그녀가 비틀거리는 손길로 술병을 기울였다.

✕ ✕ ✕

노를 엮어 만든 망태기를 둘러메고 뒷산에 오른 하노가 잔뜩 몸을 숙인 채 풀숲을 헤치고 있었다. 그의 망태기에 가득 담긴 것은 몸을 따뜻하게 하는 당귀며, 어혈을 제거하는 율초, 여인들을 이롭게 하는 풀이란 이름의 익모초 등 대부분 혜승과 마득을 위한 것들이었다.

이제는 마누라보다 아들이 더 눈에 들어올 때 아니냔 주위의 놀림에도 그저 머쓱하게 웃어 보일 뿐이었다. 당장 귀를 팔락일 입에 발린 소리 따윈 할 줄 모르나 그에겐 늘 한결같은 묵직함이 있었다. 그것이 외려 여인들의 시샘을 자극한단 사실은 그만 모르는 비밀이긴 했지만.

사삭.

해가 넘어가는 줄도 모르고 약초 채집에 한창이던 그가 제법 묵직해진 망태기를 돌아보며 흐뭇한 미소를 짓던 순간이었다. 갑자기 불쑥 눈앞의 풀숲이 흔들렸다.

"……!"

길게 내려앉은 노을 사이로 어느새 어둠이 스며들기 시작한 시각. 산짐승이라도 지나가는가 싶어 주변을 살피던 하노가 얼굴을 굳히며 급히 몸을 낮췄다.

장검으로 무장을 한 사내들이 모여 있었다. 한눈에 봐도 잘 훈련된 무인武人임이 틀림없어 보이는 무리였다.

'무장을 한 이들이 어찌 이곳엘.'

본능적으로 위험을 감지한 하노가 눈매를 좁힌 채 그들을 살폈다. 서녘의 해를 돌아본 군장이 별군들을 향해 은밀히 지시하는 음성이 들렸다.

"이각二刻 후, 해가 완전히 떨어지면 이동을 시작한다. 개미 새끼 한 마리도 살아남아선 안 된다. 특히 혜승과 그 아들은 반드시 찾아 없애란 명이시다. 다행히 얼굴을 기억하고 있으니 혜승으로 추정되는 계집의 시신은 모두 검시를 받으라."

"존명尊命!"

엄청난 사실에 그가 자신의 입을 틀어막았다. 지체할 틈이 없었다. 서둘러 몸을 돌린 하노가 조용히 발소리를 죽여 걸음을 옮겼다.

"시간이 없습니다! 어서 몸을 피하십시오!"

목도目睹한 것을 알리는 하노의 목소리가 다급했다. 날벼락 같은 상황이 믿기지 않는 듯 아들 사현을 꼭 끌어안은 마득이 불안한 눈으로 혜승을 바라봤다.

석가를 안은 채 잠시 침묵하던 혜승이 가만히 고개를 저었다.

"마마!"

마득이 외치자 혜승이 입술을 움직였다.

"설마 산목숨을 죽이기야 하겠느냐."

그에 하노가 다급히 대꾸했다.

"아닙니다요. 제가 이 귀로 똑똑히 들었습니다."

심장 안으로 날아드는 섬뜩한 공포에 혜승이 숨을 들이쉬곤 석가를 안은 손에 힘을 주었다. 의연한 척 앉아 있기는 하지만 그녀 역시 두렵기는 마찬가지였다. 무얼 어찌해야 좋을지, 머릿속이 아득했다.

고개를 숙여 품 안의 석가를 내려다보았다. 제 얼굴을 올려다보고 있는 까만 눈동자가 오늘따라 유독 반짝거리는 듯했다.

손을 뻗어 아이의 머리를 쓰다듬었다. 어깨를 보듬고 등을 쓸어 주었다. 이것이 마지막인 걸까. 폐하. 어찌하면 좋단 말입니까.

천금 같은 시간이 흐르고 모두의 피가 바짝바짝 말라 갈 즈음, 앉아 있던 마득이 갑자기 벌떡 몸을 일으켜 혜승에게 다가갔다.

"마마, 옷을 주십시오."

다짜고짜 옷을 달라는 마득의 말에 혜승이 그녀를 바라봤다.

"쇤네가 마마 행세를 할 테니 마마께서는 얼른 왕자님과 이곳을 빠져나가세요."

혜승과 하노가 동시에 얼굴을 굳혔다. 곧 혜승이 단호히 고개를 저었다.

"덕만이 보낸 군사라면 필시 내 얼굴을 아는 자를 보냈을 것이야. 지금 몸을 피한다 해도 언젠간 찾아낼 것을. 그것이 내 운명이라면 받아들여야지."

"안 됩니다, 마마. 반드시 살아남으셔야 합니다. 폐하를 생각하십시오."

저들의 손에 이대로 죽임을 당한다면……. 비탄해할 그의 얼굴이 잠시 스쳤으나 그렇다고 무고한 이들을 희생시킬 순 없었다. 제 명이 여기까지라면 받아들일 수밖에.

크게 숨을 들이쉰 혜승이 두 사람을 보며 말했다.

"지체할 시간이 없어. 자네들이라도 어서 이곳을 떠나게."

그녀가 석가를 안은 팔에 더욱 힘을 줬다. 찰나의 순간, 제 품에 안긴 사현을 바라보던 마득이 혜승 옆에 사현을 내려놓고 대신 석가를 안아 들었다.

"대체 지금……!"

혜승이 손을 뻗었지만 빠르게 뒷걸음질을 친 마득이 문 앞에 이르러 허리를 숙였다.

"마마의 곁을 지켜 드리지 못함을 용서하십시오."

"아니 된다!"

바르작대며 떼를 쓸 만도 하건만 본능적으로 심상치 않은 분위기를 느낀 아이들도 잔뜩 숨을 죽인 채 가만가만 눈치를 살폈다.

혜승의 옆에 덩그러니 앉아 있던 사현이 네 발로 기어 혜승의 품에 안겼다. 파르르 떨리는 입술에 힘을 준 마득이 혜승의 품에 안긴 사현을 바라보곤 이내 시선을 돌려 하노를 바라보았다.

말은 오가지 않으나 서로의 의중을 모를 리 없었다. 힘껏 고개를 저은 혜승이 하노를 향해 애원하듯 울먹였다.

"나로 인해 너희들이 희생되는 것을 원치 않는다. 그러니……"

"어서 가!"

혜승의 말을 끊어 낸 하노가 마득을 향해 소리쳤다. 눈을 끔뻑여 눈물을 떨어뜨린 마득이 하노를 바라보자 꿀꺽 울음을 삼킨 그가 희미한 미소를 지어 보이며 말했다.

"이놈을 혼자 버려둘 순 없잖아. 내가 애빈데."

그가 고개를 돌려 혜승의 품에 안겨 있는 사현을 바라보았다. 소리 내어 울지 못하는 그들의 눈에서 주체할 수 없는 눈물이 흘러내렸다.

소매 춤으로 쓱 눈물을 닦아 낸 하노가 입술을 달싹였다.

"꼭……"

살아야만 해.

어서 가라는 듯 하노가 손짓을 하자 질끈 입술을 깨문 마득이 석가를 품에 안고 밖으로 나갔다.

석가를 품에 안은 마득은 뒤를 돌아볼 새 없이 다리를 움직였다. 정신없이 산속을 달리고 또 달렸다. 어디선가 엄마, 하고 부르는 사현의 목소리가 들리는 것 같았다.

으허헉.

눈에서는 눈물이 쉴 새 없이 흘러내렸다. 날카롭게 뻗은 나뭇가지에 살이 찢겨 피가 흘렀다. 하지만 통증조차 느낄 여력이 없는 마득은 시선을 곧장 앞으로 한 채 정신없이 산길을 내달렸다.

※ ※ ※

당장 말을 몰아 달려야 했으나 상주인 제가 자리를 비울 수는 없었다. 덕만으로부터 전해 들은 엄청난 사실에 용춘은 순간 머릿속이 하얗게 변하는 듯했다.

어찌해야 하나. 어찌해야 좋을까.

급히 진현을 찾은 용춘이 들은 바를 전했다. 충격으로 얼굴이 굳은 것은 진현 역시 마찬가지였다.

'어, 어찌 그런…….'

하지만 넋을 놓을 새가 없었다. 정예의 군사를 꾸린 그는 곧장 아혜현으로 가기 앞서 진평을 찾았다.

'지켜 준다 했다. 짐이 가야 한다.'

허겁지겁 나서는 진평의 발밑에 엎드려 그가 읍소했다.

'폐하. 폐하의 기억 속에 평생 자리 잡을 험한 상처가 될 수도 있습니다. 제발…….'

'어쩌란 말이냐. 나더러 대체, 내가 뭘 어찌할 수 있단 말이냐!'

진평의 울부짖음이 귓가를 맴도는 듯하다. 이를 악문 그가 박

차를 가하며 속도를 높였다.

굳게 닫혀 있어야 할 대문이 활짝 열려 있었다. 그러나 온통 어둠에 잠긴 그곳은 을씨년스러울 정도로 적막하기만 했다.

불길한 기운이 살갗을 타고 전해졌다. 말에서 내린 진현이 수하의 손에 들려 있던 횃불을 집어 주변을 살폈다.

아무런 인기척도 느껴지지 않았다. 설마 했던 불안이 현실이 되는 것인가. 그가 미간을 좁힌 채 천천히 걸음을 옮겼다.

비릿한 피비린내와 함께 마당에 널브러진 시신들이 보였다. 개중 낯이 익은 시노(侍奴. 시중을 드는 남자 종)도 있었다.

무릎을 세우고 앉은 그가 상처를 살폈다. 정확히 급소만을 노려 공략한 것이 훈련이 잘된 이들의 소행이 분명해 보였다.

몸을 일으킨 그가 혜승이 머무는 처소를 향해 움직였다. 역시나 열려 있는 방문. 그것을 확인한 진현의 얼굴이 일그러졌다.

잔뜩 긴장한 채로 크게 숨을 들이쉰 그가 조심스럽게 안으로 들어섰다.

횃불을 들어 방 안을 밝히자 아이를 안은 채 앞으로 고꾸라져 있는 혜승의 모습이 보였다. 빠르게 달려간 그가 급히 경동맥을 짚었다. 그러나 이미 숨이 끊어진 상태였다.

"하."

안타까운 탄식이 흘러나왔다. 소식을 듣고 낙담하실 폐하의 얼굴이 떠올랐다.

뒤를 돌아보니 바닥 저쯤에 쓰러진 하노의 시신도 보였다. 바닥에 털썩 주저앉은 진현이 얼굴을 쓸어내렸다.

"......!"

폐하께 이 소식을 어찌 전할까, 망연히 어깨를 늘어뜨리고 있던 진현이 벌떡 몸을 일으켰다. 움직였다! 분명 혜승에게 안겨 있는 아이에게서 미세한 움직임이 느껴졌다.

'왕자마마?'

어쩌자고 왕자마마를 살필 생각을 못 했을까. 빠르게 다가간 진현이 조심스레 혜승의 몸을 젖혔다.

그러나 기대감에 차 있던 진현의 얼굴에 곧 실망의 빛이 어렸다. 품 안에 있던 아이는 사현. 마득의 아들이었다.

아이의 코끝에 손을 갖다 대자 미약한 숨결이 느껴졌다. 그래도 다행이다. 사현을 안아 든 그가 서둘러 방문을 나섰다.

✕ ✕ ✕

의연한 듯 앉아 있지만 미세하게 떨리는 손까지는 어찌할 수 없었다. 시선을 내린 덕만이 탁자 위에 놓인 단검을 바라봤다.

단검을 내려다보는 덕만의 눈에서 툭, 눈물이 떨어졌다. 입술을 깨물어 울음을 삼킨 덕만이 손을 뻗어 단검을 집었다.

"후우."

숨을 고른 그녀가 천천히 칼집을 잡고 검을 빼냈다. 작지만 예리하게 날이 선 단검이 사나운 빛을 띤 채 번뜩였다.

어쩌다 여기까지 왔을까.

눈을 감은 그녀가 그것을 막 목으로 가져가려던 찰나 콰당, 소리와 함께 문이 열렸다.

재빨리 손을 내린 덕만이 감고 있던 눈을 떴다. 단숨에 달려온 듯 거친 숨을 내쉬고 있는 진평이 잔뜩 흐트러진 모습으로 그녀를 바라보고 있었다.

"네가……. 네가 어찌!"

벌겋게 핏대가 선 눈이 그녀를 향했다. 차마 말조차 잇지 못하는 진평과 달리 덕만은 오히려 평온한 듯 담담해진 터였다.

고개를 들어 올린 덕만이 조금의 흔들림도 없는 시선으로 그를 마주 보았다. 그에 진평이 폭발했다.

"네 동생이고, 네 어미가 될 사람이었다!"

입술을 비튼 덕만이 싸늘한 목소리로 되받았다.

"왕위를 물려받을 왕자였겠죠."

"뭐라?"

"존재조차 몰랐던 동생입니다."

"네가 감히 나를 능멸하다니!"

"먼저 시작한 건 아바마마십니다. 잊으셨습니까?"

분노에 찬 얼굴로 바라보던 진평의 시선이 덕만의 손에 들린 단검으로 향했다. 휘청휘청 다가온 진평이 덕만의 손에 들린 단검을 뺏어 들어 그녀를 향해 검을 겨눴다. 부들부들 손을 떠는 진평과 달리 덕만은 표정 하나 바뀌지 않는 태연한 모습이었다.

또렷이 눈을 마주한 그녀가 입술을 움직였다.

"어서 찌르시지요."

눈을 부릅뜬 채 덕만을 노려보는 진평의 입매가 뒤틀렸다.

"죽이고 싶으실 텐데요."

"이, 이!"

"왜, 못 하시겠습니까?"

그를 향해 픽 웃어 보인 덕만이 몸을 일으켜 거침없는 걸음으로 다가갔다. 자신을 향해 겨눠진 단검의 날을 순식간에 거머쥔 덕만이 자신의 배에 그것을 찔러 넣었다.

"아악, 마마!"

어쩔 줄 몰라 하며 두 사람의 대치를 지켜보고 있던 시녀들이 경악한 얼굴로 비명을 질렀다. 덕만이 입은 비단 치마가 금세 붉은 핏물로 젖어 들었다.

"하아."

털썩 주저앉은 덕만이 배에 손을 갖다 댔다. 뜨끈하면서도 진득한 피가 꿀렁꿀렁 흘러나왔다.

눈앞에 벌어진 상황이 믿기지 않는 듯 멍하니 바닥을 적시기 시작한 핏물을 바라보던 진평이 한 걸음, 두 걸음 뒷걸음질을 쳤다. 세상의 모든 고통을 짊어진 듯 괴로운 얼굴이었다.

그에 반해 흐트러짐 없는 덕만은 고통도 초월한 듯 무감한 표정을 짓고 있었다. 진평을 올려다보던 덕만이 힘겹게 입술을 움직였다.

"알았다면……."

마지막 힘을 끌어모은 그녀가 남은 말을 이었다.

"정당히 겨뤘을 겝니다."

감당할 수 없는 충격에 더 이상 버티지 못한 진평이 비틀거리는 걸음을 옮겨 문밖으로 사라졌다. 그러자 굳어 있던 시녀들이 '마마.'를 외치며 덕만을 향해 달려들었다.

✕ ✕ ✕

마당 한가운데 초조한 듯 뒷짐을 지고 서성이던 진현이 방문이 열리는 기척에 고개를 돌렸다. 무거운 얼굴로 의원이 방문을 나서자 서둘러 다가간 진현이 그의 표정을 살피며 조심스레 물었다.

"어떤가."

"제가 할 수 있는 건 다 했습니다만 상처가 워낙 깊어서……. 어찌 될지는 오늘 밤을 넘겨 봐야 알겠습니다."

하기야 숨이 붙어 있던 것이 기적이긴 했다. 나직이 한숨을 내쉰 진현이 작게 고개를 끄덕였다.

"알았네."

가볍게 읍한 의원이 중문을 넘는 순간 마침 부인인 원정이 들어섰다. 미간을 좁힌 채 생각에 잠겨 있는 그를 발견한 원정이 걸음을 움직여 다가왔다.

"저 아이가 살아남았다는 사실을 어찌 고하지 않으셨습니까."

부인 원정의 물음에 잠시 침묵하던 진현이 입술을 움직였다.

"상처가 깊어 어찌 될지 모르고, 만약 저 아이가 살아난다 해
도 왕자님의 생사조차 모르는 상황에 폐하께 헛된 희망을 드릴
수도 있지 않겠소."

"하나……."

그라고 희망을 버리고 싶겠는가. 하지만 희박한 가능성에 희망
을 걸었다 그것이 무산되기라도 한다면.

고개를 털어 낸 그가 원정을 보며 나직이 말했다.

"일단은 좀 더 지켜보십시다."

❊ ❊ ❊

그 시각, 덕만 역시 사경을 헤매고 있었다. 열이 오르는지 바르
르 몸을 떠는 덕만의 입술이 하얗게 말라 있다.

물에 적신 수건을 그녀의 입가에 대 주는 천명의 얼굴에 안타
까움이 가득 배어났다. 제가 하겠다며 나선 유모를 물리고 밤새
옆을 지키는 중이었다. 투둑. 저도 모르게 흘러내린 눈물을 빠르
게 닦아 낸 천명이 꿀꺽 숨을 삼키며 호흡을 골랐다.

"흐으……."

고통스러운지 덕만이 얼굴을 찡그리며 몸을 비틀었다. 천천히

손을 올린 천명이 그녀의 손을 가만히 잡아 주었다.

그러자 본능처럼 움직인 그녀의 손이 천명의 손가락을 힘껏 감아쥐었다. 마치 엄마의 손을 놓지 않는 아기와 같아 보였다. 언젠가 그리 천진하기만 하던 시절을 그리워하듯.

"아프지 마라."

손등을 쓸어 주며 천명이 속삭였다. 감긴 눈꺼풀이 파르르 경련했다.

"하아, 하아……."

열에 들뜬 덕만이 가쁜 숨을 몰아쉬며 고통스러워했다. 손등을 쓸어 주던 손을 들어 올린 천명이 그녀의 얼굴을 어루만졌다. 뜨끈한 열감이 손끝을 타고 전해졌다.

"아프지 마."

작게 속삭이는 천명의 음성을 알아듣기라도 한 듯 누워 있는 덕만의 눈에서 또르르 눈물방울이 떨어져 내렸다.

궁문을 나서던 천명의 걸음이 우뚝 멈췄다. 고개를 올린 그곳엔 저를 기다린 듯한 용춘의 얼굴이 보였다.

어색한 적막이 흐름과 동시에 두 사람의 시선이 허공에서 얽혔다. 상한 얼굴이 눈에 들어왔다. 서로를 향한 안쓰러움이 주변을 감싼 공기 중으로 배어들었다.

단단히 입매를 굳힌 용춘이 천천히 걸음을 떼 천명에게로 다가갔다. 그가 꾸벅 고개를 숙이자 천명도 마주 인사를 했다.

"좀 어떻습니까."

용춘의 물음에 천명이 입술을 움직였다.

"고비는 넘긴 듯합니다. 들어가 보시지요."

"……."

침묵하는 그를 향해 살짝 고개를 숙여 보인 천명이 몸을 틀었다.

"천명."

그가 부르는 이름에 천명이 숨을 들이켰다.

"나는."

잠시 말을 끊어 낸 용춘이 그녀를 응시했다.

"나는, 참으로 비겁한 사람이오."

그의 말에 천명이 몸을 돌렸다.

"그때 형님 말씀대로 당신과 도망을 쳤다면 어땠을까."

자조하듯 웃은 용춘이 시선을 내린 채 고개를 가로저었다.

"아마도 나는 도망을 가지 않았을 것이오. 당신은 그걸 알았을 테고."

힘없이 늘어뜨린 어깨를 물끄러미 바라보던 천명이 조용히 입을 열었다.

"지나간 일입니다."

"어쩌면 덕만보다도 더…… 왕위에 대한 욕심이 있었는지 몰라."

그가 천천히 고개를 들어 천명을 바라보았다.

"용서를 구하지 못했어. 그대에게도, 형님에게도."

그의 얼굴이 아프게 일그러졌다. 많이 지쳐 보이는 그에게선 예전의 당당하고 호기롭던 기세를 찾아볼 수 없었다.

"미안하오. 미안해."

고개를 떨어뜨린 용춘의 몸이 그대로 무너졌다.

"모두가 나로 인해 벌어진 일이야."

"어찌 그런 말씀을……."

천명이 주저앉은 그를 일으키고자 몸을 굽혔다.

"일어나십시오."

"내가 덕만을 저리 만들었어."

"그렇지 않습니다."

"아니. 나 때문이오. 나 때문이야. 내가 그리 만든 거요."

그를 바라보는 천명의 눈이 흔들렸다. 입술을 질끈 깨물며 버티던 그녀의 몸도 결국 무너졌다.

"그리 말씀하시면 저는……. 저더러 어찌 견디라고."

아무에게도 말하지 못한, 누르고 삭여 둔 감정이 뜨거운 눈물이 되어 흘러내렸다.

"저 역시 용수 공을 그리 만들었단 자책을 지울 수가 없습니다. 그분께 저는……."

가슴이 너무 아파 말을 이을 수 없었다. 심장을 쥐듯 앞섶을 움켜쥔 천명이 붉게 젖은 눈으로 용춘을 바라봤다.

"슬픕니다. 아픕니다. 괴롭고 힘들어 견딜 수가 없습니다. 살고 싶지 않습니다. 정말로 저는, 살고 싶지…….”

순간 용춘의 뇌리로 푸른 섬광이 내리쳤다.

“그만!”

용춘이 그녀의 말을 막았다.

“그만하시오.”

그가 벌떡 몸을 일으켰다. 질끈 눈을 감은 채 고개를 젖히고 있던 그가 한참이나 숨을 고르곤 몸을 돌려 그녀를 당겨 일으켰다.

“그런 말은, 하지 마시오.”

그녀의 어깨를 단단히 부여잡은 채 그가 눈을 맞췄다.

“절대로 그대의 탓이 아니야.”

“흑.”

울음을 삼키며 천명이 고개를 젓자 그가 어깨를 잡은 손에 더욱 힘을 주며 말을 이었다.

“그것은 그냥, 사고였어. 당신 탓이 아니야.”

그녀가 강하게 고개를 젓자 그가 단호한 눈빛으로 그녀를 바라봤다.

“아니! 마지막까지 형님은 그대와 춘추를 걱정했어. 그러니 그대는, 절대 그런 생각을 해서는 안 돼.”

“으흑.”

“그대에겐 춘추가 있잖아.”

“흐흑.”

"그러니 더는……."

찔린 상처에서 흘린 붉은 눈물은 달님이 거두어 이내 밤하늘의
별들로 널어놓았다.

모두가 아프기만 하던 시간. 밤은 그렇게 침침히 깊어 갔다.

— *1부 마침*

2부

1

심산유곡을 돌아 떠내려오는 나뭇잎 하나. 물살에 이리저리 휩쓸리는 나뭇잎을 따라 내려가다 보면 물속에서 가부좌를 튼 채 눈을 감고 있는 청년의 모습이 보인다.

절기상 춘분春分이 지났다고는 하나 아직은 바람이 매섭기만 한 산속. 그러나 한옆에 저고리까지 벗어 둔 그는 장대하고 미끈한 바위와 한 몸인 듯 한 치의 흐트러짐 없는 자세로 묵상에 잠겨 있었다.

날렵하게 뻗은 콧날 하며 다부지게 다문 입술. 비록 물 안에 잠겨 있으나 보기 좋게 벌어진 어깨와 선명하게 자리 잡힌 근육들이 그의 당당한 풍채를 짐작케 한다.

"이놈, 석가! 또 졸고 있는 게냐?"

연치年齒에 어울리지 않는 잰걸음으로 나타난 노승이 물속의 헌헌장부에게 대뜸 소리를 질렀다. 그러자 석가라 불린 사내가 번쩍 눈을 뜨고는 되레 큰소리를 냈다.

"스님 같으면 이 차가운 물속에서 잠이 오겠습니까?"

"네놈이 어디선들 못 잘까?"

날아든 타박에 그가 입을 삐죽이자 이내 노승으로부터 정색을 한 목소리가 들려왔다.

"그만하고 나와. 어머니께 가 보자."

커다랗게 눈을 키웠던 그가 이내 근심 어린 얼굴로 물었다.

"어머니께서 또 편찮으십니까?"

"좀 안 좋으신가 보다."

날듯이 싸리문을 들어선 석가가 벌컥 방문을 열어 젖혔다.

"어머니!"

문을 열자 넋 나간 얼굴로 보따리를 끌어안고 있던 마득이 그를 향해 고개를 돌렸다.

"어머니……."

그가 부르는 음성에 풀어져 있던 동공이 반응을 보였다. 벌떡 몸을 일으킨 마득이 갑자기 다가와 석가의 팔을 붙잡았다.

"어서 피하십시오. 군사들이 몰려옵니다."

"한동안 괜찮으신 듯하더니 왜 또 이러세요."

그의 얼굴이 속상함으로 일그러졌다. 후, 하고 어깨를 늘어뜨린 석가가 마득의 품에 안겨 있던 보따리를 조심히 빼내자 석가를 바라보던 마득이 갑자기 그를 와락 끌어안았다.

"살아 있었구나!"

금세 그렁그렁 눈물이 차오르더니 뚝뚝 흘리기 시작했다. 한두 번 겪은 일이 아닌 듯 익숙하게 고개를 끄덕인 석가가 그녀의 눈물을 닦아 주며 다정히 말했다.

"예. 저 이렇게 살아 있잖아요."

"내 아기. 내 아가."

소중한 보석이라도 만지듯 석가의 얼굴을 어루만지며 마득이 중얼거렸다. 피하지 않고 그녀의 손길을 묵묵히 받아 낸 석가가 애써 웃음을 지으며 마저 눈물을 닦아 주었다.

문가에 선 노승이 그런 두 사람을 바라보며 나직이 한숨을 쉬었다.

"아미타불."

※ ※ ※

"대체 무엇이 어머니를 저리 힘들게 하는 걸까요?"

툇마루에 걸터앉은 석가가 허공에 시선을 둔 채 제 옆에 앉은 노승에게 물었다.

"두고 온 것이 많은 게지."

한숨처럼 중얼거린 노승이 묻어 두었던 기억 한 조각을 꺼내며 눈매를 좁혔다.

'죽은 듯 있다 가겠습니다. 하루만 묵을 곳을 내어 주신다면 저승에서도 절대 은혜를 잊지 않을 것입니다.'

생명 줄이라도 되는 양 아이를 끌어안고 있던 여인은 한눈에 보기에도 쫓기는 것이 분명한 듯 보였다. 세상의 어느 어머니가 제 자식 소중한 것을 모를까만 눈빛에 담긴 그것은 간절함을 넘은 필사必死의 각오와도 같았다.

그러나 당장 쓰러질 것만 같은 지친 몸으로 무엇을 맞서고 버티겠는가. 하룻밤 묵을 곳을 청한 것도 자신이 아닌 품 안의 아이를 위한 것이란 사실을 모를 리 없음을.

'쯧쯧. 고작 하루의 말미로 아이가 자랄 수 있겠는지요.'

그것이 인연이 되어 오늘날에 이르렀다.

"양산촌에 아주 뛰어난 의원이 있다 들었습니다. 그곳에 어머니를 모시고 가면……."

모처럼 상념에 빠진 그를 깨운 것은 제 어미에 대한 근심으로 가득한 석가의 목소리였다. 채 말을 끝내기도 전, 그가 고개를 저었다.

"부질없는 짓. 마음에 얻은 병은 마음으로 고칠 수 있는 법이니, 일단 기다려 보거라. 밖으로 나가는 건 네 어머니도 원치 않으실 게다."

앉아 있던 그가 몸을 일으키며 석가를 돌아봤다.

"먼저 갈 테니 어머니 잘 보살펴 드려라."

따라 일어선 석가가 노승을 향해 고개를 숙이며 합장을 했다.

금세 사라지는 노승의 뒷모습을 바라보는 석가의 얼굴에 짙은 그늘이 드리워졌다.

※ ※ ※

"오늘은 이쪽으로 올려 줘. 그리고 장신구는……."

도톰한 입술을 모은 채 신중히 장신구를 고르는 연화의 뒤로 선이 길고 고운 그림자가 보인다.

"이걸로."

그녀가 골라낸 나비 뒤꽂이를 보며 말없이 고개를 끄덕인 사현이 조용히 빗질을 시작했다.

"너는 키가 커서 무얼 입어도 예쁜데, 나는 왜 이리 작다니?"

휴우. 연화가 작게 구시렁대며 발을 굴렀다.

"나는 종일 떠들고, 너는 종일 듣기만 하고."

눈썹을 모은 연화가 몸을 틀어 사현을 바라봤다. 치장에 관심이 많은 또래의 여인들과 달리 사현은 검은 가죽으로 머리의 반만 모아 질끈 묶은 모습이었다.

장신구를 내어 주어도 도무지 치장 따윈 할 줄 몰랐다. 한 몸처럼 지니고 다니는 검집만이 유일한 부대물이었다.

"너도 말을 할 수 있다면 좋을 텐데."

묵묵히 머리를 빗기는 사현의 얼굴 위로 진현의 당부가 겹친다.

'오늘 이 시간부터 네가 사내라는 사실을 잊어라. 소리를 내어서도 안 되고, 주인을 모시는 여비女婢로서 가져야 할 마음 외의 것은 다 버려야 한다. 알겠느냐? 연화를 네 목숨보다 더 소중히 여겨야 한다.'

그가 연화를 만난 것은 다섯 살이 되던 겨울이었다.

'들리느냐? 앞으로 네가 목숨처럼 모실 아기씨니라.'

하얗게 눈이 쌓인 마당 위로 올리던 작고 앙증맞은 울음소리. 아기들은 저리 응애, 하고 우는구나, 신기해할 틈도 없이 그는 제 키만 한 목검을 쥐고 검술을 연마해야 했다.

'저 아이에게 너무 가혹하십니다.'

안채를 지나던 중 들려온 음성에 그러면 안 된다는 것을 알면서도 걸음을 멈추고 귀를 기울였었다.

'제 한 몸 지킬 무예는 닦아야지요.'

'이제 겨우 다섯 살입니다.'

'이미 죽음의 문턱까지 다녀온 아이입니다. 잘 견뎌 낼 테니 염려 마십시오.'

'그 아이가 아니라 연화를 위함이 아니십니까?'

'아니라고는 하지 않겠소. 지금 당장은 폐하의 그늘에서 안전하다 하지만, 혹시나 내게 무슨 일이 생긴다면…… 당신과 연화를 제 목숨처럼 돌봐 줄 이가 필요했소.'

'그래서 목숨을 구해 준 대가로 저 아이의 인생을 잡아 두려 하십니까?'

'그것 역시 저 아이의 운명입니다.'

운명. 다섯 살 아이가 짊어지기엔 너무도 무거운 짐이라지만 여린 심장에 깊이 각인된 그것은 무엇과도 바꿀 수 없는 절대 운명이 된 채 그의 삶을 지배하고 있었다.

부모의 얼굴도 모른 채, 어찌 보면 제 의지와는 상관없는 선택을 강요당한 삶이라 볼 수 있지만 한 번도 자신의 처지를 비관하거나 불행하다 여긴 적은 없었다.

아마도 그것은 도무지 웃음이라곤 지을 줄 모르던 제 입가가 다음 해 봄, 유모의 품에 안겨 마당 구경을 나온 연화의 뽀얀 얼굴을 보며 부드럽게 풀어지는 것을 느낀 순간부터였을 것이다. 그것은 제어되지 않는 낯선 감정에 혼란스러워하던 여섯 살 아이가 가질 수 있는 최소한의 행복이었다.

그러나 시간이 지날수록 점점 크기를 키워 간 그것은 때때로 오를 수 없는 절벽을 마주한 듯한 절망을 안기며 그를 괴롭혔다. 눈을 뜨는 순간 어른거리는 연화의 얼굴은 상대방의 감정과는 상관없이 키워 온 마음에 깊게 뿌리를 내리며 단단하게 자리 잡았다.

감히, 라는 물음을 스스로에게 던지면서도 애써 태연함을 가장한 그는 감정을 누른 채 그녀의 곁을 지키는 중이다.

"저자에 나간 김에 서역에서 들여왔다던 귀걸이 좀 보고 와야겠다. 누금(鏤金. 금 따위 금속에 무늬를 아로새김)을 한 태환(太環. 굵은 귀고리)이 그렇게 곱고 예쁘다고 하더라고."

거울을 보며 톡톡 분을 바르던 연화가 들뜬 얼굴로 사현을 돌아봤다. 발갛게 상기된 얼굴을 물끄러미 바라보던 사현이 가만히 미소를 지어 보였다.

※ ※ ※

작은 봇짐을 짊어진 석가의 걸음이 바쁘게 움직였다. 도성이라고 사람 사는 곳이 다를까 싶지만 극도로 몸을 사리는 어머니 덕에 막상 산을 내려와 자유로이 저자를 활보하는 것은 그로서도 처음 겪는 일이었다.

그렇다고 사람 구경을 하지 못한 것은 아니었다. 제가 사는 금와산에도 엄연히 마을이 있고 때때로 작은 장이 서기도 한다. 제가 해 온 땔감이며 사냥감은 곧 쌀이 되기도 하고 등잔을 밝히는 기름이 되기도 했다. 욕심을 버린다면 딱히 부족할 것 없는 삶이었기에 굳이 어머니의 뜻을 거스르지 않았던 것이다. 그러나…….

'스님, 죄송합니다. 가만 앉아 아픈 어머니를 두고 볼 수만은 없습니다.'

주변을 돌아보던 그가 봇짐을 고쳐 멨다. 난생처음 구경하는 저잣거리엔 온통 신기한 물건들로 가득했다.

그러나 한가로이 장터 구경을 하고 있을 수만은 없었다. 그가 스님의 불호령을 감수하면서까지 이리 산을 벗어난 목적을 반드시 이루어야 하기 때문이다.

쓱. 콧등을 훔친 그가 걸음을 재촉했다.

빠르게 걸음을 옮기는 저편, 저자 구경을 나온 연화의 가마가 움직이고 있었다. 조용히 가마 창을 연 연화가 빼꼼히 고개를 내밀어 사현을 바라봤다.

"사현아. 나 잠깐만 내리면 안 될까?"

애원하듯 묻는 물음에 사현이 고개를 저었다.

"이 안에만 있으려니까 너무 갑갑해. 응?"

두 손을 모으며 간절한 표정을 지어 보지만 돌아오는 답은 단호했다.

"피이."

삐죽 입술을 내민 연화가 탁, 하고 창을 닫았다.

"저기, 잠깐 말 좀 물읍시다."

주위를 두리번거리던 석가가 마침 옆을 지나가던 사현을 붙잡았다.

"이곳에 오면 마음의 병도 고칠 수 있는 의원이 있다고 들었습니다. 어디로 가야 하는지 가르쳐 주시겠습니까?"

그의 물음에 사현이 고개를 저었다.

"모릅니까?"

끄덕.

"그럼 알 만한 곳이 있을까요?"

절레절레.

"그럼 여기서 사람이 제일 많이 모이는 곳은 어디요?"

절레절레.

"말 못 하시오?"

끄덕.

"아."

고갯짓으로만 답을 하기에 거참 거만하기 짝이 없는 여인이로 군, 불만이 일었으나 실상 말을 하지 못해 그리 답을 한 것이라면.

"조심히 가시오."

미안한 마음을 담아 이렇게 손을 흔들어 주는 수밖에.

※ ※ ※

수십의 계절을 지나 다시 봄을 맞은 후원엔 온갖 종류의 꽃들 이 망울을 터트릴 때를 기다리고 있었다.

시녀들을 거느린 채 궁 후원을 산책하는 진평의 어깨가 굽어 있다. 어느새 노쇠해진 모습에 진현의 마음은 안타깝기만 하다. 그가 애써 밝은 목소리로 진평에게 말했다.

"폐하. 곧 만화萬花가 어우러지겠습니다."

그러나 돌아오는 답은 무감한 목소리뿐이다.

"그래. 그렇군."

잠시 어색한 침묵이 흘렀다.

"……스무 살쯤 되었을까?"

"예?"

진현이 되묻자 여전히 허공에 시선을 둔 진평이 느릿하게 눈을 깜빡이며 말을 이었다.

"그 아이 말일세. 살아 있다면, 스무 살쯤 되었겠지?"

"아……."

그제야 말의 의미를 알아챈 진현의 얼굴이 굳었다.

"하아."

진평의 눈시울이 어느새 붉어졌다.

"손 한 번 잡아 주질 못했어. 손 한 번."

최근 덕만공주와 흠반의 움직임이 심상치 않단 소문이 돌고 있었다. 흠반은 용춘과의 사이에서 자식이 없자 삼서제(三壻制. 아이를 갖기 위해 세 명의 남편을 둘 수 있는 제도)를 통해 을제와 함께 덕만의 남편이 된 자였다.

자식을 칼로 해한 아비라 자책하던 진평은 이제 기력까지 쇠한 터였다. 왕좌를 지키고는 있으나 덕만에겐 이 빠진 호랑이나 다름없는 존재였다.

지금도 이러한데 양위(讓位. 왕의 자리를 물려줌)가 이루어진 뒤는 어떠할지…….

'하아.'

표 나지 않게 한숨을 쉰 진현이 자꾸만 엉기는 생각들을 서둘러 털어 냈다.

※ ※ ※

진현이 탄 가마가 저자를 지나고 있었다. 요 근래 부쩍 쇠약해진 폐하의 모습에 그의 얼굴에도 짙은 그림자가 어렸다.

'손 한 번 잡아 주질 못했어. 손 한 번.'

안타깝게 탄식하던 목소리가 내내 귓전을 맴돌았다. 피곤한 듯 지그시 눈을 감은 그가 얼굴을 쓸어내렸다.

살아 계셨다면 어떤 식으로든 연통이 닿았을 텐데. 여태 무소식인 것을 보면 결국 화를 면치 못하신 겐가.

"아이, 참. 어머니."

상념을 깨운 작은 소란에 그가 감고 있던 눈을 떴다. 등을 보이고 선 사내가 어머니인 듯한 여인을 부축한 채 실랑이를 벌이고 있었다. 무슨 연유에서인지 여인은 고개를 저으며 더 이상의 움직임을 거부하고 있었다.

"저기까지만 가요. 네? 업어 드릴까요?"

싫은 기색 하나 없이 눈을 마주한 사내는 열심히 제 어머니를 설득하느라 정신이 없어 보였다.

"무서운 데 아니고, 의원 만나러. 얼른 나으셔야 저랑 좋은 데도 다니고 하실 거 아니에요."

효심이 깊은 아들이로군. 보기만 해도 흐뭇해지는 광경에 물끄러미 둘을 응시하던 진현의 눈이 갑자기 커졌다.

"마득?"

그가 급히 손을 들어 가마를 세웠다. 눈을 좁힌 그가 막 사내의 등에 업힌 여인을 유심히 바라보았다.

얼굴 가득 세월의 흔적이 배어 있긴 하지만 그 옛날, 혜승궁주를 모시던 시녀 마득이 분명했다.

"하."

둔기로 머리를 맞은 듯한 충격에 그가 숨 쉬는 것도 잊은 채 두 사람을 바라봤다. 마득을 등에 업은 사내가 빠르게 걸음을 옮겨 사라지고 있었다.

퍼뜩 정신을 차린 진현이 곁에 있던 수하를 불러 명을 내렸다.

"너는 이 길로 저 모자의 뒤를 밟아라. 절대, 들켜서는 아니 된다. 알았느냐?"

"예!"

저만치 멀어지는 마득의 등을 바라보는 진현의 얼굴이 두근거리는 기대감으로 번뜩이기 시작했다.

※ ※ ※

"세월이 너무 많이 흘렀어."

밤사이 망울을 터트린 꽃들을 덕만이 무심한 눈으로 바라보았다.

그래. 세월이 이렇게나 흘러 버렸다. 꽃 같던 시절은 가고 가슴에는 을씨년스런 바람만이 휭휭 몰아칠 뿐이다. 고약하게도 시간은 푸르던 것을 언제나 푸른 채로 놓아두지 않는다.

그럼에도……. 부질없는 일이라 여기면서도 문득 한 번씩 떠오르는 기억에 여전히 가슴이 설레었다.

'무엄하다! 감히 내가 누군 줄 알고!'

그와의 첫 만남을 떠올리던 덕만이 피식 입가를 늘렸다. 겁도 없이 올라탄 말이 냅다 질주를 시작한 탓에 얽히게 된 인연이었다.

가장 나답게 빛나던. 돌이켜 보면, 살아온 날들 가운데 가장 찬란하고 아름답게 빛나던 순간이었다.

'그럼, 귀하신 마마 혼자 돌아가시지요.'

입술 끝에 맺혔던, 시원하고 호탕한 미소가 떠올랐다. 커다란 나무처럼 언제나 그 모습 그대로일 줄 알았건만 야속한 세월은 그 역시도 피해 갈 수 없는 모양이다.

불쌍한 사람.

"이젠 그만 가라는데도 가지 않는 이유가 뭐야."

애써 무감한 목소리로 중얼거린 덕만이 지그시 시선을 내렸다.

"당신은 끝까지 날 비참하게 만들어."

그의 눈빛에 짙게 배어 있는 연민이 서걱 그녀의 가슴을 찔러 댔다.

입술 사이로 옅은 한숨이 새어 나왔다.

※※※

"그래, 알아보았느냐."

다급한 얼굴의 진현이 막 당도한 수하를 향해 물음을 던졌다.

"예. 병든 어미를 모시고 의원을 찾았더랬습니다."

"병이 들어?"

"그것이, 몸이 아니고 정신이 온전치 못한 것 같습니다."

"어쩌다가."

"그것까진 미처 알아보지 못했습니다."

작게 고개를 끄덕이던 진현이 말을 이었다.

"사는 곳은 어디더냐."

"금와산 기슭의 오두막이었습니다."

"금와산?"

생각보다 지척인 거리에 그가 크게 놀란 채로 되물었다.

"예. 한데 워낙 깊은 산중에 자리 잡고 있던 터라 뒤를 밟는 것조차 쉽지 않을 정도였습니다."

금와산이라면 월성에서 고작 하룻낮 거리의 지척이 아니던가. 그러나 아이를 안고 천왕산에서 능선을 타고 이동했다면 족히 닷새는 걸렸을 터.

생각에 잠겨 있던 그가 빠르게 고개를 저으며 미간을 모았다. 아니. 당시 상황이라면 무슨 수를 써서라도 서라벌을 벗어나려 했을 것이다.

하면 그곳에서 더는 이동을 하지 못할 사정이라도 생겼던 건
가. 아무리 그래도 어찌……. 낮게 탄식한 그가 표정을 갈무리하
며 고개를 끄덕였다.

"알았다. 그만 나가 보거라."

수하를 물린 그가 가만히 입술을 깨물며 저자에서 보았던 사내
의 뒷모습을 떠올렸다.

'아이, 참. 어머니.'

마득의 곁에서 살뜰히도 그녀를 챙기던 모습에 유독 눈길이 갔
던.

"어머니라."

작게 중얼거린 그가 스륵 눈매를 좁혔다.

'그것이, 몸이 아니고 정신이 온전치 못한 것 같습니다.'

"충격으로 정신을 놓은 것이라면……."

그래. 등잔 밑은 어두운 법이라지. 눈을 빛낸 그가 벌떡 몸을
일으켰다.

2

불어온 바람에 꽃잎이 날리었다. 눈이 감길 정도로 아찔한 향에 숨을 들이쉰 연화가 손을 뻗어 꽃을 쓸었다. 머리 위로 내리쬐는 한낮의 봄볕이 제법 따갑다고 느껴지는 순간, 위로 반만 묶어 내린 사현의 머리가 다시 불어온 바람에 흩날렸다.

"그러고 보니 너는 늘 머리를 풀고 다니네?"

연화가 고개를 들어 사현을 바라보았다. 그러곤 갑자기 사현의 손을 잡아끌었다.

"이리 앉아 봐."

앉기 편한 평평한 바위를 가리키자 사현이 물끄러미 눈을 깜빡였다.

"내가 머리 만져 줄게."

당치 않다는 듯 사현이 얼른 고개를 젓자 고집스럽게 입매를 굳힌 연화가 그의 팔을 잡아 바위에 주저앉혔다.

"예쁘게 해 줄게."

막무가내로 사현을 앉힌 연화가 제 머리에 꽂혀 있던 과판(국화 모양의 장식이 달린 뒤꽂이)을 뽑아 들었다. 그에 고정되었던 머리가 풀리며 길고 탐스런 머리카락이 등허리로 찰랑 쏟아졌다.

"머리가 눈동자 색깔만큼이나 짙고 까만 것 같아."

사현의 짙은 눈동자를 떠올리며 연화가 말했다. 이러지도, 저러지도 못한 채 머리를 맡기고 있던 사현이 가만히 손을 올려 제 머리를 만지작댔다.

"아직 만지면 안 돼."

그녀가 작게 중얼대곤 정성스럽게 머리를 땋기 시작했다. 사부 작사부작 머리를 만지는 손길이 봄볕만큼이나 부드러웠다.

머리로는 절대 아니 될 일이라 생각을 하면서도 그녀의 손길을 감히 거부하지 못했다. 시선을 내린 그는 가만히 머리를 내맡긴 채 앉아 있었다.

"어디 보자."

과판까지 꼼꼼히 꽂아 머리를 매만져 준 연화가 몸을 뒤로 쭉 빼며 사현을 바라봤다.

"예쁘다."

환하게 미소를 지은 그녀가 연못을 가리키며 고갯짓을 했다.

"비춰 봐. 어서."

그녀의 채근에 마지못해 몸을 돌린 그가 연못에 비친 자신의 얼굴을 들여다보았다.

"……."

사내로 태어났으나 사내로 살지 못하는, 가긍(可矜. 불쌍하고 가여운)한 얼굴이 보였다.

예쁜 것인가.

그녀의 입술을 통해 평가된 얼굴을 들여다보는 사현의 심정이 착잡했다.

"또 그런 표정."

갑자기 얼굴 위로 날아든 물방울에 사현이 고개를 들었다. 여차하면 다시 물을 튕기겠다는 듯 어느새 소매까지 걷고 있는 연화의 얼굴이 보였다.

그가 멍하니 눈을 깜빡이자 그녀가 장난기 가득한 얼굴로 물을 튕겼다.

고개를 돌려 물을 피하던 사현이 점차 세기를 더해 가는 물장난에 몸을 일으켰다. 그가 한두 걸음 옆으로 피하자 연화가 앉은 걸음으로 따르며 물을 튕겼다.

피해야겠단 생각에 그가 빠른 걸음으로 멀어졌다. 후다닥 사현의 뒤를 쫓던 연화가 치맛단 안에서 발이 엉킨 채 풀썩 엎어졌다.

"아!"

하얗게 놀란 사현이 날듯이 달려왔다. 무릎을 꿇고 앉아 손을 뻗던 그가 불끈 주먹을 쥐었다. 상처를 살펴야 했지만, 차마 그녀의 치마를 들출 수 없었다.

그런 사현의 마음 따윈 안중에 없는 듯 풀썩 치마를 들어 올린 연화가 가래단속곳마저 걷어 올렸다. 고개를 돌려야 했으나 이미 하얀 무릎에서 배어 나오는 핏물에 그의 시선이 고정된 뒤였다.

"앗, 따가워."

무릎 위로 손부채질을 하던 연화가 얼굴을 찡그렸다. 어찌할 바 모르며 바라보고 있던 사현이 얼른 제 옷의 안감을 찢어 빠르게 상처를 감쌌다.

꼼꼼하게 매듭 짓는 모습을 물끄러미 응시하던 연화가 입을 열었다.

"내가 아니라 꼭 네가 다친 것 같아."

집중하고 있던 사현이 고개를 들자 그녀가 다시 말을 이었다.

"정작 다쳐서 아픈 사람은 난데 꼭 네가 아픈 얼굴을 하고 있다고."

지그시 시선을 두고 있던 사현이 입매를 꾹 붙였다. 작게 한숨을 내쉰 그녀가 못 말리겠다는 듯 절레절레 고개를 저었다.

"안 죽어. 볼래?"

과장된 몸짓으로 벌떡 몸을 일으키려 했지만, 욱신거리는 통증에 다시 주저앉고 말았다. 걱정 가득한 사현의 시선이 두 뺨으로 고스란히 날아들자 그녀가 멋쩍은 듯 혀를 내밀었다.

"좀 아프긴 하네."

묵묵히 그녀를 바라보던 사현이 갑자기 등을 돌려 앉았다. 팔을 뻗은 연화가 그의 등 위로 냉큼 업혔다. 무게감 따위는 느끼지 못하는 듯 가볍게 몸을 일으킨 사현이 저벅저벅 걸음을 옮겼다.

"아, 좋다."

그의 목에 팔을 감은 연화가 고개를 젖혀 하늘을 올려다봤다. 유난히 청명한 하늘빛에 눈이 부셨다. 부드럽게 입술 끝을 늘인 연화가 가만히 눈을 감았다. 흔들림이 거의 느껴지지 않는 편안한 움직임에 막 얼굴을 묻으려는 순간.

"두 사람, 지금 내 방으로 건너오너라."

갑자기 들려온 아버지의 목소리에 연화가 퍼뜩 눈을 떴다.

※ ※ ※

산 중턱. 사현의 부축을 받은 연화가 가마 밖으로 모습을 드러 냈다. 그녀가 구겨진 치맛단을 손으로 툭툭 털자 서둘러 가마를 멘 가마꾼들이 왔던 길로 되돌아 이내 시야에서 사라졌다.

덩그러니 둘만 남겨졌다. 적막하기만 한 주변을 돌아보던 연화가 고개를 기울이자 숲 속에서 험상궂은 인상의 사내들이 하나씩 나타나기 시작했다.

놀라 겁을 먹을 법도 하건만 사내들을 바라보는 연화의 표정은 그저 평온하기만 했다.

"하, 나 참."

눈썹을 세운 그녀가 작게 구시렁대곤 팔짱을 끼었다. 아버지의 목소리가 바로 옆에서 들리는 것 같았다.

'금와산 중턱에서 기다리고 있으면 산적으로 분한 노복奴僕들이 나타날 것이다. 그럼 그때 지나가는 젊은 사내에게 도움을 청해. 명심해라. 반드시 면을 익히고 그자를 집으로 데리고 와야 한다.'

남자를 꼬여 집으로 데려오라니. 대체…….

말도 안 되는 당부를 떠올린 연화가 탁, 하고 발을 구르는데 저쯤에서 노복 하나가 가쁜 숨을 몰아쉬며 부리나케 달려왔다.

"옵니다요!"

그의 말이 끝나기가 무섭게 멀뚱히 서 있던 노복들이 맞추어 짠 듯 일사불란하게 움직이기 시작했다.

각자 자리를 잡은 노복들이 빼꼼히 고개를 내밀어 길게 길이 난 숲 아래를 살폈다. 멀리서 다가오는 인영이 보이자 하나 둘 셋, 속으로 센 노복 하나가 칼을 빼 들어 연화에게 겨누며 작게 속삭였다.

"아씨, 시작합니다."

사내와의 거리가 점점 좁혀지는 것을 확인한 노복이 소리쳤다.

"살고 싶거든 가진 재물을 다 내놔라!"

저벅, 저벅, 저벅, 저벅…….

검을 든 산적과 맞닥뜨렸다면 응당 걸음을 멈추거나, 최소한 움찔 놀라기라도 할 법하건만 사내는 저와는 상관없는 일이라는 듯 눈길도 주지 않은 채 그대로 그들을 지나쳐 걸어가고 있었다.

옆을 스치는 석가의 얼굴을 확인한 사현의 미간이 미세하게 꿈틀거렸다.

'저기, 잠깐 말 좀 묻읍시다.'

저자에서 길을 묻던 자가 아닌가.

가늘게 눈매를 좁히던 사현이 이내 시선을 돌려 노복들을 바라
봤다. 예상과 다른 반응에 일순 당황한 노복들이 좀 더 큰 소리로
협박을 해 댔다. 그러나 그는 전혀 돌아볼 생각이 없다는 듯 제
갈 길만 가고 있었다.

난감한 듯 머리를 긁적이던 노복 하나가 할 수 없이 그를 불러
세웠다.

"네놈은 어딜 가느냐! 너도 이리 오너라."

그제야 걸음을 멈춘 석가가 고개를 돌리며 제 얼굴을 가리켰
다.

"나 말이오?"

"그래."

노복의 답에 그가 걸음을 되돌려 다가왔다.

"무슨 일이오?"

"……가진 것을 다 내놔라."

"가진 것이라곤 이 약재뿐인데?"

그가 손에 든 약재 꾸러미를 들어 보였다. 그는 이틀 뒤 약을
찾으러 오라던 의원의 말에 따라 저자에 내려갔다 오는 길이었다.

"그리 보는 눈이 없어 어디 산적질로 밥이나 먹고 살 수 있을
지. 털어 봤자 방울 두 개만 달랑거릴 나를 불러 뭘 어쩌시려고?"

"시, 시끄럽다!"

둘의 대화를 지켜보던 연화가 후우, 한숨을 내쉬었다. 어이가 없으니 화도 나지 않았다. 마음 같아선 둘이 싸우게 놔두고 내려가고 싶지만 아버님의 당부가 있었으니 어쩔 수가 없었다.

"도와주……."

막 말을 떼려던 연화의 입술이 금세 다물렸다. 가만. 하대를 해야 하는 것인가, 존대를 해야 하는 것인가.

그의 행색을 살피던 연화가 입을 꾹 다문 채 미간을 좁혔다.

보다 못한 사현이 검을 빼 들자 주위를 둘러싸고 있던 노복들이 위협하듯 칼을 휘둘렀다.

챙!

허공에서 맞붙은 칼날이 이내 떨어지는가 싶더니 다시 맞붙었다. 높다란 나무들 사이로 비친 햇살이 검날에 반사된 채 쨍, 하고 부서졌다.

걸음을 물린 사현이 연화를 바라보는 사이, 네 개의 칼날이 사현을 향해 덮쳐 왔다.

"아악!"

모의임을 알면서도 막상 눈앞에서 검날이 번뜩이니 와락 공포심이 밀려왔다. 질끈 눈을 감은 연화가 얼굴을 가린 채 바닥에 주저앉자 모두의 움직임이 일순 정지했다.

한옆, 팔짱을 끼고 싸움을 지켜보던 석가가 씩, 하고 입술 끝을 들어 올렸다. 눈치를 살피던 이들이 다시 검을 움직이기 시작하자 그가 허리를 숙여 바닥에 굴러다니던 나뭇가지 하나를 집어 들었다.

탁, 탁!

살기 없는 검을 상대하는 나뭇가지의 둔탁한 소리가 숲 속을 울렸다. 맥없는 싸움은 고작 십여 합 만에 승부가 갈렸다. 검을 쥔 노복들이 허둥지둥 흩어진 채 도망을 쳤다.

상황이 종료되고 일순 적막이 흘렀다. 검집에 검을 집어넣은 사현이 연화에게 다가가 놀라지 않게 어깨를 두드렸다.

고개를 들어 올린 연화가 사현을 바라보자 그가 가만히 눈을 깜빡였다.

"아······."

작게 입술을 벌린 연화가 사현의 부축을 받아 몸을 일으켰다. 다친 무릎이 욱신거렸으나 표 내지 않고 걸음을 옮긴 그녀는 석가 앞에 멈춰 섰다.

"제 목숨을 구해 주셨군요. 이 은혜를 어······. 앗!"

갑자기 손이 쭉 뻗어 오는가 싶더니 뭐라 말릴 새 없이 몸이 붕 떠 버렸다. 반사적으로 팔이 움직였지만, 거기까지일 뿐 사현은 그대로 두 사람을 지켜볼 수밖에 없었다.

"갑시다."

어느새 둘러메듯 연화를 업은 석가가 무덤덤한 목소리로 말했다.

"이보시오!"

연화가 버둥거리며 소리쳤지만 아랑곳하지 않은 그는 빠르게 산을 내려가기 시작했다. 얼굴을 굳히고 서 있던 사현이 이내 그를 따라 움직였다.

이보시오, 하는 음성이 계속 들려왔으나 따르는 사현이 어찌 도와줄 바가 없었다.

※ ※ ※

눈이 휘둥그레질 정도의 진수성찬이 상 위에 펼쳐져 있었다. 모락모락 김이 올라오는 음식들이 잠시 잊고 있던 허기를 불러왔다. 통으로 삶은 닭고기도 있고, 잘 구워 낸 소고기도 있었다. 오랜만에 보는 고기반찬에 절로 침이 넘어갔다.

"제 자식의 목숨을 구해 주셨다구요."

홀린 듯 상 위의 음식들을 바라보고 있던 석가의 귓가로 진현의 목소리가 날아들었다. 인자한 표정으로 묻는 진현의 물음에 석가가 가만히 미소를 지었다.

"그리 말씀하시던가요."

어쩐지 예리하게 느껴지는 그의 시선에 진현이 어색하게 입가를 늘이곤 술병을 집어 들었다. 그가 석가의 잔에 술을 따르며 물었다.

"그래, 성과 이름이 어찌 되시는지."

"미천한 신분에 성이 가당키나 하겠습니까. 그저 제 어머니께서 석가라 부르시니 이름이 석가인 줄만 압니다.”

석가란 이름에 진현의 가슴이 철렁 내려앉았다. 술을 따르던 손이 미세하게 흔들렸다.

'왕자마마!'

고개를 돌려 진현이 따라 준 술을 단번에 비워 낸 석가가 잔을 내려놓으며 말했다.

“그런데 참으로 이상하지 않습니까.”

붉어진 눈으로 상념에 잠겨 있던 진현이 얼른 표정을 털자 석가가 말을 이었다.

“예사롭지 않은 검기劍技를 지닌 여비女婢는 고작 오합지졸의 산적 다섯과 놀음을 하듯 시간을 끌더니, 누가 봐도 고관高官이 분명한 어르신께선 성조차 없는 천출과 이리 마주 앉아 대작對酌을 하시고.”

석가가 의미심장한 표정으로 턱을 문질렀다. 그의 시선 끝에 닿은 것은 저자에서 길을 묻던 저에게 고갯짓으로 답을 하던 사현의 얼굴이었다.

“그것이……..”

날카로운 지적에 진현이 입술을 달싹이자 외려 아무 일도 아니라는 듯 석가가 어깨를 으쓱이며 웃었다.

“제가 반드시 이 댁에 와야 할 것처럼 성화를 하시는 것 같아 궁금해서 한 번 와 봤을 뿐입니다.”

길게 손을 뻗은 그가 상에 있던 닭 한 마리를 집어 갑자기 봇짐 안에 쑤셔 넣었다.

"저야 뭐, 이 댁 아씨를 업고 온 것밖에 한 게 없으니 이거면 족합니다."

벌떡 몸을 일으킨 그가 '집에 병든 노모 홀로 계셔서.' 라고 덧붙이곤 꾸벅 고개를 숙였다.

"잘 먹겠습니다."

한마디를 남긴 그가 이내 방문을 향해 몸을 돌렸다.

방문을 나선 석가가 신을 신고는 몸을 일으켰다. 둘러보니 시야에 다 들어오지도 않는 으리으리한 기와지붕이 주변을 감싸고 있었다. 이런 대옥大屋은 처음일진대 이상하게 낯이 설지 않았다.

"뭐야. 전생에 고관대작이기라도 했던 건가?"

작게 중얼거린 그가 픽 웃음을 짓고는 이마를 긁적였다. 빠르게 걸음을 옮기던 그가 막 중문을 넘어서려는 찰나, 조잘거리는 음성이 들려왔다.

"하유. 대체 무슨 생각이신지 모르겠어."

아마도 저에 대한 이야기인 듯해 그가 걸음을 멈추고는 가만히 귀를 기울였다.

"너는 뭐 좀 아는 거 있어? 아, 아니다. 설령 알고 있다 한들……. 근데 사람이 뭐 그래? 불의를 보고도 못 본 척. 아버님은 그런 사람을 어찌 아시고 집까지 부르신 건지. 하, 무식하게 힘만 세서 업고 내려오는 동안 요만큼도 안 지치더라. 우, 하고 달려오는데 내가 사람 등에 업혀 있는 건지, 곰 등에 업……. 헉!"

불쑥 나타난 그림자에 연화가 동그랗게 눈을 키우며 입을 다물었다. 그 곁에는 당연하다는 듯 사현이 자리해 있었다.

"잠시 좀 지나가겠습니다. 마음 같아선 말씀 다 끝나실 때까지 기다리고 싶지만 빨리 집에 가 봐야 해서요. 사실 빨. 리. 모셔다 드리고 빨. 리. 가야 해서 그리 빨. 리. 달렸던 건데."

계속해서 '빨리'를 강조한 그가 봇짐을 고쳐 메며 고개를 까딱였다.

"그럼, 무식하게 힘만 센 저는 이만."

※ ※ ※

다음 날 아침. 원정의 시중을 받아 옷을 차려입은 진현이 표의(表衣. 겉옷) 깃을 단정히 여미고 방을 나섰다. 대문 앞으로 걸음을 옮기자 미리 대령해 둔 말이 보였다.

"이랴!"

말에 오른 진현이 수하를 앞세워 길을 떠났다. 어느새 지천명知天命을 바라보는 그였지만, 말을 모는 움직임은 도무지 나이를 가늠할 수 없을 만큼 날렵했다.

빠르게 마을을 벗어난 말이 이내 저자를 지나 마침내 산길로 들어섰다. 중턱을 넘어서자 비탈의 경사가 험해지고 앞이 보이지 않을 정도로 숲이 우거져 있었다.

마음이 다급했으나 더는 말을 타고 오를 수가 없었다. 근처 나무에 말을 매어 둔 진현이 수하와 함께 산을 올랐다.

마침내 오두막에 도착한 진현이 가쁜 숨을 고르며 천천히 주변을 돌아보았다. 옹색한 살림이 한눈에 들어왔다.

이런 곳에서 왕자님이 지내셨다니.

무거운 마음에 진현이 고개를 내저었다.

"이보게."

방문 앞에 선 진현이 나직한 음성으로 마득을 불렀다. 그러나 들려오는 기척이 없었다. 초조하게 대답을 기다리던 진현이 조심스레 방문을 열었다.

"아무도 없……!"

방 안을 들여다보던 진현의 눈동자가 크게 흔들렸다. 바닥에 앉아 보따리를 풀었다, 쌌다를 반복하고 있는 여인은 제가 그토록 찾아 헤매던 마득이 분명했다.

"이보게."

그간의 고생을 대변하듯 까맣게 반짝이던 머리 위로 희끗희끗 서리가 내려 있었다. 아릿하게 가슴이 저렸다.

신을 벗은 그가 방 안으로 들어서자 천천히 고개를 돌린 마득이 초점 없는 눈으로 그를 바라봤다.

"날세. 나 모르겠나."

멍한 눈으로 바라보던 마득이 이내 고개를 내렸다. 그리고 방객訪客 따윈 관심 없다는 듯 풀어 두었던 보따리를 여미기 시작했다. 자연스레 그의 시선도 보따리를 향해 움직였다.

손길을 응시하던 진현의 눈이 갑자기 번뜩였다. 옷 틈에 섞여 있는 것은 분명 명패였다. 그가 손을 뻗으려 하자 마득이 소리쳤다.

"안 돼!"

절대 뺏기지 않겠다는 듯 보따리를 품에 안은 마득이 몸을 둥글게 말며 그를 경계했다. 그녀에게 바짝 다가간 진현이 다급한 음성으로 물었다.

"명패. 왕자님의 명패가 분명하지?"

하지만 그녀는 몸을 웅크린 채 아무 말도 하지 않았다. 그가 마득의 어깨에 손을 얹었다.

"이보게."

그녀가 움찔 어깨를 떨었다.

"날세. 제발 정신을 차리고 날 봐."

그의 애원에 그녀가 마구 고개를 저었다.

"자네 아들, 사현이가 보고 싶지 않은가."

순간, 거짓말처럼 마득의 움직임이 멈췄다. 숙였던 고개를 천천히 들어 올린 마득이 가만히 진현을 바라보았다. 경련하듯 눈동자가 흔들렸다.

"나리······?"

그녀가 입술을 움직이자 바라보던 진현의 눈시울도 붉어졌다.

"그래, 날세. 나야."

그가 고개를 끄덕였다.

그제야 오래도록 심장에 묻어 둔 얼굴 하나가 떠올랐다.

"그만 사현이를 보러 가야지."

까맣게 제 빛을 찾은 마득의 눈동자에 이내 눈물이 차올랐다.

❋ ❋ ❋

침전을 지키는 시녀들의 걸음이 바쁘게 움직였다. 침전 안으로 들어가는 태의의 모습이 긴박했다. 누구 하나 얼굴에 웃음을 띤 이도, 함부로 입술을 움직이는 이도 없었다. 주변을 둘러싼 공기가 무겁게 가라앉아 있었다.

"폐하의 환후患候가 위중하다 들었습니다."

침전을 돌아보며 넌지시 건네는 흠반의 말에 덕만이 눈을 가늘게 떴다.

"세월 앞에 장사 없는 법이지요."

무감하게 중얼거린 덕만이 흐음, 숨을 내쉬자 표 나지 않게 웃음을 머금은 흠반이 그녀의 귓가에 작게 속삭였다.

"이제 당신의 머리 위에 왕관이 씌워질 날도 머지않았습니다."

물끄러미 침전을 바라보고 선 덕만의 얼굴 위로 만감이 교차했다. 작게 한숨을 내쉬고 다부지게 입술을 다문 그녀가 이내 턱을 치켜올렸다.

침전 입구에서 의식 없이 그저 잠든 듯 누워 있는 진평을 응시
하던 진현이 천천히 걸음을 옮겼다. 한 걸음, 한 걸음 진평에게
다가가는 진현의 눈시울이 붉어졌다.

"폐하……."

여전히 눈을 감고 있는 진평의 곁에 다가와 앉은 진현이 그의
손을 잡으며 작게 흐느꼈다.

"손 한 번 잡아 보지 못했다 하지 않으셨습니까."

꿀꺽 울음을 삼킨 그가 벌건 눈으로 진평을 바라봤다.

"이제야 잡을 수 있게 되었는데 이리 누워 계시면 어찌합니
까."

그가 잡은 손에 힘을 주며 진평의 귓가에 작게 속삭였다.

"왕자님이, 살아 계십니다. 그러니 하루바삐 원기 조양調養하소
서."

그와 동시에 잡은 손끝으로 미세한 움직임이 느껴졌다.

폐하.

입매를 굳힌 진현이 맞잡은 손에 힘을 주며 눈을 빛냈다.

3

금와산 오두막.

단정하게 머리를 빗고 옷을 차려입은 마득이 갑자기 몸을 일으
켜 석가에게 절을 올렸다.

어쩐 일로 몸단장을 다 하셨지, 벙글거리던 석가가 얼굴을 일
그러뜨린 채 몸을 세웠다.

상태가 더 안 좋아지신 건가. 얼굴 위로 이내 근심이 어렸다.

"어머니."

나직한 부름에 마득이 입을 열었다.

"쇤네는 마마의 어미가 아닙니다."

순간 석가의 두 눈에 당혹감이 스몄다. 하아. 낙담한 그의 어깨
가 아래로 축 처졌다.

"왜 또 이러십니까."

어깨를 늘어뜨린 그가 힘없이 묻자 갑자기 옆에 두었던 보따리를 제 앞으로 가져온 마득이 서둘러 매듭을 풀어냈다.

"지금부터 제가 드리는 말씀 잘 들으십시오."

그러고는 보따리를 쭉 밀어 석가 앞에 놓아 주었다. 평소와 다른 단정한 음성에 얼굴을 굳힌 석가가 그녀를 바라보았다.

"마마께서는 쇤네의 아들이 아니라……."

그녀가 보따리 안에 있던 명패를 꺼내 건네며 입술을 움직였다.

"이 나라 진평왕의 하나뿐인 적자嫡子, 석가 왕자님이십니다."

한눈에 보기에도 범상치 않은 물건이었다. 미간을 좁힌 그가 시선을 내리자 금으로 테를 두른 그것에 새겨진 '釋迦(석가)'라는 글자가 뚜렷이 보였다.

석가의 눈이 잠시 커지는가 싶더니 이내 피식 웃음을 터트렸다.

"아이, 참. 어머니."

눈매를 접으며 바라보았지만 마득의 얼굴은 아무런 변화 없이 그대로였다.

"쇤네는 왕자님의 어머니이시자 진평왕의 후비이신 승만왕후를 뫼시던 시녀 마득입니다."

석가가 한숨을 내쉬었다.

"어머니."

그러나 아랑곳하지 않은 마득은 계속해서 말을 이었다.

"긴 세월. 이제 진실을 고할 때가 되었지요."

말도 안 된다는 생각이 들면서도 평소와 다른 마득의 행동에 자꾸만 마음 한구석이 서걱거렸다. 그럴 리가 없다는 걸 알면서도 스멀스멀 불안이 피어올랐다.

"왕자님."

마득의 눈에서 주룩 눈물이 흘러내렸다.

"어머니, 제발……."

"진즉 사실을 고하지 못한 쇤네에게 무슨 변명의 여지가 있겠습니까."

입이 마르는 듯 혀로 입술을 축인 그가 이마를 쓸었다.

"쇤네가 아무리 사실이라 고해도 믿음이 닿진 않으실 테지만, 왕자님께선 사실을 입증해 줄 분을 이미 만나셨습니다."

시선을 떨구던 그가 퍼뜩 떠오른 얼굴에 마득을 바라보았다. 그에 마득이 고개를 끄덕였다.

"예. 상대등 어른입니다."

뭔가 이상한 만남이긴 했다. 석연찮은 기분에 내내 뒤통수가 당겼다.

"일간 왕자님을 모시러 올 것입니다."

이름을 밝히던 순간 그의 얼굴에 일었던 변화를 모를 리 없다.

"지금 저더러……. 저더러 이걸 믿으라고 하시는 겁니까? 이게 말이 됩니까?"

그가 눈썹을 세운 채 묻자 마득이 뚝뚝 눈물을 흘리며 고개를 숙였다. 바라보는 석가의 두 눈에 짙은 혼란이 배어들었다. 믿기지 않는 사실과 달리 믿을 수밖에 없게 돌아가는 정황이 그의 숨통을 옥죄었다.

"제게 아버지가 계신 것도 모자라, 그분이 이 나라의 왕이시라니. 농이시지요? 그렇죠?"

"그간 왕자님을 속인 죄, 응당 죽음으로 죗값을 치름이 마땅하나, 호시탐탐 왕위를 노리는 덕만공주의 야망 앞에서 왕자님을 지켜 드릴 방법은 이뿐이었습니다."

망연자실 바라보던 석가가 고개를 내렸다. 시선이 닿는 명패 속, '釋迦'라는 두 글자가 선명히 반짝였다.

물끄러미 그것을 응시하던 석가가 조용히 입을 열었다.

"만약 그게 사실이라면, 저를 낳아 주신 분은……."

고개를 들자 대답 없이 눈물만 닦는 마득의 얼굴이 보였다.

"돌아……가셨습니까?"

그의 물음에 마득이 흐흑, 흐느꼈다.

"덕만공주가 보낸 군사가 들이닥칠 것을 안 마마께서는 왕자님을 맡기시곤 그리 허망하게 죽음을 맞으셨습니다."

황급히 눈물을 훔쳐 낸 마득이 결연한 눈빛으로 석가를 바라보았다.

"마마의 죽음을 절대 헛되이 해선 아니 되옵니다."

※ ※ ※

'의식조차 없는 폐하께서 권좌에 앉아 있는 건 무의미한 일입니다. 한시라도 빨리 덕만공주가 왕위를 이어 가는 것이 어수선한 신라를 바로잡는 길이지 않겠습니까.'

의장인 저를 젖히고 화백회의 안건인 양 툭, 하고 던진 흠반의 발언을 떠올린 진현의 미간이 일그러졌다.

깊은 밤. 사영지(四靈地. 국가 중대사를 결정하는 '화백 회의'가 이루어지던 곳)를 벗어난 진골들이 사가로 돌아가는 대신 자색 관복을 입은 채로 한곳에 모여 앉았다. 함께한 진골들은 모두 진평의 집권과 동시에 세를 보탰던 이들로 상대등 진현과 뜻을 같이하는 사람들이었다. 언젠가부터 점점 좁아 드는 입지에 불안을 느낀 이들은 종종 비밀 회합을 가지며 작금의 정세를 관망하고 있었다.

"돌아가신 줄로만 알았던 왕자님이 살아 계시다는 사실을 안 이상 이대로 덕만공주에게 왕위를 내줄 수는 없습니다."

"하나 폐하께서 저리 의식조차 없으시니 그분이 폐하의 아들이라는 사실을 증명할 방법이 없지 않습니까."

"하루빨리 폐하께서 기력을 찾으신다면 다행이지만 만약 그렇지 못하신다면……."

그에 모두의 시선이 일제히 진현을 향했다. 무겁게 침묵하고 있던 진현이 천천히 입술을 움직였다.

"모반謀反이라도 불사해야겠지요."

헉, 하고 누군가 숨을 들이켜는 소리가 들렸으나 이내 잠잠해졌다.

"군을 모아야 합니다."

진현의 다부진 시선이 진골들을 향했다.

※ ※ ※

"다리가 다 나아서 이제 너한테 업어 달라지도 못하잖아."

산책에 나선 연화가 뾰로통 입술을 내밀었다. 핏물이 말라붙어 딱지가 앉긴 했지만 걸음을 걷는 데엔 아무 지장이 없었다.

막무가내로 떼를 쓴다면 빙그레 웃으며 등을 내어 줄 테지만, 어릴 적이라면 모를까 훌쩍 커 버린 지금까지 그런 염치없는 억지를 부릴 수는 없었다.

그러고 보면 사현은 여자치곤 꽤…….

힐긋 사현을 돌아본 연화가 고개를 기울였다. 저보다 훨씬 큰 키는 물론이요, 길쭉길쭉하게 뻗은 팔다리와 무예로 단련된 유연하면서도 단단한 몸까지.

어렸을 때야 네 살의 나이 차 때문이라 치부할 수 있었다지만 다 자란 지금까지도 여전히 존재하는 월등한 체력 차이는 단순한 설명으론 이해될 수 없는 것들이었다.

그럼에도 그녀는 굳이 궁금한 것들을 들추고 싶지 않았다. 괜히 들쑤셔 제가 누리고 있는 평온을 잃고 싶지 않았다. 돌아보면 언제나 곁을 지키고 있는, 한결같은 편안함이 좋았다.

"네 등에 업히면 걸음걸이 하나까지 다 신경 써서 걸으니 흔들리지도 않고 편안한데……."

말끝을 흐린 연화가 투박하게 저를 업고 내려오던 석가의 거친 걸음을 떠올렸다. 사현과는 달리 배려 따윈 전혀 느낄 수 없던.

'그럼, 무식하게 힘만 센 저는 이만.'

고개만 까딱한 채 몸을 돌려 사라지던 석가의 모습이 문득 생각나자 연화가 볼을 불리며 삐죽거렸다.

"치. 진짜 무식한."

작게 구시렁댄 그녀가 막 몸을 트는 순간 중문을 넘어서는 누군가의 기척이 느껴졌다.

제 앞의 존재를 확인한 그녀의 눈동자가 커다래졌다. 움직임을 멈춘 그녀가 놀란 눈을 깜빡거리자 전과 달리 딱딱하게 굳은 그가 물끄러미 그녀를 응시하기 시작했다.

석가의 뒤를 따르던 마득도 그대로 걸음을 멈춘 채 떨리는 손을 들어 입가를 가렸다. 꿈에서조차 잊지 못한 그리운 사현의 얼굴이 눈 안 가득 들어왔다. 세월이 아무리 오래 지났어도, 그녀는 자신의 아들을 한눈에 알아볼 수 있었다.

당장 눈물을 떨어뜨릴 것 같은 기분에 그녀가 입술을 꾹 깨물었다. 그러고도 진정이 되지 않아 힘껏 옷깃을 쥐며 숨을 골랐다.

"오셨습니까."

숨 쉬는 것조차 잊을 정도의 무거운 적막 사이로 진현의 목소

리가 흘러들었다. 갑자기 들려온 음성에 화들짝 몸을 돌린 연화가
이내 눈썹을 모았다. 존대를 한 것도 모자라 그가 석가 앞에서 정
중히 허리를 숙였기 때문이다.

"안으로 드시지요. 다들 기다리고 계십니다."

서늘한 얼굴로 진현을 바라보던 석가가 느릿하게 눈꺼풀을 들
어 올리고는 입술 끝을 비틀었다.

"이제야 설명이 되는군요."

나지막하게 중얼거린 그가 진현이 가리킨 방향으로 성큼성큼
걸음을 옮겼다. 물끄러미 석가의 멀어지는 뒷모습을 바라보던 진
현은 문득 느껴진 마득의 시선에 얼른 고개를 돌렸다. 마득과 눈
이 마주친 그가 연화에게 일렀다.

"연화 넌 처소로 돌아가 있거라."

피부로 느껴지는 무거운 분위기에 고분고분히 예, 하고 답한
연화가 몸을 돌리자 그녀를 따라 움직이려던 사현을 향해 진현이
덧붙였다.

"사현인 여기 남고."

잠시 걸음을 멈췄던 연화가 이내 걸음을 옮겨 사라졌다. 저만
따로 남긴 연유를 알 수 없는 사현이 의아한 눈으로 진현을 바라
보자 그가 슬그머니 시선을 외면했다.

"잠시만, 시간을 내어 주실 수 있겠습니까?"

귓가로 들려온 음성에 사현이 고개를 돌렸다. 작고 초라한 반
백의 여인이 저를 바라보며 눈물을 글썽이고 있었다.

기억에 없는 이가 분명하건만 사현은 한쪽 가슴이 아릿하게 저미는 것을 느꼈다.

연민과 혼란. 복잡한 감정이 한데 뒤엉킨 채 한꺼번에 방출되는 기분이었다.

"……."

오랫동안 머무는 시선은 너무도 애잔했다. 주름진 뺨을 타고 주룩 눈물이 흐르는 것을 본 사현이 저도 모르게 손을 뻗었다. 예상치 못한 행동에 잠시 멈칫하던 사현은 이내 조심스러운 손길로 그녀의 눈물을 닦아 주었다.

"으흡."

억눌린 울음이 입술 사이로 흘러나왔다. 덥석 사현의 손을 부여잡은 마득이 바들바들 입술을 떨며 꾹꾹 울음을 삼켰다.

멀찍이 두 사람을 바라보던 진현이 깊은 한숨을 내쉬었다. 진현과 마득은 사현을 사이에 두고 못다 한 진심 어린 말을 눈으로 건네었다.

'미안하네.'

'아닙니다. 죽어 가던 목숨을 구해 이리 부지시켜 주신 게 어딥니까.'

'부디 용서하게.'

'이것이 저 아이의 운명이라면 그리 따르는 것 또한 운명이겠지요. 살아 있는 것만으로도 저는, 감사드립니다.'

"지체할 시간이 없습니다."

"하지만 서두른다고 일이 해결되지는 않습니다."

"신중을 기하는 것도 좋지만 저러다 덜컥 폐하께서 승하하시기라도 하면⋯⋯."

진현의 집 밀실. 익숙한 얼굴들이 모인 그곳에서 그들은 어느 때보다도 조심스러운 움직임으로 서로의 눈치를 살피고 있었다. 상석에 앉은 석가도 잔뜩 굳어 있긴 마찬가지였다.

"덕만공주를 탐탁지 않게 보는 당을 이용하는 것이 어떻겠습니까."

석품이 의견을 내자 칠숙이 말을 보탰다.

"시간이 없으니 당에 구원 요청을 하는 것과 동시에 일단 민심을 선동해야 할 겝니다."

"왕자님이 살아 계시다는 사실을 암암리에 소문을 내어 시간을 벌어야지요."

그들에겐 자신들을 눈엣가시로 여기는 덕만보다 잘하면 제 입맛대로 주무를 수도 있는 석가가 훨씬 반가운 존재였다.

그러나 오랜 시간을 두고 차근차근 왕위 계승을 준비해 온 덕만을 몰아내는 것은 생각만큼 쉬운 일이 아니었다. 그녀는 전국 각지에 설법회를 열어 득남이나 치병治病 등을 기원하는 백성들의 현실구복現實求福적 욕구를 충족시켜 주었다.

겉으로 보기에 백성들을 위한 정책인 듯하지만 실상 이것은 왕권 중심의 지배 체제를 강화함과 동시에 국가 발전을 염원하는 호국 신앙으로 발전시켜 왕실의 권위를 신성화하는 것을 합리화하기 위함이었다.

또한 '덕만'이란 이름이 열반경에 등장하는 '덕만 우바이'에서 이름을 따왔다는 소문을 내어 여왕의 순조로운 즉위를 위한 포석을 깔아 두었다. 게다가 최근 이루어진 체제 정비로 힘을 더해 줄 측근 기구는 물론 막강한 군사력까지 겸비한 터였다.

"그리하면요."

묵묵히 침묵을 지키고 있던 석가가 마침내 입을 열었다. 모두의 시선이 석가를 향해 움직였다.

"덕만공주가 왕이 되든, 제가 왕이 되든. 그것이 뭐가 중요하단 말입니까."

예상치 못한 반응에 진현이 난색을 표하며 그를 바라봤다.

"왕자님."

"산속에서 지금껏 어머니라 믿었던 분은 친어머니를 모시던 시녀라 하고, 생전 뵌 적 없는 아버지는 사경을 헤매심에도 얼굴조차 뵐 수 없는 궁 안의 왕이시라니."

홋, 하고 그가 조소를 흘리자 앉아 있던 진골들이 바쁘게 눈치를 살피기 시작했다.

"저는 아무것도 필요 없습니다. 그깟 왕, 사람 목숨과 바꿔 가며 악착같이 갖고 싶어 하는 덕만공주에게나 가지라고 하십시오.

제가 이곳에 온 건, 이 말씀을 드리기 위해서였습니다."

꾸벅 고개를 숙인 석가가 문을 열고 사라졌다. 혼란에 휩싸인 사람들의 눈동자가 데굴데굴 움직였다.

✖ ✖ ✖

공기의 흐름마저 멈추었는지 방 안을 밝히는 촛불에는 미세한 일렁임만이 있을 뿐이다.

스윽. 일필휘지로 난 잎을 굴려 꺾는 덕만의 얼굴이 진지하다. 농담濃淡을 잘 살린 용묵用墨이 그녀의 손끝에서 능란하게 펼쳐졌다.

덜컥.

붓을 들어 난을 치는 데 열중하고 있던 덕만은 급히 안으로 들어오는 흠반의 기척에 고개를 들어 올렸다. 그가 빠르게 덕만의 옆에 자리를 잡고 앉았다.

"괴이한 소문이 떠돈다 합니다. 혹 들으셨습니까?"

"소문이라니요."

되돌아온 물음에 그가 주변을 살피곤 소리를 죽였다.

"폐하의 아들. 왕자가 있다는 소문 말입니다."

귀를 기울이고 있던 덕만이 피식 웃음을 흘렸다.

"무슨 소릴 하시는 겝니까. 이미 17년 전에 묻힌 이야깁니다."

"그냥 헛소문으로 흘리기에는 이상한 점이 많습니다."

정색을 하는 흠반의 반응에 그녀가 휙 눈썹을 휘며 그를 바라봤다.

"요 근래 상대등과 진골들 간의 회합이 잦다고 들었습니다."

"그게 뭐 어때서요. 이제 곧 끈 떨어진 연 꼴이 될 터이니 미리 대비를 하는 게지요."

별것도 아닌 일에 호들갑이라는 듯 작게 타박을 하자 빠르게 고개를 저은 그가 잔뜩 낮춘 소리로 그녀의 귓가에 속삭였다.

"군을 모으고 있다 합니다."

붓을 쥔 손이 어긋나며 갑자기 방향이 틀어졌다.

"뭔가 있단 뜻이 아니겠습니까. 상대등의 움직임이 심상치 않습니다."

시선을 내린 채 그녀가 가만히 눈을 깜빡였다. 그러곤 이내 태연한 얼굴로 난을 치기 시작했다.

"움직이기 전에 밟으면 그만일 것을."

휘릭.

그녀의 손끝을 따라 시원하게 난 잎이 그려졌다.

※ ※ ※

초조한 얼굴로 방 안을 서성이던 천명이 두 손을 모은 채 입술을 깨물었다. 손끝이 시린 듯 그녀가 꾹꾹 손을 주물렀다.

혀를 움직여 마른 입술을 축인 천명이 다시 입술을 깨무는 순간 문이 열리고 용춘이 들어섰다. 빠르게 다가간 천명이 그를 보며 물었다.

"상대등께서 다녀가셨다구요."

"그렇습니다."

천명의 얼굴에 짙은 불안이 스며들었다.

"혹, 제가 짐작하는 바가 맞습니까."

천명의 물음에 용춘이 고개를 끄덕였다. 천명의 얼굴이 하얗게 질렸다.

"막아야 합니다. 이번엔 더 큰 피를 부를 것이 분명합니다."

용춘이 아무런 답을 하지 않은 채 그녀를 바라봤다.

"덕만을……. 불쌍한 그 아일 잡아 주세요."

그렁그렁 눈물이 차오른 천명이 용춘의 옷깃을 잡으며 애원했다. 마주 선 그의 눈가에도 이내 붉은 기가 어렸다.

"내가 어찌 나설 수 있겠습니까. 이미 나로 인해 많은 것을 잃은 사람입니다. 한데 이제 또 나서 하나 남은 야망마저 꺾으란 말입니까."

"그럼 어쩝니까. 이를 어쩝니까."

울먹이는 천명의 등을 가만히 당겨 안은 용춘도 무겁게 짓눌린 가슴을 어찌할 바 모른 채 깊게 한숨을 내쉴 뿐이었다.

4

존재하는 모든 것들이 오롯한 적막에 휩싸인 채 조용히 어둠 속으로 스며든 시간. 유난히 화려하게 차려입은 덕만이 동경 앞에 앉아 홀로 화장을 하고 있었다.

그녀의 손끝을 따라 막 붉은 꽃을 피워 낸 입술이 부드러운 호선을 그렸다.

우아하게 고개를 들어 만족스러운 얼굴로 거울을 바라보던 덕만이 신호인 양손에 쥐고 있던 뒤꽂이를 머리에 푹 꽂자, 그와 동시에 궁 안 일각에서 날렵한 손길로 각자의 무기를 점검하던 복면의 무사들이 어딘가를 향해 일사불란하게 움직이기 시작했다.

그리고 같은 시각. 하늘을 뒤덮은 어둠이 진현의 집 기와지붕 위에도 묵직하게 내려앉았다.

휘익.

어디선가 불어온 바람에 주변을 밝히던 석등의 불꽃이 꺼질 듯 일렁였다.

소리 없이 담을 넘어 들어오는 복면인들. 곧 신호에 따라 발소리를 죽여 걸으며 조용히 칼을 빼 들었다.

"……!"

눈을 감고 누워 있던 사현의 미간이 미세하게 꿈틀댔다. 빠르게 손을 뻗어 검을 집은 그가 번쩍 눈을 뜨곤 스륵, 몸을 일으켰다.

문가에 바짝 붙어선 그가 안력眼力을 높여 밖을 살폈다. 그러고는 이내 문밖으로 몸을 날려 곤히 잠든 연화의 방문을 조용히 열었다.

그림자를 드리울 새 없이 다가간 사현이 연화의 어깨를 작게 흔들자 잠결에 뒤척거리던 그녀가 화들짝 놀라며 눈을 떴다.

"무슨……."

재빨리 검지를 세운 그가 연화의 입술 위로 제 손을 덮으며 고개를 가로저었다. 그가 눈을 맞춘 채 알겠냐는 듯 바라보자 연화가 더는 연유를 묻지 않고 가만히 고개를 끄덕였다.

연화의 몸을 일으켜 세운 그가 표의를 집어 그녀의 어깨에 둘러 주었다. 황급히 팔을 꿰어 입은 연화가 사현의 옆에 바짝 붙어 섰다.

조용히 문을 열고 나온 두 사람이 중문을 향해 걸음을 옮겼다. 그러나 그것도 잠시. 소리 없이 나타난 복면인들이 빠르게 그들의 앞을 막아섰다.

낯선 침입자들을 발견한 연화의 눈이 커다래졌다. 의문과 공포가 담긴 눈이 사현을 향하자 재빠르게 제 등 뒤로 연화를 당겨 감춘 그가 검을 빼 들었다.

스릉.

검집을 벗어난 검신劍身이 날카로운 울음과 함께 은빛 광채를 내뿜었다. 눈매를 좁힌 사현이 마른침을 삼키며 상대를 살폈다.

모두 합쳐 일곱. 칼날에서 풍기는 날카로운 기운에 그가 미간을 찡그리며 검을 고쳐 쥐었다. 뒤에 세워 둔 연화 때문에 움직임이 자유롭지 못했다. 공격과 방어에 틈이 있으니 그만큼 노출된 위험도 많았다.

정면을 파고들자면 측면과 후방이 비게 된다. 작은 실수도 용납되지 않는 상황. 한 명의 움직임을 놓치는 것만으로도 연화를 위험에 처하게 할 수 있었다.

챙!

탐색을 마친 검 하나가 파고들자 그가 기습적으로 몸을 움직이며 검을 쳐 냈다. 비어 있는 틈을 헤집고 세 개의 검이 날아들었다. 날렵하게 이어진 연격連擊이었으나 움직임을 예측한 사현의 검이 훨씬 빠르게 반응하였다.

"윽!"

각각 목과 아랫배를 움켜쥔 복면인들이 검을 놓으며 비틀거렸다. 손가락 사이로 솟구치는 검붉은 피에 연화가 질끈 눈을 감으며 비명을 삼켰다.

잠시 움찔거리던 사현의 검이 빠르게 허공을 가르며 한 지점을 찔렀다.

"으윽!"

눈을 감은 연화가 두 손으로 귀를 틀어막은 채 바들바들 몸을 떨었다. 챙챙. 날카로운 금속성과 묵직한 타격음이 연이어 들려왔다.

'대체 무슨 일이 벌어지고 있는 거지? 이들은 누구고, 무엇 때문에 이리⋯⋯.'

이대로 죽을지도 모른다는 두려움에 생각을 거부하고 있던 그녀가 혼란을 잠재우며 바쁘게 숨을 골랐다.

생무지인 제가 보기에도 단순한 자객이 아니었다. 살기충천한 눈빛엔 자비심이라곤 찾아볼 수 없었다. 단 하나의 목적만을 위해 달려들던 그들의 눈에 담긴 것은 단 하나, 살의殺意뿐이었다.

"⋯⋯."

갑자기 아무런 소리도 들리지 않았다. 무섭도록 적막한 고요가 오히려 잠시 잊고 있던 공포를 일깨웠다.

눈을 뜨고 나서 직면하게 될 상황이 두려웠지만 마냥 움츠리고 있을 수만은 없었다. 그녀가 감고 있던 눈을 뜨자 무사한지 돌아보는 사현의 시선이 느껴졌다.

긴장으로 잔뜩 굳었던 어깨가 풀어짐을 느끼는 동시에 머릿속으로 생각 하나가 스쳤다.

"어머님과 아버님은?"

사현의 뒤를 따르는 연화의 걸음에 초조함이 배어들었다. 치맛단을 움켜쥔 손바닥엔 어느새 흥건히 식은땀이 차오르고 있었다.

어찌 이리 조용한 것인가. 검을 쥔 자들이 집 안을 활보하고 있음에도 고함은커녕 작은 비명 소리조차 들려오지 않았다.

"하아."

발끝에서부터 휘감아 올라오는 불안감에 바쁜 걸음을 옮기는 와중에도 바짝바짝 입이 말랐다.

그녀가 혀끝으로 입술을 축이며 자꾸만 흐릿해지는 시야를 다잡으려는 듯 크게 눈을 깜빡거렸다.

별일 아닐 테지. 별일 없을 테지.

불안을 쫓는 주문呪文처럼 같은 말을 반복하고 또 반복했다. 그리고 중문을 들어서는 순간.

"아……."

의미를 한정 지을 수 없는 탄식이 입술 사이로 흘러나왔다. 불길에 휩싸인 안채가 지붕 위까지 벌건 불기둥을 세운 채 맹렬하게 타들어 가고 있었다.

거대한 화마火魔가 아가리를 벌린 채 전각을 집어삼켰다. 포효하듯 매운 연기를 내뿜었다.

펑!

커다란 폭음과 함께 불꽃이 튀었다. 살을 녹일 듯한 열기와 무
섭게 피어오른 불길은 이내 기와지붕마저 와르르 무너뜨렸다.

도무지 믿기지 않는 현실에 망연자실 안채를 바라보던 연화가
뒤늦게 입술을 움직였다.

"아, 아버님! 어머니!"

불길 속으로 뛰어들려는 연화를 사현이 막아 세웠다.

아니 됩니다.

그가 단호히 고개를 저었지만 연화 역시 빠르게 고개를 저었
다.

"주무시느라 모르시는 거야. 어서 가서 깨워 드려야 해."

사현이 안타까운 얼굴로 다시 고개를 젓는 순간 또 다른 복면
인들이 두 사람을 에워싸기 시작했다.

※ ※ ※

종지 모양의 토기 등잔이 작은 방 안을 밝히고 있었다. 한쪽 무
릎을 세우고 앉은 석가의 주위로 오롯한 적막이 내려앉았다. 흐늘
거리는 불꽃이 우두커니 명패를 들여다보고 있는 석가의 얼굴에
짙은 음영을 만들었다.

"석가……."

그가 낮은 음성으로 자신의 이름을 읊조렸다.

백정(白淨. 석가모니의 아버지 이름. 진평왕의 이름이기도 함)의 아들이니 당연한 이름인 건가.

그러나 우습게도 아들이라 하는 저는 아버지에 대한 어떤 기억도 남아 있지 않았다. 그가 느릿하게 눈을 깜빡였다. 그러나 어지러운 마음은 쉬이 잡히질 않으려는가 보다. 매일같이 1,000배拜를 올리고 있는 어머니 마득의 빈자리가 유독 크게 느껴졌다.

후우, 한숨을 내쉰 그가 결국 몸을 일으켰다. 그리고 손안의 명패를 힘껏 움켜쥐며 문을 열고 나섰다.

사사삭.

연화의 손을 꼭 붙든 사현이 빠른 걸음으로 산을 올랐다. 눈물범벅이 된 채 이끌리듯 다리를 움직이고 있는 연화의 눈에선 여전히 하염없는 눈물이 흐르고 있었다.

한 번쯤 걸음을 멈추고 연화를 돌아봄 직하건만 사현은 우거진 풀숲을 헤치며 바쁜 걸음을 재촉할 수밖에 없었다.

애써 정신을 다잡고는 있지만 점점 호흡이 가빠 오고 시야가 흐릿해졌다. 격전 중에 입은 부상이 아무래도 가볍지 않은 모양이었다. 벌어진 상처 사이로 뜨끈한 액체가 꿀렁거리며 쏟아졌다. 쉽게 들키지 않도록 주변에 드리워진 어둠이 그저 고마울 따름이었다.

어디로 가야 하나. 그 역시 막막한 심정으로 대문을 나선 순간 떠오른 곳은 이곳 금와산이었다.

쉬쉬하는 통에 작은 언질도 얻지 못했지만 석가라는 자를 대하던 어르신의 눈빛에서 막연한 확신을 가질 수밖에 없었다. 적어도 아가씨만큼은 믿고 맡길 수 있는 자라는.

우뚝.

갑자기 손을 놓아 버리는 연화의 행동에 걸음을 멈춘 사현이 그녀를 돌아봤다.

"가 봐야 해."

연화가 입술을 움직였다.

"어딘가 숨어 계실 거야."

그를 향해 바짝 다가선 연화가 간절한 눈빛으로 말했다.

"가자. 응? 가자."

그러나 사현은 힘없는 눈으로 그녀를 바라볼 뿐이었다. 아니 된다, 고개를 저어야 했지만 아득하게 올라오는 어지럼증에 그가 가만히 눈을 감았다 떴다.

"뭐라고 말 좀 해 봐."

사현의 옷깃을 잡으며 연화가 애원했다.

"내가 뭘 어떻게 해야 하는지, 말을 하라고."

옷깃을 거머쥔 연화가 힘껏 그의 팔을 두드렸다. 버티고 있던 사현의 몸이 잠시 비틀거리는가 싶더니 맥없이 푹 고꾸라지고 말았다.

발밑에 쓰러진 커다란 인영을 바라보던 연화가 당황한 눈빛으로 손을 뻗었다.

"사현아!"

바닥에 주저앉은 연화가 조심스레 사현을 흔들었다. 그러나 그는 미동도 하지 않았다.

"사, 현아."

순간, 손끝이 젖어 있는 것을 느꼈다. 콧속으로 스미는 비릿한 혈향에 그녀가 얼른 손을 떼 눈앞으로 가져갔다.

피?

제 손에 묻어난 것의 정체를 확인한 연화가 황급히 사현의 몸을 더듬었다. 옆구리에서 쉴 새 없이 붉은 피가 흘러나오고 있었다. 온몸으로 공포가 몰려왔다.

"사현아, 사현아."

두 손으로 힘껏 피가 나오는 부분을 누른 연화가 당황한 얼굴로 주변을 돌아보았다. 그러나 온통 암흑천지의 숲 속에서 도움을 청할 이가 나타날 리 만무했다.

"어떡해······."

심장이 튀어나올 듯 둥둥 난리를 쳤다. 귓가에서 천둥이 몰아치는 느낌이었다.

제가 취해야 할 최선의 방책을 떠올리고자 애썼지만 새까맣게 몰려드는 두려움은 그녀의 머릿속을 온통 백지로 만들어 버렸다. 이런 줄도 모르고 떼를 썼다니. 죄책감에 숨이 턱 막히는 기분이었다.

침착함을 잃지 않으려 애쓰며 그녀가 천천히 몸을 숙였다. 가슴에 갖다 댄 귓가로 미약하게 뛰고 있는 심장 소리가 들려왔다.

"하아."

안도의 한숨을 내쉬는 턱끝이 덜덜 떨렸다.

"사현아. 눈 떠. 죽으면 안 돼. 나 무서워. 무섭단 말이야. 미안해. 내가 화내서 미안해. 그러니까 눈 떠."

상처 부위를 누르고 있는 손바닥 안쪽으로 울컥울컥 핏물이 솟구쳤다. 지혈할 것을 찾던 연화가 황급히 속치마를 찢어 급한 대로 둘둘 감싸 묶었다. 옷을 들춰 상처를 살펴야 했지만 두려움에 엄두가 나지 않았다.

벌떡 몸을 일으킨 연화가 허겁지겁 풀숲을 헤쳤다. 길게 자란 나무를 따라 내려가니 쏴아, 거친 물소리를 흘리는 계곡이 나왔다.

두 손 가득 물을 담아 봤지만 이내 손가락 사이로 모두 빠져나가 버렸다. 안타까운 얼굴로 동동거리던 그녀는 남은 속치마를 찢어 그것을 물에 적셨다.

조심스레 천 아래를 받친 그녀가 서둘러 사현에게 돌아왔다. 풀썩 주저앉은 연화가 사현의 입술에 물을 흘려주었다.

하얗게 마른 입술이 조금씩 젖어 들었다. 그와 동시에 막무가내로 감아 둔 천 밖으로 계속 피가 배어 나왔다.

"어떡해. 피가 계속 나."

할 줄 아는 건 없지만, 아무래도 상처를 확인해야 할 것 같았다. 꿀꺽 침을 삼킨 연화가 사현의 겉옷에 손을 갖다 댔다.

탁.

언제 정신을 차렸는지 조용히 손을 올린 사현이 연화의 손목을 잡았다. 연화의 눈이 크게 뜨였다.

"정신이 들어?"

그녀가 반갑게 물었지만 그는 가만히 시선을 내려 잡고 있던 연화의 손을 살폈다. 풀숲을 헤치느라 긁힌 생채기들이 그의 눈에 들어왔다. 이내 눈살을 찌푸리는 것을 보며 연화가 입술을 비죽였다.

"바보야. 이 멍청아."

그녀의 눈에 그렁그렁 눈물이 차올랐다. 그가 잡은 손에 힘을 주며 미간을 모았다.

"으흑."

잡아 준 손이, 그 온기가 고마워 연화가 와락 울음을 쏟아 냈다. 그러나 그것도 잠시. 점점 생명의 빛을 잃어 가는 사현의 눈동자가 스멀스멀 닫혀 가고 있었다.

덜컥 겁이 난 연화가 사현의 뺨을 조심히 쓸었다.

"걱정 마. 내가 너 절대 죽게 안 해."

애써 의연한 척 말은 뱉었지만 이미 두려움에 장악당한 머릿속엔 오로지 죽음에 대한 공포만이 가득할 뿐이었다.

꿈이기를 바랐다. 깨고 나면 그저 고개를 터는 것만으로 이 지독한 기억을 떨칠 수 있는.

한시바삐 이 끔찍한 악몽에서 벗어나길 바라며 그녀가 질끈 눈을 감았다.

돌아가야 할까. 답답한 마음에 나선 걸음이 꽤 길게 이어진 듯했다.

"후우."

고개를 젖힌 석가가 가슴을 부풀려 폐부 가득 밤공기를 들이마셨다. 나무 사이로 빼꼼하게 열린 그믐밤의 하늘엔 별들이 더욱 선명하게 반짝이고 있었다.

느릿하게 눈을 깜빡이며 별을 바라보던 석가가 갑자기 고개를 내렸다. 미간을 모은 채 이력耳力을 끌어모은 그가 미세하게 들려오는 소음에 고개를 기울였다.

울음소리?

빠르게 몸을 튼 그가 다리를 움직였다. 속도를 높일수록 울음 섞인 목소리가 점점 가까워졌다. 누구의 것인지 알 수 없음에도 이상하게 심장이 두근거렸다. 그가 이를 악물었다.

사락.

손으로 풀숲을 거두는 순간, 댕그랗게 눈을 뜨고 저를 돌아보는 얼굴이 보였다. 말로 표현 못할 감정이 머리와 가슴 안에서 마구 뒤섞였다.

"으흐흑."

벌떡 몸을 일으킨 연화가 괴상한 울음소리를 쏟아 내며 석가를 향해 다가갔다. 그가 나타났다고 해서 막막한 상황을 모면하거나 시간을 되돌릴 수 있는 것은 아니었지만, 가슴 가득 차오르는 안도감에 저절로 몸이 튕겨 나갔다.

"도와주세요."

손등으로 쓱, 눈물을 훔쳐 낸 연화가 그를 올려다보며 말했다. 애절함으로 범벅이 된 눈동자엔 여전히 그렁그렁 눈물이 매달려 있었다.

감성 따위가 어떤 도움도 될 리 없단 사실을 인지한 그녀가 서둘러 눈을 깜빡여 눈물을 떨궈 냈다. 어느 때보다 이성적인 판단이 필요한 때였다.

"사현이가, 많이 다쳤어요."

순간 상대등의 안위가 걱정되었다. 머릿속으로 많은 생각들이 지나갔으나 이내 표정을 지워 낸 석가가 무감한 음성으로 입을 열었다.

"다친 이에 대한 도움이라면."

짧게 말을 뱉은 그가 의식을 잃고 누워 있는 사현을 향해 걸음을 옮겼다.

사현을 등에 업은 석가가 방으로 들어서자 재빨리 따라 들어온 연화가 빠른 손길로 이부자리를 폈다.

그는 제가 사는 오두막 대신 이곳 암자로 사현을 데려왔다. 사현의 부상 정도가 심한 탓에 의술에 조예가 깊은 스님의 도움이 절실했기 때문이다.

석가가 조심스레 사현을 눕히자 그와 동시에 연화가 냉큼 그 옆에 주저앉았다. 상처를 살피고자 옷을 벗기려던 석가가 뻗었던 손을 거두며 연화를 바라보았다. 그러고는 다시 시선을 돌려 사현을 응시했다.

설마, 모르고 있는 겐가.

무슨 사정이 있어 여복女服을 하고 있는지 모르겠으나 사내가 분명한 자였다. 잠시 스치듯 만난 저자에서의 조우遭遇는 그렇다 쳐도 상대등의 집에서 보았을 때 그는 확신할 수 있었다.

사내, 그것도 검을 익힌 자들의 신체적 특성을 고스란히 지닌 몸을 눈으로 훑은 석가가 연화를 돌아보며 말했다.

"우선 상처부터 좀 살펴야겠소."

그가 고름을 풀고자 손을 뻗자 연화가 황급히 막아섰다.

"아무리 그래도 여인의 몸을 어찌……."

역시.

느릿하게 눈꺼풀을 들어 올린 석가가 덤덤한 말투로 말했다.

"아무리 그래도 시급을 다투는 환자일 뿐이오."

틀린 말이 아니었지만 연화는 선뜻 손을 뗄 수 없었다. 하지만 사현을 살려야 했다.

사현마저 잘못된다면……. 상상만으로도 끔찍해 오싹 소름이 돋았다.

"정짓간에 가면 물 항아리가 있을 거요. 솥에 물을 부어 좀 끓여 주시오."

그가 사내임을 굳이 지금 밝힐 필요는 없다 판단한 석가가 그녀를 밖으로 내보내기 위해 입을 열었다.

안 그래도 놀란 얼굴에 충격을 더해 주고 싶지 않았다. 무슨 일인지는 몰라도 그녀에겐 당장 안정이 필요한 듯 보였다.

집안일이라곤 한 번도 해 본 적 없는 연화가 잠시 당황한 얼굴로 눈을 깜빡이자 그가 고개를 돌려 시선을 맞췄다.

"그럼, 내가 물을 끓일 테니 그대가 상처를 치료하겠소?"

"아, 아닙니다."

아무것도 모르는 제가 있어 봤자 아무 도움도 되지 않을 거란 생각에 그녀가 냉큼 고개를 저었다.

"스님께 알렸으니 곧 필요한 약재를 가져오실 거요. 의술에 능한 분이니 너무 걱정 마시오."

"……감사합니다."

순간 문이 열리며 노승이 들어섰다. 문간에 선 채 세 사람을 바라보던 노승이 나직한 음성으로 석가에게 말했다.

"나가 있거라."

그리고 연화에게도 조용히 일렀다.

"나가 계시지요. 피를 많이 흘려 치료가 중합니다."

먼저 몸을 일으킨 석가가 연화를 부축해 일으켰다. 석가의 손에 이끌려 방문을 나서던 연화가 고개를 돌려 사현을 바라봤다.

그녀의 눈동자에 안타까운 격동이 일었다. 그가 그녀의 팔을 잡아끌려는 순간 갑자기 몸을 돌린 연화가 빠르게 걸음을 옮기기 시작했다.

성큼성큼 뒤를 좇은 석가가 그녀의 앞을 막아섰다.

"어딜 가는 거요?"

그의 물음에 그녀가 담담히 말했다.

"비켜 주십시오."

"이 밤에, 길도 모르면서?"

"가 봐야 합니다. 부모님을……. 아직 부모님이 집에 계십니다."

역시나 집안에 화禍가 미친 모양이군. 입매를 굳히며 생각에 빠져드는 찰나, 그녀가 몸을 돌려 어둠 속으로 걸어 들어가기 시작했다. 물끄러미 바라보던 그가 미간을 좁혔다.

"에이."

머리에선 상관없는 일이라 명령을 내리지만 어느새 그녀를 좇아 다리를 움직이고 있었다.

마음대로 되지 않는 상황에 그가 낮게 구시렁대며 걸음을 빨리했다.

※ ※ ※

핏물이 찰랑거리는 함지를 든 노승이 방문을 열고 나오자 차마 들어갈 엄두를 내지 못하고 암자 밖 한 귀퉁이에 쪼그리고 앉아 있던 마득이 황급히 몸을 일으켰다. 그러나 입을 떼지 못한 마득은 쭈뼛거리고 선 채 애꿎은 손가락만 못살게 굴고 있었다.

"들어가 보시지요."

노승의 음성이 심장을 울렸다. 들어가 보고 싶은 마음은 간절하나 그마저도 염치가 없는 듯 죄스러웠다.

마득이 습기 가득한 눈으로 고개를 젓자 노승이 길게 시선을 두었다.

"하늘이 맺어 준 천륜입니다. 피한다고 없어지는 게 아니지요."

"흑."

그녀가 울음을 뱉으며 고개를 숙이자 노승이 나직하게 한마디를 건넸다.

"저리 혼자 두시겠습니까."

노승이 몸을 돌려 사라졌다. 뚫어져라 방문을 응시하던 마득이 떨리는 손을 뻗어 문을 열었다.

끼익, 하고 녹슨 경첩이 소리를 냈다. 고개를 숙여 방으로 들어선 마득이 한 걸음, 한 걸음 사현의 곁으로 다리를 움직였다.

"으흡!"

핏기 없는 얼굴로 누워 있는 사현을 바라보던 마득이 울음을 참기 위해 손을 올렸다. 파들거리는 손등이 그녀의 입가에 한동안 머물렀다.

후우, 숨을 고르며 가만히 그의 곁에 몸을 내린 마득이 떨리는 손가락으로 사현의 얼굴과 어깨, 그리고 손을 차례로 쓰다듬었다.

"아가. 내 아들 사현아……."

밀려드는 회한悔恨에 그녀가 입술을 감쳐물었다. 가슴 깊이 묻어 두었던 지독한 그리움이 넝쿨처럼 뻗어 내려 전신을 옥죄었다.

"불쌍한 내 새끼. 으흑, 흑."

참고 있던 울음이 기어이 터지고 말았다. 핏물이 다 닦이지 못한 손을 두 손으로 부여잡은 마득이 얼굴을 묻은 채 오열했다.

눈물이 하염없이 흘러내렸다.

미안하다, 미안하다. 고개 숙인 그녀가 쉼 없이 중얼거렸다.

문밖으론 어느새 동이 트고 있었다.

❈ ❈ ❈

한밤에도 느끼지 못했던 한기가 새벽 어스름을 틈타 옷 안으로 파고들었다. 어깨를 움츠리며 표의를 여민 연화가 자꾸만 늘어지는 걸음을 재촉하며 애써 눈매에 힘을 주었다.

저자는 새벽을 준비하는 이들의 활기로 조금씩 들썩이고 있었다.

그녀에게 속도를 맞춘 채 몇 발짝 뒤에서 걸음을 움직이던 석가가 왠지 모르게 위태로운 뒷모습을 바라보며 목덜미를 쓸었다.

처음 뒤를 따를 때는 산어귀까지만, 이라 다짐했건만 어느새 여명이 밝아 오는 저자를 걷고 있었다.

그저 밤 깊은 산중에서 길을 잃지나 않을까, 따라나섰던 것인데…….

퍼뜩 눈매를 좁힌 석가가 뛰듯이 걸음을 옮겨 연화의 손목을 잡아 구석진 골목 안으로 들어섰다.

쉿, 하고 검지를 세워 보인 석가가 몸을 세워 골목 밖을 살폈다. 연유를 알 수 없는 연화는 또다시 밀려오는 공포에 가만히 숨을 내쉬었다.

한동안 정황을 살피던 석가가 연화를 돌아보며 말했다.

"꼼짝 말고 이곳에 숨어 계시오. 내 알아보고 올 테니."

"저도 같이 가면 안 되겠습니까?"

"그냥 계시오."

"가만있을 수가 없습니다."

그를 따라 벌떡 몸을 일으키는 연화의 어깨를 석가가 잡아 눌렀다. 그리고 나직한 음성으로 덧붙였다.

"도처에 군병이 깔려 있소."

군병이라니. 어젯밤 공포가 되살아나는 듯 연화가 헉, 하고 숨을 삼켰다.

"아직은 내 얼굴을 아는 자가 없을 테지만, 그대는 다르잖아."

한 번에 이해되지 않는 질문이 머릿속을 휘저었지만 진심이 느껴지는 당부에 연화가 가만히 고개를 끄덕였다.

바닥에 털썩 주저앉은 연화가 어깨를 늘어뜨렸다. 머릿속이 혼란스러웠다. 그가 말한 군병이 제게 우호적이지 않다는 것은 굳이 묻지 않아도 알 수 있는 일이었다.

대체 누가. 무엇을 더 어찌하고자 군병까지 동원한 걸까. 그렇다면 어제의 자객 또한……

"금방 다녀오겠소."

연화는 머리 위에서 들려오는 석가의 음성에 퍼뜩 고개를 들어 올렸다.

"세상에! 그 고래 등 같던 집이 전부 다 탔다고?"

"그렇다는구만."

"끔찍하기도 하지. 물건만 훔쳐 갈 일이지 어찌 사람을 다 죽이고 불까지 지르고 갔는감?"

"상대등 나리뿐 아니라 집에 있는 식솔들까지 다 죽였다 하대."

"에이구, 이 나쁜 놈들."

목을 쭉 빼고 서서 잔불에서 피어오르는 연기를 바라보고 선 사람들이 웅성대고 있었다.

결국…….

떨칠 수 없던 불길한 예감이 적중하자 안타까운 마음에 그가 질끈 눈을 감았다. 실낱같은 희망을 안고 이제나저제나 저를 기다리고 있을 연화의 얼굴이 떠올랐다.

"그게 정말입니까? 정말 살아남은 이가 하나도 없습니까?"

번쩍 눈을 뜬 그가 불쑥 머리를 내밀며 묻자 힐긋 뒤를 돌아본 중년의 사내가 타박하듯 말했다.

"이 사람, 여태 하는 말 뭐 들었누? 이미 병부兵部에서 나와 상대등 나리의 시신까지 확인했다던데."

"범인은 어찌 됐습니까. 누구 짓인지 밝혔답니까?"

그의 물음에 사내가 고개를 저었다.

"들리는 말에야 구도(寇盜. 도둑)가 저지른 짓이라 하지만 원한
이 있지 않고서야 어찌 그리 무참하게 일가를 몰살하였겠는가."

힘없이 몸을 돌리는 석가의 등 뒤로 여전히 웅성대는 소리가
이어졌다. 터벅터벅 다리를 움직이는 석가의 걸음이 무거웠다.

"후우."

걸음을 멈춘 그가 이마를 쓸었다. 그들도 아마 연화가 사라졌
단 사실을 인지하고 있을 것이다. 다만 애초 목적이 상대등의 제
거였을 테니 별 위협이 되지 않을 연화에게까지 손을 뻗지 않을
뿐.

그보다 흉음(凶音)을 어찌 전할지, 눈앞이 막막했다.

그가 시선을 들자 골목 안에 몸을 숨긴 채 손톱을 물어뜯고 있
는 연화의 얼굴이 보였다. 그 위로 진현의 얼굴이 겹쳐졌다.

"저들이 뭐랍니까. 부모님은, 무사하신 거죠?"

그가 다가가자 긴장한 기색이 역력한 연화가 다급히 물었다.
그가 아무런 말을 하지 않자 그녀가 숨을 들이켰다.

"어찌 말씀이 없으십니까."

바라보는 눈동자가 크게 흔들렸다. 황급히 시선을 내린 연화가
걸음을 옮기며 중얼거렸다.

"내 직접 알아……."

순간, 팔을 뻗은 석가가 그녀의 어깨를 잡아 세웠다. 아무렇지 않은 듯 걸음을 옮기려 했지만, 실은 그가 전할 말이 너무나 두려웠다.

숨을 고르며 마른 입술을 축인 연화가 석가를 바라보며 물었다.

"아닙니다……. 그렇죠?"

석가의 침묵이 그녀를 더더욱 불안으로 몰아갔다.

"불은 났지만, 검을 든 무사들이 가득했지만, 어딘가 숨어 계실 겁니다. 가 봐야 합니다. 저만 살자고 빠져나왔습니다."

석가의 손을 뿌리치며 연화가 몸을 돌렸다. 순간 돌아서 가는 뒷모습에 뿌옇게 겹쳐진 어떤 것이 그의 머릿속을 빠르게 헤집었다.

'시간이 없습니다! 어서 몸을 피하십시오!'

'설마 산목숨을 죽이기야 하겠느냐.'

'마마, 옷을 주십시오. 쇤네가 마마 행세를 할 테니 마마께서는 얼른 왕자님과 이곳을 빠져나가세요.'

'덕만이 보낸 군사라면 필시 내 얼굴을 아는 자를 보냈을 것이야. 지금 몸을 피한다 해도 언젠간 찾아낼 것을. 그것이 내 운명이라면 받아들여야지.'

'안 됩니다, 마마. 반드시 살아남으셔야 합니다. 폐하를 생각하십시오.'

'지체할 시간이 없어. 자네들이라도 어서 이곳을 떠나게.'

원인 모를 통증에 그가 몸을 웅크리며 가슴을 움켜쥐었다. 누군가 제 심장을 손아귀에 쥔 채 강한 힘으로 비트는 듯했다.

"하아."

누군가의 얼굴이 아프게 떠다녔다. 빠르게 고개를 저은 그가 갑자기 그녀의 등을 와락 감싸 안았다.

"안 됩니다!"

갑작스런 외침에 그녀가 걸음을 멈추자 그가 그녀의 등에 얼굴을 묻은 채 작게 흐느꼈다.

"안 됩니다, 절대……."

등 뒤로 고스란히 전해지는 떨림에 그대로 몸을 굳힌 연화가 숨을 멈추며 시선을 들었다. 끝을 알 수 없는 거대한 운명이 그들을 향해 소리 없이 다가오고 있었다.

5

한창 햇살이 뜨거워지기 시작한 산어귀. 나뭇등걸에 걸터앉아 멍하니 허공을 응시하고 있던 연화가 흐릿한 시야의 초점을 맞추며 천천히 눈을 깜빡였다.

　머리 위로 쏟아지는 햇살은 상황과 어울리지 않게 너무도 청아했다. 구름 한 점 없는 하늘을 올려다보자 그 푸른빛에 눈이 시렸다.

　바닥에 엉덩이를 붙인 채 한쪽 무릎을 세우고 앉은 석가는 무릎 위에 올린 제 손에 시선을 두고 있었다. 그가 쥐고 있는 것은, 마득에게서 건네받은 명패였다.

　"그러니까……."

　그녀가 버석하게 마른 입술을 움직이다 목이 잠기는지 꿀꺽 침을 삼켰다. 분명 말을 하고자 하나 소리가 되어 나오는 것은 없었다.

갑작스레 닥친 일들은 그녀의 정상적인 사고마저 마비시킨 듯했다. 그의 설명을 듣고도 그녀는 한참이나 허공을 바라보고 있었다.

"모든 것이 이로 인해 벌어진 일이오."

적막을 가르고 들려온 음성에 연화가 부연 눈으로 그의 손에 들린 것을 바라보았다.

"나 때문이오."

자책하듯 중얼거리며 그가 고개를 떨궜다.

그제야 모든 것이 설명되었다. 그가 이 나라의 왕자였다니. 불과 며칠 전이었다면 콧방귀도 뀌지 않을 헛소리라 여겼을 테지만 너무도 현실감 없는 그것이 오히려 틀림없는 진실이란 사실은 그녀가 밤새 겪은 일들로 충분히 입증이 된 셈이다.

그래서 그를, 원망해야 하나?

긴 침묵 속에서 그녀가 자문했다. 눈물조차 나오지 않는 이 상황이 전부 당신 때문이라고? 당신 때문에 내 부모가 죽임을 당하고, 집이 불탔다고?

느릿하게 눈을 깜빡인 그녀가 시선을 돌려 그를 바라봤다. 이를 악문 채 감정을 억누르는 그의 얼굴에서 극심한 슬픔이 느껴졌다. 명패를 힘껏 움켜쥔 손등 위로 굵은 힘줄이 불뚝 솟았다.

그리고 어찌 원망의 마음이 없겠는가. 의지와 상관없이 17년간 부모의 얼굴도 모른 채 산속에서 자라야만 했던 그는, 어찌 보면 그들 중 가장 큰 피해자였다.

게다가 갑작스레 알게 된 존재의 혼란을 느낄 겨를도 없이 왕권을 둘러싼 정쟁政爭의 한가운데로 몰아넣은 이는 다름 아닌 제 아버지였다.

지독스럽게 잔인한 현실을 깊은 한숨과 함께 삼켜 넘기고 있는 그는 저보다도 훨씬 고통스러워 보였다.

말로 표현할 수 없는 저릿함이 심장을 채웠다. 마음 깊은 곳에서 솟아난 연민이 그녀를 어지럽혔다. 그러나 그녀는 아무런 말도 건넬 수 없었다.

가만히 눈을 감았다 뜬 연화가 몸을 일으켰다.

"사현이에게 가 봐야겠습니다."

※ ※ ※

연화를 암자에 데려다준 석가가 오두막을 향해 터덜터덜 걸음을 옮겼다. 커다란 바윗덩이에 눌린 듯 명치께가 답답했다.

원하는 바를 얻기 위해 저를 이용하고자 했던 진현이 밉지 않은 것은 아니었으나 그렇다고 이런 흉문凶聞을 바란 것은 더더욱 아니었다.

어찌 되었든 화의 원인을 제공했단 사실에 그 역시 연화 못지않은 충격에 휩싸인 채 깊은 혼란에 빠져 있었다.

'그간 왕자님을 속인 죄, 응당 죽음으로 죗값을 치름이 마땅하나…… 호시탐탐 왕위를 노리는 덕만공주의 야망 앞에서 왕자님을 지켜 드릴 방법은 이뿐이었습니다.'

'덕만공주가 보낸 군사가 들이닥칠 것을 안 마마께서는 왕자님을 맡기시곤 그리 허망하게 죽음을 맞으셨습니다.'

정녕 그것이 한 치의 거짓 없는 사실이었단 말인가. 대체 왕좌가 무엇이라고.

이어 그의 머릿속을 가득 채우고 들어오는 것은 생전 고생 따윈 모르고 자랐을 연화의 고운 얼굴이었다.

불쑥 떠오른 얼굴에 그가 단단히 입매를 굳히며 우뚝 걸음을 멈췄다. 눈망울에 가득 차오르던 눈물과 온몸으로 드러내던 절망이 제 것인 양 가슴을 헤집었다.

어쩌면 호사토읍(狐死兎泣. 여우의 죽음에 토끼가 운다는 뜻으로 동류의 불행을 슬퍼함을 비유)과도 같은 감정일지 모른다. 그러나…….

"마마!"

갑자기 들려온 목소리에 석가가 퍼뜩 고개를 들어 올렸다. 마당에 서 있는 한 무리의 귀족들이 눈에 들어왔다.

석가 앞에 다가온 그들이 일제히 무릎을 꿇었다. 딱딱하게 굳은 얼굴로 그들을 응시하던 석가가 나직한 음성으로 말했다.

"돌아가십시오."

"상대등의 죽음을 헛되이 하실 생각이십니까."

가장 앞에 자리한 칠숙이 비장한 얼굴로 석가에게 물었다.

"더 이상의 피는 보고 싶지 않습니다."

그가 외면하듯 몸을 돌리자 이어 단호한 음성들이 들려왔다.

"이대로 덕만공주가 왕위에 오른다면 더 큰 피바람이 몰아칠 것입니다."

"피를 보고자 함이 아님을 알고 계시지 않사옵니까."

"어지러운 나라를 바로잡아 주시옵소서."

"마마, 신들의 뜻을 저버리지 마시옵소서."

그 음성이 어쩐지 진현의 것인 듯해 그가 고개를 젖히며 눈을 감았다.

✕ ✕ ✕

아침 일찍 오두막을 나선 석가가 암자를 향했다. 실은 어젯밤 늦게도 이미 암자를 다녀온 터였다. 저자에 다녀온 뒤로 도통 아무것도 먹으려 하질 않는다는 스님의 걱정에 그 역시도 근심이 깊던 차였다.

안 그래도 비리비리해선.

쯧, 하고 혀를 차며 미간을 구기던 순간 방문을 닫고 나서던 연화와 눈이 마주쳤다. 그를 발견한 연화가 고개를 숙여 왔다. 하루 사이 핼쑥해진 얼굴. 그 안에 가득한 것은 절망과 체념이었다.

"좀, 괜찮으시오?"

"예."

짧은 대답과 함께 그녀가 걸음을 옮겼다. 머뭇거리던 그가 그녀의 뒤에 대고 말했다.

"통 음식을 들지 않는다 들었습니다."

걸음을 멈춘 연화가 그대로 몸을 굳히고 있자 할 말을 찾던 석가가 입술을 달싹이며 주먹을 쥐었다.

"나는, 내가⋯⋯."

천천히 몸을 돌린 연화가 석가를 바라보았다. 처연한 듯 보이던 얼굴이 이내 싸늘히 식어 있었다.

"신경 쓰실 것 없습니다. 왕자님은 왕자님대로, 저는 저대로⋯⋯ 그리 살면 되는 거지요. 아버님의 일은, 그 역시 아버님의 일이었습니다."

차분하다 못해 냉랭하기까지 한 음성에 석가는 머리끝까지 치밀어 오르는 감정을 누르며 크게 소리쳤다.

"그래서! 그리 식음을 전폐하고 뭘 어쩌자는 것입니까. 죽기라도 하실 작정입니까?"

"제가 죽든 말든 그게 왕자님과 무슨 상관이란 말입니까."

담담하게 뱉어 내는 그녀의 말에 그가 미간을 구기며 주먹을 쥔 손에 힘을 주었다. 앙다문 입술 사이로 억눌린 음성이 새어 나왔다.

"왕자의 자리는 내가 원한 것이 아닙니다."

"원했든, 원치 않았든 이제 와서 달라질 건 없습니다. 이미 돌아가신 부모님들이 살아 돌아오시지는 않으니까요."

"나 역시도."

그가 잠시 숨을 고르며 말을 이었다.

"돌아가신 어머님이 살아 돌아오시지는 않을 테지만……. 그래
도 아버님의 용안은…… 한 번쯤……."

그가 말을 맺지 못한 채 꿀꺽 숨을 삼켰다. 답지 않게 감정을
드러내는 그의 태도에 태연을 가장하던 연화의 얼굴에 미세하게
균열이 가기 시작했다.

얼굴도 모르는 부모를 언급하는 그를 보자 언제나 든든한 울타
리가 되어 주던 제 부모님의 모습이 떠올랐다.

그 안에서 누리고 살아온 삶이 얼마나 안온했는지, 모든 것이
뒤엉킨 지금에서야 잃은 것들에 대한 회한이 몰려왔다.

사무치도록 그리웠다. 그의 탓이 아님을 알면서도 자꾸만 삐딱
해지고 마는 저를 통제할 수 없었다.

감히 이런 무례를 범해선 아니 될 분이란 걸 알면서도 삐죽삐
죽 가시가 튀어나왔다.

'참으로 못됐구나.'

물끄러미 시선을 내린 그녀가 미간을 좁히며 입술을 감쳐물었
다.

모든 것이 낯설고 두렵기만 한 이곳에서 유일하게 기대고 의지
하는 이였다. 이런 저의 투정을 묵묵히 받아 주고 있다는 것을 모
를 리 없다. 그럼에도…….

주먹을 움켜쥔 채 고개를 숙이고 선 그의 모습이 안쓰러웠지만 애써 그를 외면한 연화가 조용히 입술을 움직였다.

"먼저 가 보겠습니다."

걸음을 움직이는 그녀의 등 뒤로 석가의 외침이 쏟아졌다.

"제발 끼니나 거르지 마시오!"

고개를 턴 연화가 걸음을 빨리했다.

사현에게 먹일 미음을 챙겨 걸어가던 마득이 마주 걸어오는 연화를 보며 고개를 숙였다.

"오셨습니까."

가볍게 고개를 끄덕인 연화의 시선이 마득의 손에 들린 듬기로 향했다.

"사현에게 줄 것이냐?"

"예."

"번거로울 텐데. 여러모로 고맙구나."

아무런 대꾸를 하지 못한 마득이 시선을 내린 채 묵묵히 서 있었다. 역시나 침묵을 지키고 있던 연화가 그녀에게 손을 내밀었다.

"이리 내거라. 내가 먹이마."

"아닙니다. 쇤네가 할 테니 아씨께선 얼른 조반을 드시지요."

그녀가 가만히 고개를 저었다.

"생각이 없어 그러는 것이니 자네나 가서 조반을 들게."

재촉하듯 손을 내미는 연화의 성화에 마득이 조심스레 듣기를 건네주었다. 듣기를 받아 든 연화가 사현이 누워 있는 방을 향해 걸음을 옮겼다. 물끄러미 그녀의 뒷모습을 바라보던 마득이 조용히 한숨을 쉬었다.

"아름다우십니다."

그녀가 중얼거렸다. 제 몸보다도 더 중히 여겨 감히 말 한마디 할 수 없는 불쌍한 제 아이에겐 너무도 아름다운 이였다.

오랜 시간, 홀로 속앓이를 해 왔을 아들을 생각하니 가슴이 미어졌다. 심장을 돌에 문지르는 것처럼 고통스러웠다. 주어진 운명이 너무도 가혹해 차라리 다시 정신을 놓고 싶단 생각마저 들었다.

마음을 다잡으려 하지만 이내 무너지고 만다. 애써 버티던 그녀가 바닥에 주저앉았다.

"하아."

그녀가 깊은 숨을 내쉬며 입가에 손등을 갖다 댔다.

"못난 어미는 너를 어찌 지켜야 할지 모르겠구나."

방문을 열고 안으로 들어서는 연화의 모습을 지켜보는 마득의 입술에서 연신 한숨이 새어 나왔다.

⁂

"보름 뒤 기원제가 열릴 것이라 공표하였으니 곧 어떤 식으로

든 움직임이 있을 겝니다."

비록 와병 중이나 진평왕이 아직 생존해 있단 이유로 덕만의 즉위를 전면에서 반대하던 진현의 죽음은 단번에 판세를 뒤집으며 저울질에 몰두해 있던 진골들의 마음을 움직이기 시작했다.

하지만 저조차도 아직 실체를 확인하지 못한 왕자에 대한 소문은 여전히 백성들에게 숱한 화젯거릴 제공하며 쉬 가라앉지 않고 있는 중이었다.

만일 소문대로 왕자가 존재한다면…….

진평왕의 적통자라고는 하나 받쳐 줄 세가 없는 터였다. 왕자의 존재 자체는 별 위협이 되지 않겠지만, 악착같이 마지막 패를 움켜쥐고 있는 자들의 입장은 다를 것이다.

막다른 골목에 몰린 쥐가 취할 행동은 하나뿐이다. 다만 그들의 뜻대로 왕자가 움직여 줄 것인지.

그를 믿고 싶은 한편으론 그녀 나름대로 대비를 해야만 했다.

깊은 밤. 은밀히 마주 앉은 덕만이 흠반을 향해 조용히 말했다.

"빈틈없이 준비하셔야 합니다."

그리 당부를 하면서도 제발 별일이 없기를 속으로 기원했다. 제 손으로 동생을 치는 일이 벌어지지 않기를 바랐다.

그가 고개를 끄덕이며 걱정 말라는 듯 미소를 지어 보였다.

"그쪽에선 별군의 근거지부터 먼저 칠 테지요?"

그의 물음에 덕만이 고개를 가로저었다.

"아니. 나름대로 군을 모았다 해도 최정예군과 맞붙어 싸우기엔 역부족이란 걸 잘 알 터이니 그런 무모한 짓은 하지 않을 겁니다."

"하면."

그가 몸을 낮추며 휙 눈썹을 치켜올리자 갸름하게 눈매를 접은 덕만이 고개를 들며 말했다.

"곧바로 나를 치러 올 테지요."

※ ※ ※

쏴아.

바람이 불자 대나무 소리가 시원하게 울어 댔다.

암자에서 멀지 않은 숲 속. 곧게 솟은 나무들을 등진 석가 주변으로 진골들이 시립해 있다.

"마마!"

칠숙이 석가를 향해 절규하듯 외쳤다. 나머지 진골들도 입만 열지 않았을 뿐 그와 다를 바 없는 표정들이었다. 굳은 얼굴로 서 있던 석가가 조용히 입을 열었다.

"자신의 야욕을 채우기 위해 수많은 목숨을 해한 자가 왕위에 오르는 것이 정당치 못하다곤 하나 그를 바로잡고자 또다시 피를 볼 순 없는 일입니다."

"바른 상태로 되돌리고자 하는 반정일 뿐입니다!"

"그러나 희생이 따르지 않을 수는 없겠지요."

"대의를 위한 소수의 희생은 불가피한 것입니다."

"대신 여러분의 공리公利를 위함은 아니고요?"

그의 날카로운 눈빛이 귀족들의 면면을 훑자 모두가 입을 다문 채 시선을 외면했다. 한 발 다가선 석가가 낮은 목소리로 진골들을 설득했다.

"찾아보면 다른 방법이 있을 겁니다. 그러니 조금만 더 궁리를 해 보셨으면 합니다."

담담히 말을 마친 석가가 가볍게 고개를 숙이곤 몸을 돌렸다.

저만치 석가가 사라지고 나자 모여 있던 진골들의 얼굴에 불만이 어리기 시작했다.

"역시. 연치年齒가 어리시니……."

"이대로 뜻을 접을 생각이십니까?"

석품의 물음에 칠숙이 가만히 고개를 저었다.

"여기까지 온 이상, 그럴 수는 없지요."

"하면 어쩝니까. 왕자마마께서 저리 완강하신데."

생각에 잠겨 있던 칠숙이 조용히 입을 열었다.

"궁으로 직접 들어갑시다."

"예?"

예상치 못한 그의 말에 모두가 일순 당황한 기색으로 서로의 눈치를 살폈다. 그 옆에 있던 석품이 조심스레 물었다.

"궁으로 직접 말입니까?"

칠숙이 고개를 끄덕이곤 이내 말을 이었다.

"우리가 가진 병력으로 장기전을 치르는 건 무리가 있습니다."

"그렇긴 하지만, 그렇다고 어찌 궁으로……."

"고작 백성들의 이목이나 받고자 작은 국지전으로 군력을 소모할 순 없습니다. 설마, 실패한 난亂으로 기록되길 바라는 겁니까?"

"그럴 리가요. 그러나 일단 현실적으로 접근 가능한 방법을 강구해야 하지 않겠습니까."

모두가 칠숙의 답을 기다리며 조용히 침묵하자 그가 짤막하게 입술을 움직였다.

"진평왕의 쾌유를 비는 기원제."

흠칫 놀란 석품이 미간을 좁히며 그를 바라봤다.

"신궁은 물론, 신궁으로 향하는 중에 호위가 만만치 않을 텐데요."

그러자 칠숙이 고개를 저었다.

"기원제 당일이야 그렇겠지요. 하나 그 전야前夜라면 말이 달라질 겁니다."

"전야요?"

"예. 군왕을 위한 제祭라고는 하나 결국엔 제를 준비하는 이들의 잔치 아닙니까. 궁인들은 물론, 군병들에게까지 술과 음식이 주어지는 날이니 하늘이 내린 기회가 아니고 무엇이겠습니까."

모두의 얼굴에 일순 희망의 빛이 반짝거렸다. 만족스러운 얼굴로 그들을 돌아본 칠숙이 남은 말을 이었다.

"경계가 풀어진 틈을 타 궁을 먼저 장악한다면, 궁 안 무기를 확보할 수 있을 뿐 아니라 별군이 오기까지 시간을 벌 수 있습니다."

"좋은 생각이십니다. 모든 상황이 종료되고 왕자마마께 전령을 띄워 모시기만 하면……."

석품의 입가에 음흉한 미소가 드리워졌다.

※ ※ ※

"볕이 좋긴 하다만 이리 나와 있는 것이 몸에 무리를 주지 않을까 걱정이다."

바위에 걸터앉아 볕을 쬐고 있는 사현을 돌아보며 연화가 중얼거렸다. 고개를 돌린 사현이 그녀를 향해 연한 미소를 지어 보이자 못마땅한 듯 그녀가 눈썹을 모았다.

"너는 기억 못 할지 모르지만, 피를 콸콸 쏟았었다고."

그날의 악몽이 떠오르는 듯 입매를 굳힌 연화의 눈가가 붉어졌다. 숨을 옥죄는 공포는 잠을 자는 순간에도, 밥을 먹는 순간에도, 심지어 숨을 쉬는 순간에도 문득문득 그녀의 심장을 파고들었다.

소리조차 지를 수 없는 지독한 공포를 이기고자 그녀는 피가 나도록 입술을 깨물며 그것과 맞서야 했다. 겉으론 아무렇지 않은 척 지내고 있다지만, 뇌리 깊숙한 곳에 자리 잡은 상처는 여전히 그녀를 괴롭히고 있었다.

부모님의 죽음 역시 받아들이기 힘든 현실이었다. 불 속으로 뛰어들어 부모님을 구했어야 했단 후회가 끊임없이 그녀를 몰아세웠다. 혼자만 살아남았단 자책에 문득 숨을 쉬다가도 죄책감을 느끼곤 했다.

그녀를 바라보는 사현의 눈빛이 짙게 가라앉았다. 눈빛에 담긴 근심을 모르는 바 아니나 몸을 다친 사현에게까지 걱정을 끼칠 순 없었다.

우선은 사현의 회복이 먼저란 생각에 재빨리 시선을 외면한 연화가 힘껏 눈가를 비비며 중얼거렸다.

"아유, 볕이 좋으니 눈이 시리다."

순간, 눈을 비비던 손길이 뚝 멈췄다.

"그리하다간 상처가 생길 수 있습니다."

불쑥 들려온 음성에 연화가 고개를 들자 제 손목을 쥐고 있는 석가의 얼굴이 보였다. 손목에 전해진 온기에 그녀가 숨을 멈췄다.

"눈에 먼지라도 들어간 겁니까?"

그가 한 발 다가오며 고개를 숙이자 커다랗게 눈을 키운 연화가 목을 뒤로 빼며 눈을 깜빡였다.

"놓, 놓으십시오."

무엇을, 하는 눈으로 바라보던 석가가 그녀의 손목을 쥐고 있는 제 손을 내려다보곤 아, 하며 입술 끝을 당겼다.

그 모습을 지켜보던 사현의 몸이 움찔 움직였다. 몸을 일으키려 했으나 마음과 같지 않음에 그가 곧바로 얼굴을 굳히며 미간을 모았다.

석가가 손을 놓자 연화가 재빨리 몸을 틀어 등 뒤로 손을 감췄다. 갑자기 심장이 쿵쾅거리며 숨이 가빠 왔다. 얼굴로 손을 올린 연화가 붉어진 뺨을 쓸며 애써 숨을 골랐다.

"괜찮으시오?"

그러나 이런 노력에도 불구하고 그가 얼굴을 살피며 묻자 갑자기 딸꾹질이 튀어나왔다.

"히끅!"

"저런."

눈매를 좁힌 그가 그대로 눈을 마주한 채 고개를 기울였다.

"대체 나 몰래 무얼 훔쳐 드신 거요?"

"후, 훔쳐 먹다니요!"

"아니 드셨다는 거요?"

"어제저녁에 먹은 수수밥 반 공기가 다였습니다."

"쯧. 그러니 입술 색이 이 모양인 겁니다."

그가 작게 혀를 차며 미간을 구기자 멀뚱히 바라보던 연화도 눈썹을 모았다.

"얼굴에서 눈과 입술은 혈血의 상태를, 귀와 코는 기氣를 나타내지요."

뜬금없는 소리에 모은 눈썹이 도통 제자리를 찾을 생각을 않는다.

"즉. 항시 촉촉해야 할 눈과 입술이 건조한 것도 병이고, 건조해야 할 코와 귀에서 물이 나오는 것 또한 병이란 소립니다. 한데."

바짝 고개를 숙인 채 그녀의 입술을 살피던 그가 몸을 세우며 타박했다.

"잘 드시질 않으니 혈이 허해 이리 바싹 마른 데다 화색까지 없는 것 아닙니까."

그녀가 대꾸 없이 눈만 깜빡이자 그가 다시 물었다.

"입이 써서 영 식욕이 돌지 않지요?"

제 상태를 훤히 꿰뚫고 있는 듯 콕 집어 묻자 엉겁결에 고개를 끄덕였다.

"심장의 열 때문입니다. 마음에 쌓인 근심과 걱정, 분노와 슬픔 때문에 심장이 상한 탓이지요."

설명하는 그의 목소리가 나직이 가라앉았다. 좀 전의 장난기 가득한 얼굴과는 달라진 표정이었다.

"산다는 것이 한편으론 피곤한 일이기도 하지만……. 그래도 살아 움직이는 것은 축복이 아닙니까."

무엇을 어찌해 주어야 할지 모르겠지만, 적어도 그녀가 자책하는 일만은 막아 주고 싶었다. 그러나 말주변이 없으니 이리 모양 없이 투박한 소리나 내놓고 말았다.

멋쩍은 듯 그가 목덜미를 긁적이자 제 속을 들킨 연화 역시 괜한 타박을 늘어놓았다.

"산중 화타(華陀. 중국 한말의 전설적인 명의)이신 줄 몰라뵈었습니다."

"허허. 이리 비꼴 줄도 아시고."

"사람 말을 어찌 그리 곡해하여 들으시고."

"아. 그러셨습니까?"

능글거리며 받아치는 말에 연화가 눈썹을 세우며 사현을 돌아보았다.

"이제 그만 들어가자꾸나."

빠르게 다가간 연화가 사현의 팔을 부축해 일으켰다. 바짝 몸을 붙인 채 조심스레 걸음을 옮기는 연화의 뒷모습에 석가의 얼굴이 설핏 구겨졌다.

※ ※ ※

오후가 되어 사현의 약까지 꼼꼼하게 챙겨 먹인 연화가 방문을 나섰다. 막 7월에 접어들었지만 산중이라 그런지 아직 한여름의 더위는 느껴지지 않았다.

자박자박 암자 마당을 벗어난 연화의 걸음이 어느새 산속을 향하고 있었다. 어젯밤 내린 비로 아직 젖어 있는 땅에서 올라오는 흙냄새와 물기를 머금은 풀 향이 싱그러웠다.

"하아."

걸음을 멈춘 그녀가 가슴이 크게 부풀도록 숨을 들이쉬었다. 상쾌한 솔 향에 절로 입술 끝이 늘어졌다.

머릿속은 온갖 상념들로 가득했지만 세상과 동떨어진 듯한 산중에서 맛본 작은 여유는 그녀를 짓누르고 있던 어두운 현실의 무게조차 잊게 만들었다.

다시 숨을 들이마시던 그녀의 눈동자가 갑자기 반짝였다. 짙은 초록의 나뭇잎들 사이로 화사한 분홍빛을 뽐내고 있는 꽃송이가 눈에 들어온 것이다. 향기에 취해 꽃을 바라보는 연화의 하얀 얼굴도 이내 꽃빛으로 물들었다.

"꽃이 곱구나."

홀로 중얼거린 연화가 치맛자락을 걷어 풀숲을 헤쳐 들어갔다. 모양도 곱고 향도 좋으니 몇 송이 꺾어다 사현에게 보이면 좋을 듯하단 생각에서였다.

휘익!

그녀가 꽃을 꺾고자 막 손을 뻗었을 때, 어디선가 날아온 돌멩이가 그녀의 손등을 정확히 맞히고 떨어졌다.

"아앗!"

뻗었던 손을 내린 연화가 손등을 움켜쥔 채 주변을 살피자 풀숲 너머, 빠르게 다가오는 석가의 모습이 보였다. 작은 돌멩이였는데도 꽤나 충격이 컸던 듯 손등이 욱신거렸다.

"많이 아픕니까?"

휘둥그레 눈을 키우며 묻는 석가의 물음에 손등을 움켜쥔 연화가 눈을 붉힌 채 그를 노려보았다. 일부러 돌을 던져 놓고 많이 아프냐니!

"꺾으면 아니 되는 꽃이었나 보군요."

순식간에 벌겋게 부어오르는 손등을 문지르며 연화가 물었다.

"아니, 그게."

"됐습니다. 그냥 말로 하셔도 알아들을 것을."

마음이 상한 티를 그대로 얼굴에 드러낸 연화가 막 몸을 돌리는 순간 그가 입을 열었다.

"협죽도 꽃이라 그랬습니다."

처음 들어 보는 이름이었다. 그리고 그것이 돌을 던진 이유란 소리에 그녀가 물끄러미 그를 올려다봤다.

"그게, 독화살의 재료로 쓰일 만큼 강한 독초라 마음이 앞서다 보니……."

그가 말끝을 흐리며 이마를 긁적였다. 그의 설명에 연화가 협죽도 꽃을 돌아봤다. 여전히 눈길을 사로잡을 만큼 화려한 꽃이건만 실은 맹독을 품은 독초였다니.

"힘 조절을 한다고 했는데도……. 멍이 들겠군요."

그가 조심스레 손등을 살피며 중얼거렸다. 손등 위로 쏟아지는 시선에 연화가 황급히 손을 뒤로 감췄다.

"괜찮습니다."

"마음 상하셨소?"

"아닙니다."

"얼굴은 아니 그런데?"

"아닙니다."

"미안합니다."

그가 대뜸 사과를 해 오자 오히려 머쓱해진 쪽은 연화였다.

"아닙니다. 일부러 그러신 것도 아니고."

"대신……."

짧게 뱉은 그가 갑자기 걸음을 옮기더니 쓱쓱 풀숲을 헤집기 시작했다. 그리고 이내 무언가를 손에 들고선 연화에게 다가왔다.

"꽃며느리밥풀입니다."

그가 불쑥 내민 것은 협죽도 꽃보다 좀 더 진한 보랏빛의 꽃이었다. 그녀가 멀뚱히 바라보기만 하자 그가 그녀의 손에 꺾어 온 꽃을 쥐여 주었다.

"이것은 독초가 아닌 모양이지요?"

그녀가 조금은 불퉁거리는 말투로 묻자 그가 슬쩍 웃음을 머금으며 입을 열었다.

"오히려 해독에 쓰는 풀이지요. 열도 내리고, 피도 맑게 하고."

그의 설명에 연화가 시선을 내려 꽃을 살폈다. 자세히 보니 길쭉한 흰 무늬가 보랏빛의 꽃잎 가운데 새긴 듯 드러나 있었다.

"꽃새애기풀이라고도 하는데, 여기 이 밥풀같이 생긴 무늬가 보이십니까?"

그러고 보니 꽃잎이 밥풀 두 개를 물고 있는 듯 보였다. 신기한 모양새에 그녀의 입매가 풀어지는 것을 본 석가가 말을 이었다.

"옛날에 며느리를 구박하는 시어머니가 있었답니다. 어느 날 저녁, 밥이 잘 되었는지를 보기 위해 며느리가 밥풀 몇 개를 입에 넣었는데 하필 그때 시어머니가 들어왔답니다."

그가 힐긋 시선을 주자 뒷이야기가 궁금한 듯 눈빛을 밝히는 연화의 모습이 보였다.

"어른이 먹기도 전에 숟가락을 들었다고…… 며느리를 때려죽였답니다."

"예에?"

믿을 수 없다는 듯 그녀가 휘둥그레 눈을 키웠다.

"그깟 밥풀 몇 개에 사람을 때려죽이다니."

제가 자라 온 환경에선 절대 상상할 수 없는 이야기에 그녀가 기가 막힌다는 듯 눈썹을 모았다.

"며느리를 묻은 무덤에 꽃이 피었는데 이렇게 며느리의 원이 담긴 듯 밥풀 몇 개를 달고 있었다지요."

"세상에. 맞아 죽은 며느리의 혼이 서린 꽃이라니."

그저 전해 내려오는 이야기를 들려줬을 뿐인데도 눈물까지 글썽이는 연화를 보자 석가는 어쩐지 머쓱한 기분이 들었다.

"정말로 그러진 않았을 겁니다."

훌쩍. 콧물을 훌쩍이는 연화를 보자 마음이 다급해졌다.

"그냥, 전설입니다."

흡. 그녀가 울음을 참으려 입술을 감쳐물자 그가 안절부절못한 채 손을 내저었다.

"말하기 좋아하는 사람들이 만든……."

"흐윽."

"저기……."

어깨를 움츠리며 그녀가 결국 울음을 터트리자 허공에 손을 내젓던 그가 움직임을 멈추고 그녀를 바라보았다.

울고 싶었던 것인가.

의연하게 잘 버티는 듯했지만 실상은 그렇지 못함을 알고 있었다. 드러내 놓고 내색을 할 형편도 아니었으니 아마도 홀로 삼키고 누르느라 내내 힘들었을 것이다.

갑작스레 당한 흉사凶事의 충격을 추스르기도 전에 밀려왔을 미래에 대한 막막함 또한 그녀의 고통에 한몫을 거들었으리라.

차라리 이리 표출을 하는 것이.

낮게 한숨을 내쉰 그가 가만히 그녀를 당겨 안았다.

별다른 저항 없이 딸려 온 몸이 그의 커다란 품 안에서 가냘프게 흔들렸다. 꺽꺽 설움을 토해 내는 등을 그가 다정히 쓸어 주었다.

멀찍이 지팡이에 몸을 의지한 채 그녀의 뒤를 따라나섰던 사현의 눈동자에 서글픔이 일렁거렸다. 몸을 돌려 되돌아가야만 했지만 걸음이 떨어지지 않았다. 안아 위로할 수 없는 자신의 손을 내려다보며 그가 힘껏 주먹을 움켜쥐었다.

안아 주고 싶었다. 부드럽게 등을 쓸며 괜찮을 거라 다독이고도 싶었다. 그러나…….

다시 고개를 들어 올린 사현의 시야에 여전히 한 몸처럼 안고 있는 두 사람의 모습이 보였다.

한동안 굳은 듯 머물러 있던 사현이 쓸쓸히 걸음을 돌렸다.

6

"아침에는 언니가 다녀가더니. 그래, 부부가 아침저녁으로 나를 찾은 데엔 연유가 있을 테지요."

용춘을 마주한 덕만이 손가락에 낀 옥지환玉指環을 만지작대며 입술을 움직였다. 아무렇지 않은 척 지환을 굴리고는 있지만, 여전히 그를 대할 때면 열다섯의 공주가 된 듯 가슴이 떨렸다.

"천명이, 걱정이 많습니다."

입을 연 첫마디부터 나온 언니의 이름에 떨리던 가슴이 멎고 말았다. 표정을 숨기고자 과감히 턱을 치켜올린 덕만은 잇꽃 연지가 발린 붉은 입술을 혀로 적시며 차분히 숨을 골랐다.

"걱정이라니요."

그녀가 눈썹을 휘며 묻자 그가 가만히 그녀의 얼굴을 응시했다. 꿰뚫을 듯 따라붙는 집요한 시선에 그녀가 당황의 빛을 감추지 못하며 빠르게 눈을 깜빡거렸다.

"혹 귀염(鬼魘, 가위에 눌림)에 시달리시는지요."

그녀가 놀란 눈으로 용춘을 바라보자 그가 계속해서 말을 이었다.

"근래 익기안신탕(益氣安神湯. 마음이 허해서 꿈을 많이 꾸고 걱정이 많거나 잘 놀라고 잠을 편히 자지 못하는 것을 치료하는 약)을 자주 드신다 들었습니다."

"그것을 어찌……."

"함구하려는 태의를 겁박하여 알아냈습니다. 그 역시 마마의 존체(尊體)를 염려하여 이른 것이니 탓을 하시려거든……."

그가 정중히 고개를 숙이며 말을 이으려 하자 덕만이 손을 들어 올려 용춘의 말을 끊었다.

"됐습니다. 그래서 하고자 하는 말씀이 무엇이오."

잠시 아래로 내렸던 시선을 들어 이내 그녀와 눈을 마주한 용춘이 조용히 입을 열었다.

"왕좌에 오를 분은, 공주마마뿐입니다."

그의 눈을 마주 보던 덕만의 눈동자가 크게 흔들렸다. 이내 입매를 굳힌 덕만이 그를 보며 물었다.

"갑자기 그런 얘길 꺼내는 연유가 무엇입니까."

"그만 힘들어하셨으면 해서요."

물끄러미 바라보던 그가 곧바로 온화한 미소를 지어 보였다.

덕만이 바라는 바가 단지 여왕이라는 자리만이 아님을 그 역시 잘 알고 있었다.

성군聖君. 그녀는 진정 신라의 부국富國을 꿈꾸며 백성을 돌보고자 애쓰고 있었다. 그런 와중에 맞닥뜨린 왕자의 존재는, 비록 그것이 아직은 떠도는 소문에 불과하다고는 하나 그녀에겐 커다란 불안 요소로 작용했을 것이다.

용춘은 소문으로만 듣던 왕자를 만나 그와 이야기를 나눠 보고 싶었다. 그러나 어수선한 시국에 괜한 오해를 살까 섣불리 나설 수가 없었다.

잔뜩 날카로워진 덕만을 자극할 필요는 없단 생각에 기회를 살피던 중, 다행히 그가 왕좌에는 전혀 관심이 없다는 말을 전해 들었다. 하여 덕만이 더는 칼을 휘두를 일도, 그 일로 홀로 자책하는 일도 없었으면 하는 바람에 이리 독대를 청한 것이다.

"애써 자신을 감추지도 않으셨으면 합니다."

그의 말에 묵묵히 침묵을 지키던 덕만이 갑자기 입술 끝을 비틀었다.

"도무지 무슨 말씀을 하시는 건지 모르겠습니다."

대꾸 없이 그가 바라보자 덕만이 천천히 몸을 세우며 그와 눈을 맞췄다.

"내가 힘들어할 일이 무에 있다고요."

그러곤 최대한 입술 끝을 늘여 그의 미소에 화답하듯 화사한 웃음을 지어 보였다. 이미 엎질러진 일 따위, 또 앞으로 벌어지게 될 그 어떤 일도 제겐 아무것도 아니라는 듯.

※ ※ ※

정짓간을 나서던 마득이 그대로 몸을 굳혔다. 그간 방치해 둔 밭을 둘러보고자 서둘러 걸음을 움직이던 석가도 마득을 발견하곤 걸음을 멈췄다.

"어딜 그리 급히 가십니까."

애꿎은 치마를 만지작대며 마득이 묻자 그가 덤덤한 얼굴로 답했다.

"좁씨도 심어야 하고, 마 밭에 풀도 뽑아야 해서요. 좁씨 파종은 벌써 한 달도 넘게 늦었습니다."

그에 마득이 정색하며 나섰다.

"왕자님이 하실 일이 아닙니다."

"여태 해 왔던 일이고, 앞으로도 달라질 일 없을 겁니다."

"마마."

한 걸음 다가서던 마득이 차마 더는 움직이지 못한 채 입술을 잘근 물었다. 그런 마득을 물끄러미 응시하던 석가가 차분한 음성으로 말했다.

"낳아 주신 분이 다르다고 해서 지금과 다른 삶을 살고 싶진 않습니다."

"하지만……."

"따지고 보면 전부 저로 인해 벌어졌던 일 아닙니까."

"당치 않은 말씀입니다. 그것은……."

석가가 고개를 저었다.

"제가 원흉이지요."

"마마!"

"그러니 저만 조용히 있으면, 더 이상 시끄러울 일은 없을 겁니다."

마득을 향해 꾸벅 고개를 숙인 석가가 몸을 돌려 걸음을 옮겼다.

그를 부르고자 입술을 달싹이던 마득이 그대로 어깨를 늘어뜨렸다. 그를 잡아 세우기엔 그가 내딛는 걸음이 너무도 단호했기 때문이었다.

"저기, 잠시만요!"

오두막에 이르러 농기구를 넣어 둔 고방(庫房. 세간이나 그 밖의 여러 가지 물건을 넣어 두는 곳)으로 향하던 석가가 뒤에서 들리는 음성에 걸음을 멈췄다.

뒤를 돌아보니 두 손으로 치맛단을 잡은 연화가 숨을 몰아쉬며 달려오고 있었다. 의아한 표정으로 그가 기다리자 그 앞에 멈춰 선 연화가 무릎에 손을 짚은 채 헉헉 숨을 골랐다.

"무슨 일이라도 생긴 겁니까?"

허리를 숙인 그가 연화와 눈을 맞추며 묻자 그녀가 빠르게 고개를 저었다.

"헉, 그게 아니고, 저도, 일을 좀."

"일이요?"

말아 쥔 주먹으로 톡톡 가슴을 두드린 연화가 몸을 세우곤 그를 바라봤다.

"언제까지 밥이나 축내고 있을 순 없지 않습니까."

그의 얼굴이 서늘하게 굳는 것을 눈치채지 못한 연화가 쭈뼛거리며 말을 이었다.

"염치 불고하고 왕자님께 빌붙어 살자면, 뭐라도 해야……."

"그래서 그 손으로 무얼 하시려고요."

어쩐지 날이 선 듯한 그의 말투에 연화가 잠시 침묵을 지키며 눈동자를 굴렸다.

"가르쳐만 주시면, 뭐든."

화가 난 듯 입을 꾹 다문 석가가 묵묵히 고방 문을 열었다. 눈치를 살피던 연화가 따라 들어와 눈에 보이는 커다란 기구를 힘겹게 들어 올렸다.

"그게 무엇인지나 알고 집은 겁니까?"

"예?"

의욕만 앞선 탓에 제일 커다란 기구를 집긴 했는데 용도를 모르는 것은 물론 그 묵직한 무게에 난감하기만 한 연화였다.

연화를 바라보던 석가가 여전히 무뚝뚝한 목소리로 툭 뱉듯이 말했다.

"극젱이입니다."

그러자 그녀가 작게 고개를 끄덕이며 외우듯 중얼거렸다.

"아, 극젱이."

"근데 그 극젱이로 무얼 하시려고요."

그녀가 눈만 깜빡이고 서 있자 그가 재차 물었다.

"끌 수는 있겠습니까?"

"끌어요?"

"예. 소가 있는 집은 소를 메어 끌지만, 그렇지 못한 집에선 사람이 직접 메고 끕니다."

"이걸 어디로 끌고 가는 겁니까?"

말간 눈을 빛내며 그녀가 묻자 딱딱하게 얼굴을 굳히고 있던 그의 입술에서 풉, 웃음이 새어 나왔다. 무엇 때문에 화가 났었는지는 모르겠지만, 저를 올려다보며 묻는 이 엉뚱한 물음에 그만 웃음이 터져 버리고 만 것이다.

언제 낯을 굳혔냐는 듯 부드럽게 눈매가 풀어진 석가가 차분한 목소리로 설명을 했다.

"어디로 끌고 가는 게 아니라 이걸 메고 밭을 가는 겁니다."

"이걸 메고 밭으로 간다고요?"

"그 '간다'는 게 걸어가는 걸 의미하는 게 아니라, 땅을 파서 뒤집는단 소립니다."

"멀쩡한 땅을 왜 파서 뒤집지요?"

그녀를 향해 슬쩍 몸을 숙인 그가 눈매를 가늘게 좁혔다.

"차라리 내가 바느질을 배우는 게 빠를 것 같습니다."

그와 동시에 연화의 눈매도 가늘어진다.

"뭔지 모르지만, 놀림을 받고 있는 게지요?"

"똑똑하십니다."

"왕자님!"

그녀가 눈썹을 모으며 뾰로통 소리를 지르자 고개를 젖혀 하하 호쾌하게 웃은 석가가 이내 몸을 바로 하며 연화를 바라봤다.

"이런 내 모습을 보고도 왕자란 소리가 나옵니까?"

그가 고방에 있는 농기구들을 턱으로 가리키며 묻자 입술을 감 쳐물고 있던 연화가 작은 소리로 중얼거렸다.

"왕자님을 왕자님이라 부르지, 아니면 이름으로 부르란 말입니 까?"

"나쁠 것도 없지요."

그가 느긋하게 턱을 쓸며 말하자 연화가 뾰족하게 눈썹을 세웠 다.

"그것이 어렵다면, 오라버니란 호칭이 있긴 합니다만."

능글거리는 그의 말투에 연화가 미간을 구기며 입매에 힘을 주 었다. 피식 웃음을 지은 석가가 그녀의 옆으로 성큼 다가오더니 불쑥 산 아래쪽을 가리켰다.

"저쪽으로 한 시진쯤 내려가면 작은 마을이 하나 나옵니다. 가 끔 땔감이며 사냥으로 잡은 산짐승을 들고 가 필요한 물품들과 바꿔 오곤 하는 곳인데, 아이들이 제법 많은 동네지요."

보이지 않을 걸 알면서도 발끝을 올린 연화가 목을 쭉 빼며 산 아래를 내려다보았다.

"그리 넉넉한 살림들은 아니지만 아이들이 하나같이 밝고 예쁩니다. 옹기종기 모여 노는 양을 보면 양지바른 토담 아래 핀 꽃다지 같습니다."

문득 고개를 돌린 연화의 시야에 아련하게 미소를 짓고 있는 석가의 얼굴이 들어왔다.

이런 표정을 지을 줄도 아는구나, 바라보는 연화의 얼굴도 덩달아 아련해졌다.

"고작 한두 살 위일 텐데도 딴엔 오라버니라고 제 누이를 챙기는 모습을 보면 참……."

입술을 꾹 붙인 채 상념에 잠겨 있던 석가가 홀로 맥없는 웃음을 흘렸다.

이복이긴 하지만 제게도 누이가 있다 한다. 한데 존재를 부정당한 것도 모자라 살해 위협까지 시달리고 있는 중이었다.

나는 그저 이리 사는 것이 좋으니 그리 안달복달할 필요 없다 전한다면 지금과는 다른 관계를 유지할 수 있을까. 직접 만난다면 뭔가 다른 눈으로 나를 봐 주지 않을까.

"크흠."

제 처지를 떠올리던 석가가 쓱쓱 눈가를 쓸곤 몸을 돌렸다.

"거, 괜히 거치적거리지 말고 그냥 암자로 돌아가십시오. 쥐기만 해도 바스라질 것 같은 손목으로 무얼 하겠다고."

"거치적거릴지 도움이 될지, 겪지도 않고 어찌 아십니까."

"그걸 꼭 겪어야 압니까?"

"하면요?"

눈을 동그랗게 뜨고 묻는 연화를 물끄러미 내려다보던 석가가 이내 주섬주섬 농기구를 챙겨 들곤 저벅저벅 걸음을 움직였다.

어찌해야 하나, 두리번대던 연화도 냉큼 손에 집히는 것을 들곤 석가의 뒤를 쫓았다.

"같이 가셔요!"

※ ※ ※

"으으……."

작게 신음을 뱉는 연화의 아미에 주름이 잡히자 수건을 적셔 이마에 올리려던 사현의 얼굴도 덩달아 구겨졌다. 낮 동안 내내 보이지 않더니 어스름 어둠이 깔릴 무렵에나 돌아온 연화는 방 안으로 들어서자마자 무너지듯 이불 위로 몸을 뉘곤 이리 앓고 있는 중이었다.

종일 무얼 하셨느냐 물어볼 수도 없어 답답해하던 차에 '농사가 그리 힘든 것이냐.' 하는 중얼거림이 들려왔다.

'설마 밭일을 거들고 온 것인가.'

황급히 그녀의 손을 살피자 빨갛게 변한 손끝 여기저기에 물집이 올라온 것이 보였다.

'감히 아씨께 일을 시키다니.'

하나 처지가 처지인 만큼 어찌 나설 수도 없는 노릇이었다.

저도 이리 상심이 큰데 정작 본인의 마음은 오죽했을까. 앓는 모습을 지켜보면서도 실상 제가 할 수 있는 것이 아무것도 없단 사실에 그는 깊게 절망했다.

차마 물집을 건드릴 수 없던 사현이 대신 손가락을 가만히 어루만졌다. 손가락이 닿은 그곳이 심장인 양 욱신거렸다. 마치 수천 개의 바늘이 모두 심장을 향해 내리꽂힌 것처럼 고통스러웠다.

약 한 첩조차 마음대로 쓸 수 없는 상황이니 찬 수건으로 열을 내리는 수밖에 없었다. 어느새 미지근해진 물을 갈아야겠단 생각에 그가 수건이 담긴 함지를 들고 조용히 방을 나섰다.

사현이 자리를 비우고 얼마 후 툭툭, 하고 문 두드리는 소리가 났다.

끼익.

아무 인기척이 없자 열린 문틈으로 불쑥 석가가 얼굴을 들이밀었다.

"쯧."

작게 혀를 찬 석가의 단정한 미간이 일그러졌다. 신을 벗고 방으로 들어서는 그의 손엔 약초를 넣고 달인 약물이 들려 있었다. 돌아오자마자 내내 불 앞을 떠나지 않고 얻은 결과물이었다.

연화의 곁으로 성큼 다가와 앉은 그가 손을 뻗어 그녀의 이마를 짚었다. 슬쩍 눈썹을 휜 석가가 손끝으로 전해지는 미열에 다시 혀를 찼다.

"그러게 감당도 못 할 거면서."

걱정스럽게 바라보던 그가 연화의 어깨를 조심스레 두드렸다.

"일어나 약 좀 들고 누우시오."

심한 근육통 때문인지 작은 접촉에도 그녀가 인상을 쓰며 절레절레 고개를 저었다.

"으으. 싫습니다."

"먹기 싫어도 먹어야 합니다. 안 그럼 며칠 더 앓게 될 거요."

"으음……. 싫어."

"그러지 말고, 좀 일어나 보시오."

열 때문에 바싹 마른 입술을 한동안 바라보던 석가가 난감한 듯 입술을 깨물었다.

'약을 먹어야 고생을 덜할 텐데.'

혹시 몰라 가져온 숟가락으로 약물을 떠 입 안으로 흘려 보려 했지만, 앙다문 입술 사이로 죄다 흘러내릴 뿐이었다.

어쩌나.

난감하게 바라보던 그가 갑자기 사발을 들어 크게 한 모금 머금고는 그녀를 향해 몸을 숙였다.

고개를 기울여 다가간 그가 그녀의 머리를 받치며 입술을 맞댔다. 작게 벌어진 입술 사이로 방금 달여 온 약을 흘려 넣자 그녀가 얼굴을 찡그리며 고개를 틀었다.

움직이지 않도록 다른 손으로 단단히 볼을 움켜쥔 그가 깊게 입술을 겹친 채 남은 약을 넣어 주었다.

꿀깍 소리와 함께 목울대가 움직이는 것을 확인한 석가의 입매가 부드럽게 휘었다.

그녀의 입술 사이로 흘러나온 숨결이 얼굴을 간질였다. 분명 씁쓸한 맛일 텐데도 어쩐지 혀끝엔 달콤함이 맴도는 듯했다.

감초를 넣지 않았는데 어찌 이리 감미로운 것이지? 게다가 이 말랑한 감촉은……

만족스러운 듯 미소를 머금고 있던 그가 갑자기 느껴지는 더위에 황급히 몸을 세웠다.

그저 약을 먹이고자 취했던 행동일 뿐인데 돌아온 감각은 전혀 다른 것이었다.

빠르게 눈을 깜빡인 석가가 연화의 입술에 시선을 고정시킨 채 제 입술에 손을 갖다 댔다. 입술은 물론 심장과 발끝에서까지 불꽃이 피어오르는 것처럼 화끈거렸다.

그제야 방금 그것이 접문接吻이었단 사실을 떠올린 그가 '몹쓸 놈이군.' 중얼대며 턱을 문질렀다.

끙끙 앓고 있는 작은 몸을 보자 이내 안쓰러움이 밀려들었다. 그가 그녀의 이마와 볼을 가만히 쓸어 주었다.

"속상하니 그만 아프시오."

그리고 방문 밖. 차가운 물을 긷기 위해 서둘러 계곡까지 다녀온 사현이 차마 방문을 열지 못하고 주르륵 문 앞에 주저앉았다.

물이 담긴 함지를 물끄러미 내려다보는 그의 손에 힘이 들어갔다. 다시 물을 떠 와야겠구나, 생각하면서도 몸을 일으킬 줄 몰랐다.

냉기를 잃은 물 위에 제 얼굴이 일렁거렸다. 물에서 찬기를 모두 거두어들인 듯 가슴이 너무도 시렸으나 사현은 굳은 듯 그렇게 문밖을 지켰다.

✕ ✕ ✕

"이제 다 나았잖아. 땀을 많이 흘렸더니 찝찝해 죽겠단 말이야."

단호히 고개를 저으며 제 앞을 막아서는 사현을 향해 한껏 볼을 부풀린 연화가 눈썹을 세운 채 구시렁댔다.

잠 못 이루게 괴롭히던 열도, 숨만 크게 쉬어도 욱신거리던 근육통도 모두 사라졌으나 사현은 여전히 그녀를 중병에 걸린 환자 취급을 했다.

킁킁.

그녀가 제 옷에 코를 박곤 냄새를 맡았다.

"이 봐. 이 땀 냄새."

사현이 다시 고개를 젓자 그녀가 휙 눈을 키우며 물었다.

"안 난다고?"

그가 고개를 끄덕이자 그녀가 허, 하고 입을 벌렸다.

"하도 냄새가 심하니 코가 마비된 모양이구나."

조그맣게 중얼거린 그녀가 이내 애원의 눈빛으로 사현을 바라봤다.

"통에 물을 받아 목욕을 하잔 것도 아니고, 계곡물에 딱 여기까지만. 응?"

그녀가 손을 펴선 종아리를 가리켰다. 집에서야 언제든 씻을 수 있었다지만 이곳에선 그렇지 못했다. 게다가 생전 안 해 본 밭일에, 며칠 앓느라 땀을 흘렸더니 슬쩍 움직이기만 해도 땀 냄새가 진동을 하는 것만 같았다.

"날이 덥다고는 하나 계곡은 한여름에도 발이 시릴 정도로 물이 차갑습니다. 다시 앓아눕고 싶지 않으면 괜한 호기는 부리지 마시지요."

불쑥 들려온 목소리에 고개를 돌리자 언제 왔는지 등 뒤에 우뚝 버티고 선 석가의 모습이 보였다.

도와주지는 못할망정!

그녀가 원망의 빛을 담아 쏘아보자 그가 피식 웃음을 흘렸다.

"집에 물을 데우고 있는 중이니 조금만 기다리시오."

연화가 '예?' 하는 눈으로 바라보자 그가 차분한 음성으로 입을 열었다.

"집이 비어 있으니 그곳에서 목욕을 하시란 말씀입니다. 괜히 계곡물에 발을 담그네 어쩌네 하다 몸살이나 더치지 말고."

안 그래도 따뜻한 물에 목욕을 시켜 주고 싶어 오두막에 들러 불을 지피고 오는 길이었다.

걸어 놓은 솥에선 지금쯤 모락모락 김이 나고 있을 것이다. 쪼르르 계곡으로 달려가기 전에 말릴 수 있어 다행이라 생각하며 석가가 미소 지었다.

"그런데."

그가 갑자기 미간을 좁히며 연화와 사현을 번갈아 바라봤다.

"그, 목욕 시중은……."

말끝을 흐린 그가 휙 눈썹을 치켜올리며 입매를 굳혔다. 설마 지금껏 저자가 목욕 시중을 든 건 아니겠지? 사내인 걸 모르고 그 앞에서…….

"제가 모시겠습니다."

빠르게 눈을 깜빡인 석가가 막 고개를 터는 순간 마득의 목소리가 들려왔다. 그 어느 때보다 반가운 목소리에 그가 몸을 돌리자 손에 작은 보따리를 든 마득이 세 사람을 바라보고 있었다.

"마침 옷도 완성되었고 해서."

모두의 시선이 손에 들고 있는 보따리로 향하자 그녀가 바로 말을 이었다.

"갈아입으실 옷이 필요할 것 같아 짓긴 했지만, 감이 좋지 않아 입기 불편하실까 저어됩니다."

"내 처지에 능라(綾羅. 비단) 옷이 오히려 우습지 않겠느냐."

잠시 입을 다문 그녀가 마득을 바라보며 말했다.

"염치가 없으니 고맙다는 인사조차 내놓기 부끄럽지만, 아무튼 마음 써 주어 고맙구나."

마득이 가만히 고개를 숙였다.

"아닙니다."

저는 그저 사현이의 마음을 따라 읽었을 뿐.

"가시지요."

작게 고한 마득이 길을 향해 물러나자 연화가 고개를 끄덕였다. 씻으러 갔다 오겠다는 말을 전하기 뭐해 입술을 달싹이던 연화가 슬쩍 고개를 숙이며 말했다.

"다녀오겠습니다."

역시나 머쓱한 듯 석가가 그러시오, 하며 뒷짐을 졌다.

연화와 마득이 오두막을 향해 멀어지자 남겨진 두 사람 사이에 어색한 정적이 흘렀다. 사현이 먼저 몸을 돌리려 하자 석가가 입을 열었다.

"혹, 말을 할 수 있는 것도 숨기고 있는 거요?"

그의 물음에 사현이 우뚝 걸음을 멈췄다. 석가가 느릿하게 눈꺼풀을 들어 올리며 사현을 바라봤다.

"사내의 몸으로 여복女服을 하고 있는 것처럼 말이오."

"……!"

사현의 얼굴이 굳는 것을 느끼며 석가가 가만히 눈을 깜빡였다.

"스스로 원한 바는 아니었을 테고. 상대등 어른의 명이었겠군."

"……."

"한데 지금은 스스로의 의지가 되어 버린 건가."

사현이 급히 숨을 들이마시자 석가가 피식 입술 끝을 들어 올렸다.

"참 어지간히도 둔한 사람이지."

그가 조용히 중얼거리고는 몸을 돌렸다. 저벅저벅 사라지는 석가의 뒷모습을 물끄러미 바라보는 사현의 얼굴이 복잡하게 가라앉았다.

※ ※ ※

더운 날씨지만 뜨거운 물에 목욕을 하고 나니 오히려 몸이 개운해짐을 느꼈다. 꼼꼼하게 물기를 닦은 몸에 새로 지은 옷을 걸치자 날아갈 듯 몸이 가벼웠다.

"고맙네. 덕분에 살 것 같아."

묵묵히 주변을 갈무리하는 마득을 향해 연화가 미소 짓자 별다른 대꾸 없이 그저 꾸벅 고개를 숙인 마득이 재게 손을 움직이다 입을 열었다.

"먼저 암자로 돌아가시지요. 저는 마저 정리를 하고 따르겠습니다."

"알겠네."

어쩐지 곁을 내어 주지 않는 듯한 태도에 연화가 머쓱한 얼굴로 문을 나섰다.

"하기야 귀찮기도 하겠지."

저만치 집에서 멀어진 연화가 작게 중얼거렸다.

"멀쩡한 집 놔두고 암자 생활을 하게 하질 않나 게다가 이렇게 옷까지."

고개를 내린 연화가 제 옷을 내려다보았다. 최고급의 비단은 아니었지만, 그래도 제법 값이 나감 직한 감이었다.

저 때문에 급히 장만을 한 것인가. 없는 살림에 괜한 짐을 보탰구나 생각하니 어깨가 절로 늘어졌다.

"따비(풀을 뽑거나 밭을 가는 기구)질을 하실 땐 그리도 씩씩하더니?"

귓전을 파고드는 음성에 늘어뜨렸던 어깨가 움찔 들썩였다. 휙 고개를 들어 올리니 허리를 숙인 채 바짝 얼굴을 들이밀고 있는 석가의 얼굴이 보였다.

"무얼 그리 혼자 구시렁대고……. 왜요. 무슨 일 있었습니까?"

그녀의 얼굴을 살핀 석가가 몸을 바로 세우며 묻자 연화가 힘없이 고개를 저었다.

"염치만 없는 것이 아니라 철딱서니도 없지요."

알 수 없는 소리에 석가가 눈썹을 모았다. 연화가 가만히 입술을 잘근거렸다.

"여전히 분수도 모르고, 그저 저만 아는 철부지 아이인 듯해서……. 속상하고 부끄럽습니다."

"혹 어머님이 뭐라 하셨습니까?"

어머님이라니. 연화가 동그랗게 눈을 키우며 석가를 바라보자 머쓱한 얼굴로 뒷목을 문지르던 그가 입을 열었다.

"실은, 제가 어머니로 알고 자란 분입니다."

"예?"

커다랗게 뜬 눈을 깜빡이던 연화가 '왕자님을 키워 준 유모였습니까?' 묻자 그가 간략히 그간의 일을 알려 주었다.

이야기를 들은 연화의 낯이 하얗게 질렸다. 손으로 냉큼 입을 가린 연화가 어쩔 줄 모르는 표정으로 석가를 바라보았다.

"저는 그런 줄도 모르고 하대를 하였습니다."

"골품骨品에 따라 사는 집은 물론 하다못해 타고 다니는 우마차까지 차별을 두는 마당에. 뭐, 저에게만 한정된 관계니 그리 신경 쓰실 것 없습니다."

"두 분이 말씀 나누시는 것을 본 적 없어서……. 제가 무례를 저질렀군요."

연화가 명치 부근에 손바닥을 대곤 하아, 숨을 내쉬었다.

"요 근래 어머님과 좀 소원하긴 했습니다. 어허. 괘념치 마시라니까."

아까보다도 더 풀이 죽은 얼굴에 석가가 당황스러운 듯 눈썹을 세웠다. 고개를 숙인 연화가 뾰로통 볼을 불린 채 작은 목소리로 중얼거렸다.

"눈치마저 없다니."

내 보기엔 그것이 오히려 다행인 듯 보이오만.

새어 나오려는 웃음을 눌러 삼킨 석가가 잔뜩 풀 죽어 있는 연화에게 성큼 다가갔다. 이런 그와 달리 한번 빠져든 고민과 자책의 늪에서 나오지 못한 연화는 낯을 굳힌 채 서 있었다.

"자."

그가 뒤에 감추고 있던 무언가를 불쑥 내밀자 이내 연화의 시선이 딸려 왔다.

"오얏 아닙니까?"

말간 눈으로 묻는 연화의 물음에 석가가 흠, 하고 헛기침을 하며 대꾸했다.

"오다 주웠소."

불퉁하게 뱉은 말과 달리 시선은 둘 곳을 찾지 못한 채 마구 방황했다. 물끄러미 석가를 응시하던 연화가 손을 뻗었다.

"잘 먹겠습니다."

오얏을 두 손으로 감싸 쥔 연화가 천천히 걸음을 움직였다. 그녀의 뒤를 쫓아 석가도 냉큼 다리를 움직였다.

산속 가운데 오롯이 두 사람만이 존재하는 양 암자로 이어진 길은 무척이나 고요했다.

가만히 그녀의 옆을 따르던 석가가 고개를 돌려 그녀의 얼굴을 바라보았다. 단아한 이마에서부터 곧게 뻗은 콧날, 그리고 손에 쥔 오얏만큼이나 붉고 도톰한 입술이 그녀의 하얀 얼굴과 대조를 이루며 매혹적인 선을 그리고 있었다.

"……!"

순간 석가의 귓불이 발갛게 달아올랐다. 입술이 닿던 순간의 감각이 생생하게 떠오른 탓이다.

황급히 마른세수를 한 석가가 머쓱한 듯 연화를 돌아보았다. 오얏을 손에 쥔 연화는 고개를 숙인 채 아무런 말이 없었다.

'여전히 기분이 좋지 않은 것인가.'

미간을 좁힌 석가가 힐긋 그녀의 안색을 살폈다. 시선을 아래로 내린 연화는 묵묵히 걸음을 옮기고 있었다.

"저기, 안 먹습니까?"

눈썹을 긁적이며 그가 물었다. 연화가 손에 들린 오얏을 만지작댔다.

"제가 가진 유일한 것이라서요."

그게 무슨 소리냐는 듯 그가 바라보자 그녀가 걸음을 멈추며 시선을 들어 올렸다.

"이대로 먹어 없애면 다시 아무것도 남지 않습니다."

"아니, 그깟 오얏이 뭐라고."

"그깟 오얏이 갖고 있는 것의 전부인, 염치도, 철도, 눈치도 없는…… 고아라지요."

"대체 그게……."

말끝을 흐린 석가가 하, 하고 숨을 뱉으며 이마를 쓸었다.

"계속 마음에 두고 있던 겁니까?"

질끈 입술을 깨무는 연화를 내려다보며 석가가 나직이 한숨을 쉬었다.

하기야 하루아침에 부모를 잃은 것도 모자라 몰락한 귀족의 여식으로 지금껏 지내 오던 것과는 전혀 다른 환경에서 생활해야만 했으니 맞닥뜨린 현실을 스스로 감당하고 인정하는 데까지는 앞으로도 많은 시간이 필요할지 모른다.

그런 줄도 모르고 잘 견딘다, 기특해했다니. 홀로 고통을 삭였을 연화를 생각하자 가슴 한편이 따끔거렸다.

"오얏뿐 아니라 복숭아랑 다래, 가을이 되면 머루랑 배랑 잣이랑 내가 다 따다 줄 테니 그런 생각 마시오."

석가의 말에 연화가 애써 하얗게 웃음을 지었다.

"말씀만으로도 감사합니다."

"어찌 말뿐이라 생각하는 것이오?"

석가가 눈썹을 치켜올리며 묻자 연화가 입술을 꾹 다문 채 손끝을 내려다보았다.

"아무리 염치가 없어도, 어찌 가을까지 있겠습니까."

맥없는 미소와 함께 뱉은 연화의 말에 간신히 평정을 유지하고 있던 감정이 동요하기 시작했다.

"하면, 어찌할 작정인 거요!"

갑자기 높아진 소리에 고개를 들어 올린 연화가 가만히 숨을 고르곤 입을 열었다.

"사현이도 이제 웬만큼 운신이 가능해졌으니 갈 곳이 정해지면 곧 떠나야지요."

"그, 둘이 말이오?"

"저는 그리하고 싶은데, 사현이가 어떨지 모르겠습니다."

"하. 어떤 이인 줄은 알고?"

"어려서부터 친자매처럼 자란 사입니다."

그자는 아마 부부라고 여겼을걸?

차마 사실을 밝히지 못한 석가가 혼자 벌겋게 얼굴을 붉힌 채 씩씩 숨을 몰아쉬었다.

"그럼, 우리도 친남매라 생각하고 그냥 예 있으면 되겠네!"

"예?"

놀란 눈으로 고개를 들어 올리는 연화에게서 황급히 시선을 돌린 석가가 주먹을 꼭 쥔 채 몸을 틀었다. 저만치 걸어가던 석가가 갑자기 걸음을 멈추곤 연화를 돌아보았다.

"아끼다 똥 만들지 말고 손에 쥔 건 얼른 먹으시오. 내 얼마든 다시 따다 줄 테니."

다시 몸을 돌린 석가가 긴 다리를 성큼성큼 움직였다.

"빨리 안 따라오고. 거기서 날 샐 거요?"

통 쏘는 음성에 멍하니 그의 뒷모습을 바라보고 있던 연화가 화들짝 놀라며 걸음을 떼었다.

종종걸음으로 따라붙는 연화의 보폭에 맞춰 석가도 슬그머니 속도를 늦췄다.

마침 불어온 바람에 연화의 치맛자락이 팔랑거렸다. 손에 쥐고 있던 오얏의 단내가 공기 중으로 스며들었다.

7

어느덧 기원제를 하루 앞둔 전야. 준비를 위해 부산히 움직이던 궁은 어느덧 찾아온 어둠에 휩싸인 채 고요히 잠들어 있었다.

슥.

소리 없이 담장을 넘어온 자객들이 발소리를 낮추며 빠르게 위치를 잡았다. 신호가 떨어지기 무섭게 재빨리 움직인 그들은 경비를 돌던 위병衛兵들에게 다가가 목을 비틀었다.

신음 소리조차 내지 못한 채 쓰러진 위병들을 끌어 구석에 눕힌 자객들이 수신호를 주고받았다. 조를 나누어 재빨리 흩어진 이들이 덕만의 처소를 급습했다.

조용히 문을 열고 덕만이 누워 있는 침상으로 다가갔다. 머리 끝까지 덮여 있는 이불을 내려다보며 눈짓을 한 자객 하나가 검을 들어 올렸다.

푹!

심장 쪽을 가늠하여 내리꽂은 검이 각을 이루며 서는 순간 손끝에 느껴진 투박한 감각에 그가 미간을 모았다.

황급히 들춘 이불 속엔 사람의 크기만큼 둘둘 말아 놓은 침구가 들어 있었다. 실패를 직감한 자객들이 일시에 몸을 돌리는 순간 방문이 열렸다. 자객의 목을 향해 겨눠진 수십 개의 검이 달빛을 받아 번쩍였다.

"설마 했거늘."

멀리서 포박을 당한 채 꿇어앉아 있는 칠숙 일행을 바라보던 덕만이 서늘하게 낯을 굳혔다.

'아니길 바랐건만 네 진정……'

"훗."

입술을 비튼 덕만이 고개를 털며 비소鼻笑를 흘렸다.

먼저 칼을 겨눈 누이로서 이런 말을 할 처지가 되는가. 생각해 보니 우스웠다. 그러나 너 역시 나와 같은 마음이라면.

마음 한편을 짓누르던 무거운 짐 하나가 사라졌음을 느끼는 순간 소란스러운 소리와 함께 덕만 궁을 급습했던 자객들이 끌려왔다. 덕만의 암살이 실패했음을 눈으로 확인한 칠숙의 얼굴이 안타까움으로 일그러졌다.

눈매를 가늘게 좁힌 덕만이 끌려온 이들의 면면을 살피며 입매를 굳혔다.

치맛단을 움켜쥔 덕만이 천천히 걸음을 움직여 그들 앞에 이르렀다.

코앞으로 불쑥 다가온 비단 자락에 고개를 들어 올린 칠숙이 흠칫 놀란 눈으로 덕만을 바라봤다.

시선을 내려 그를 바라보는 덕만의 입술에 잔인한 미소가 어렸다.

"귀신이라도 본 얼굴이군. 아, 차라리 귀신이 더 반가울까?"

느긋하게 허리를 숙인 덕만이 그 앞에 바짝 얼굴을 들이밀며 묻자 칠숙이 입술을 꾹 다문 채 그녀를 바라보았다.

"쯧쯧. 이찬씩이나 돼서 이런 험한 꼴을."

"공주가 왕좌에 오르는 것을 보느니 차라리 죽음을 택하는 게 낫소."

낮게 내지르는 칠숙의 말에 덕만의 눈썹이 꿈틀거렸다. 부릅뜬 눈으로 덕만과 시선을 마주한 칠숙이 마저 말을 이었다.

"다음 보위를 이을 분은, 공주가 아니라 석가 왕자님이시오. 폐하의 유일한 적통자이자 유일한 성골 왕자."

"아니! 궁에 남아 있는 유일한 성골은 나, 덕만이야."

그가 꿇어앉은 채로 코웃음을 쳤다.

"그리 고집하는 유일한 분이시겠지요."

"뭐라?"

"쓸데없는 만용은 버리고 이제 그만 대의를 따르십시오."

"만용이라니!"

"그것이 아니면 무엇이란 말입니까?"

"목숨을 구걸해도 모자랄 판에 대체 무엇을 믿고 이리 방자한 것인가!"

핏발 선 눈으로 덕만이 소리치자 고개를 들어 빤히 그녀의 얼굴을 바라보던 칠숙이 한쪽 입술을 끌어 올리며 웃어 보였다.

"무엇이겠습니까."

석가. 그 아이가 이자를 이리 이끈 것인가?

피가 거꾸로 솟는 듯한 느낌에 질끈 입술을 깨문 덕만이 작게 으르렁댔다.

"내, 직접 나서 그놈을 찾아 없애리라."

황급히 몸을 돌린 덕만이 시립해 있던 별군을 향해 소리쳤다.

"서둘러 군을 꾸려라!"

✕ ✕ ✕

어쩐지 마음이 어수선하고 일이 손에 잡히지 않았다. 매일같이 드나들던 이들의 발길이 끊긴 지 벌써 보름 가까이 되어 가고 있었다. 분명 반겨야 할 일이지만, 조용한 것이 오히려 불안했다. 마치 폭풍 전야에 이는 고요처럼.

초조한 듯 서성이던 석가가 걸음을 멈추고 번쩍 고개를 들어 올렸다.

'내일이 기원제라 들었는데.'

진평왕의 쾌유를 빌고자 평소보다 많은 이들이 암자를 찾은 것을 떠올리며 그가 낯빛을 굳혔다.

이곳은 수행을 위한 암庵이니 발원發願을 하려거든 사寺로 가시란 스님의 회유에도 아예 기원제가 끝날 때까지 암자에 머물겠다는 이들 덕분에 밤이 되면 할 수 없이 연화와 사현까지도 저의 집에 와 잠을 자야만 했다.

뻔질나게 이곳을 드나들던 진골들의 걸음이 끊긴 것이 기원제 일정을 공표한 시기와 거의 맞물리고 있었다.

뇌리를 강타하는 불길한 느낌에 갑자기 숨이 턱 막혀 왔다. 그저 기우에 불과할 거란 생각을 하면서도 뭔지 모르게 뒤통수를 잡아당기는 찜찜함에 자꾸만 조바심이 일었다.

'별일 없을 테지.'

손바닥에 차오른 땀을 닦으며 그가 스스로를 다독이는 순간 다가오는 걸음이 느껴졌다. 그가 황급히 고개를 돌리자 두 개의 인영이 차례로 모습을 드러냈다.

"예서 무얼 하십니까?"

암자 뒤편에서 혼자 서성이고 있는 석가를 보는 연화의 고개가 살짝 기울어졌다.

그녀의 옆에는 이제는 지팡이 없이도 운신이 가능해진 사현이 그림자처럼 따르고 있었다.

옆구리에 손을 얹고 있는 것을 보니 여전히 통증은 남아 있는 듯 보였다. 그는 암자에 머무는 동안 편히 있으라며 마득이 급히 지어 준 고(袴. 가랑이가 있는 아랫도리 옷. 남자의 홑바지)를 입고 있었다.

그간 치마 속에 감추고 있던 잘 다듬어진 몸이 그의 눈에 또렷이 들어왔다. 번듯한 사내다움에 석가의 이마가 미세하게 일그러졌다.

"……시지요."

연화의 목소리에 석가가 고개를 돌렸다.

"저녁 드시라고요."

벌써 시간이 그리되었나. 그가 주변을 살폈다. 어스름 노을이 지고 있는 핏빛 하늘이 시야에 들어왔다. 이상하게 마음이 놓이질 않았다.

"저기, 나는 급히 가 볼 데가 있으니 저녁은 먼저들 드시오."

아무래도 직접 확인을 해야겠단 생각에 석가가 몸을 세웠다.

"예? 갑자기 어딜……."

"잠시 살필 것이 있어 그럽니다."

별것 아니라는 듯 그가 웃으며 말했지만 공기를 타고 전해지는 불안감에 연화의 얼굴이 대번 굳어졌다.

"무슨 일이 생긴 건가요?"

눈빛에 담긴 감정을 읽은 석가가 난감한 듯 미간을 좁혔다.

이대로 연유를 말하지 않을 수도 있지만 그랬다간 없는 걱정까지 사서 할 게 뻔했다. 그것이 오히려 그녀를 힘들게 할 것이란 생각에 그가 입술을 움직였다.

"매일같이 오던 이들이 갑자기 모습을 보이지 않아서……. 슬쩍 분위기나 좀 살피고 올까 합니다."

어설픈 거짓말을 하느니 솔직하게 알리고 가는 편이 나을 것 같았다. 그나마 신경을 덜 쓰게끔 그가 최대한 표정을 밝히며 말하자 연화가 입술을 감쳐물었다.

"그냥 제풀에 궁금해 그런 것이니 사서 걱정할 필욘 없습니다."

"정말이지요?"

불안으로 흔들리는 눈동자를 바라보던 석가가 그녀를 향해 씩 웃음을 지어 보였다.

"내가 원래 궁금한 건 못 참는 성격이라."

그럼에도 여전히 근심이 묻은 표정을 한 연화에게서 얼른 시선을 비낀 석가가 황급히 말을 돌렸다.

"마침 놓고 간 말들이 있어 다행이지 뭡니까. 안 그랬음 한참 다리품을 팔았을 것인데. 암튼 다녀오겠습니다."

그가 막 걸음을 떼는 순간.

"꼭!"

갑자기 들려온 외침에 석가가 걸음을 멈추며 뒤를 돌아보자 연화가 조용히 입술을 움직였다.

"꼭 돌아오셔야 합니다."

물끄러미 연화를 바라보던 석가가 빙긋 웃음을 짓곤 빠르게 멀어졌다.

※ ※ ※

"마마, 가마에 오르시지요."

횃불을 밝혀 들고 도열해 있는 군병들 사이, 준비된 가마를 지나쳐 말 위에 오르려는 덕만을 향해 흠반이 고개를 숙였다.

어느새 말 위에 올라 단단히 고삐를 움켜쥔 덕만이 싸늘한 눈빛으로 흠반을 내려다보았다.

"가마에 앉아 어느 세월에 산을 오른단 말입니까."

답답하다는 듯 쯧, 하고 혀를 차는 덕만의 응대에 무안해진 흠반이 얼굴을 굳혔다.

"어서 궁문을 열어라!"

수문군守門軍을 향해 소리친 덕만이 이랴, 하고 말을 몰았다.

곧 커다란 궁문이 열리고 덕만을 위시한 군병들이 긴 행렬을 이루며 나섰다. 포박을 당한 칠숙 무리가 초라하게 그 뒤를 따라 이동하기 시작했다.

석가가 사라진 방향을 하염없이 바라보고 서 있는 연화의 옆을 사현이 말없이 지키고 있었다. 한참이 지나도 오지 않는 이들을 찾고자 암자 이곳저곳을 살피던 마득은 눈앞에 보이는 광경에 우뚝 걸음을 멈췄다.

아들을 바라보던 마득의 손에 절로 힘이 들어갔다.

'몸도 성치 않으면서……'

사현의 눈에 담긴 짙은 연모의 정을 애써 털어 내며 한숨을 삼 킨 마득이 천천히 걸음을 옮겼다.

아들의 건강이 염려되기는 하나 그렇다고 사현에게 직접 말할 수는 없었다. 어쩔 수 없이 연화에게 다가간 그녀가 조용히 입을 뗐다.

"어찌 이러고 계십니까."

갑자기 들려온 목소리에 넋을 놓고 있던 연화가 화들짝 고개를 돌렸다. 마득의 얼굴을 확인한 연화가 아, 하고 입을 열었다.

"왕자님은요?"

마득이 주변을 살피자 연화가 답을 했다.

"알아볼 것이 있다고 잠시 다녀오신다 하셨습니다."

그러지 말라 했건만 저에게 자꾸 존대를 하는 연화의 태도에 불편한 듯 입술을 달싹인 마득이 말을 이었다.

"하면 아씨라도 어서 저녁을 드시지요."

그래야 우리 사현이도 밥을 먹을 것이 아닙니까.

그러나 바람과 달리 고개를 젓는 연화의 모습에 그만 안타까움 이 어렸다.

"생각이 없습니다."

"그래도 드셔야……"

"할 수 있는 일이라곤 이것밖에 없으니, 그냥 있으렵니다."

워낙 단호하게 거절을 하는 터라 어찌 내색도 하지 못한 마득이 사현을 돌아보았다. 아직 아물지 않은 상처 탓에 핼쓱한 얼굴이 달빛에 하얗게 드러났다. 무너지는 억장에 질끈 입술을 깨문 마득이 조심스럽게 사현 곁으로 다가갔다.

"몸도 성치 않은데……. 아씨 곁은 제가 지킬 것이니 들어가 쉬십시오."

예상대로 사현이 작게 미소를 지으며 고개를 저었다. 사현의 얼굴에서 겹쳐지는 하노의 얼굴에 그녀가 황급히 숨을 삼켰다.

'닮아도 어찌 고집 센 것을 그대로 물려받았누.'

사현을 바라보는 마득의 눈빛이 애잔하게 젖어 들었다.

"하긴. 말린다고 될 일은 아니지요."

조용히 중얼거린 마득이 자꾸만 솟구치는 울음을 누르며 몸을 돌렸다.

고개를 돌려 저만치 사라지는 마득을 바라보던 연화가 사현에게 말했다.

"저 마득이란 분……. 가만 보면 널 은근히 챙기는 것 같아. 꼭 엄마처럼."

입술을 모은 채 생각에 잠겼던 연화가 사현을 바라보며 눈을 키웠다.

"그러고 보니, 닮은 것도 같은데?"

사현의 얼굴을 응시하며 연화가 말했다. 당황스러운 듯 눈을 깜빡인 사현이 고개를 돌려 마득이 사라진 곳을 바라보았다.

'잠시만, 시간을 내어 주실 수 있겠습니까?'

순간 그렁그렁 눈물을 매단 눈으로 저를 보던 마득의 얼굴이 떠올랐다. 입술 사이로 흘러나오던 억눌린 울음. 그리고 덥석 제 손을 잡고는 바들바들 입술을 떨던 미묘한 상황까지.

그때는 그냥 그런가 보다, 하고 넘겼는데 지나고 보니 미심쩍은 부분이 한둘이 아니었다.

눈썹을 모은 그가 진지한 표정으로 얼굴을 굳혔다. 사경을 헤매는 동안 느꼈던 다정하고 따스한 손길이 설마 그분의 것이었던가.

밤새 곁을 지키며 나를 간호하던 이가 아씨가 아닌 그분이었......

상념 속으로 파고들던 사현이 갑자기 피식 웃음을 흘렸다.

그럴 리가.

어찌 이리 말도 안 되는 상상을 하였는지, 잠시나마 품었던 바람이 민망한 듯 홀로 고개를 저은 사현이 얼굴을 쓸며 다시 한 번 웃음을 지었다.

그래. 말도 안 되지.

그럼에도 마음 한편을 두드리는 설렘에 그가 나직이 한숨을 쉬었다.

※ ※ ※

몸을 바짝 숙인 채 빠르게 말을 몰던 석가가 갑자기 고삐를 당기며 말을 세웠다. 멀리서 일렁이는 낯선 불빛에 그가 눈매를 좁히며 전방을 살폈다.

'군병?'

불빛의 정체가 무장을 한 군병들이 들고 있는 횃불임을 인지한 석가가 황급히 행렬의 면면을 살폈다.

포박된 칠숙의 얼굴을 확인한 그가 아, 하는 탄식을 흘렸다.

대체 무슨 일이 벌어졌던 걸까.

자세한 내막은 알 길 없으나 칠숙이 저리 포박을 당해 끌려가는 것을 보면 뭔가 일이 잘못된 것이 틀림없었다.

그리 간곡히 말렸건만. 안타까운 듯 어깨를 늘어뜨리고 있던 석가가 갑자기 고개를 들어 올렸다.

그렇다면, 저들이 향하는 곳은…….

고개를 돌려 제가 떠나온 곳을 돌아본 석가가 입술을 깨물며 미간을 좁혔다. 죄인인 칠숙까지 말에 태운 채 이동하는 것을 보면 화급을 다투는 상황임이 분명했다. 그만큼 다급히 가고자 하는 곳.

암자일까, 저의 오두막일까.

그가 초조한 듯 마른 입술을 적시며 이마를 짚었다.

밤이 깊었으니 지금쯤 암자가 아닌 집으로 돌아갔겠지?

제발. 간절히 바라며 그가 황급히 말머리를 돌렸다.

내일 아침 준비를 위해 늦게까지 암자 정짓간에 머물렀던 마득이 허리를 펴며 이마의 땀을 훔쳤다. 저도 돕겠다며 내내 제 옆을 따라다니던 연화를 쫓아 사현과 함께 내보낸 터였다.

몸이 성치 않아 지금은 그저 곁을 지키는 것밖엔 할 수 없을 테지만 그리 함께 있는 것만으로도 좋아 어쩔 줄 모르는 아이였다.

상대등 어른도 세상을 떠난 마당에, 어쩌면⋯⋯.

물끄러미 생각에 잠겼던 마득이 일말의 기대감으로 눈을 반짝이는 순간 휘익 소리와 함께 뭔가가 날아들었다.

탁!

바닥에 내리꽂힌 것은 불이 붙어 있는 화살이었다.

난데없이 불화살이라니.

발아래 화살을 아연하게 바라보던 마득이 갑자기 불씨가 번지는 것을 느끼며 황급히 발로 밟아 불을 껐다. 그러고는 바짝 치맛단을 움켜쥐고 밖으로 나갔다.

휙! 탁!

주변을 돌아보자 여기저기 불화살이 빗발치고 있었다. 암자 안에 머물던 사람들 모두가 뛰쳐나와 비명을 지르며 우왕좌왕 헤매고 있었다.

아비규환이 따로 없는 상황에 퍼뜩 정신을 차린 마득이 사현을 찾아 다리를 움직였다.

집에 도착한 석가가 숨을 몰아쉬며 방문을 열었다. 그러나 텅 빈 방 안엔 누구의 모습도 보이지 않았다.

앞이 깜깜해지는 아득함에 그가 질끈 눈을 감았다.

암자에 있는 건가.

번쩍 눈을 뜬 그가 황급히 몸을 돌렸다.

마득과 엇갈려 들어온 사현이 정짓간 안을 살폈다. 그러나 마득의 모습은 보이지 않았다.

쿵, 하고 내려앉은 심장이 갑자기 쿵쾅거리기 시작했다. 사현을 따라 들어온 연화도 그의 옷깃을 잡으며 불안감을 드러냈다.

"꺄악!"

밖에서 들려온 비명 소리에 그가 고개를 돌렸다. 연화의 눈동자가 크게 흔들리는 것을 본 사현이 다급히 그녀의 손목을 움켜쥐며 밖으로 향했다.

한참을 달려 암자에서 떨어진 숲 속으로 들어선 사현이 수풀 사이에 연화를 숨겼다. 빠른 손놀림으로 주위의 나뭇가지를 주워 연화가 보이지 않게 위장을 한 사현이 다시 암자로 가기 위해 몸을 돌리자 손을 뻗은 연화가 사현의 팔을 잡았다.

가만히 연화를 바라보다 자신의 팔을 잡고 있는 손을 떼어 낸 사현이 그녀의 손가락에 제 손가락을 걸어 꼭 쥐어 보였다.

안심하라는 듯 눈을 마주한 사현이 빠르게 손가락을 풀곤 암자를 향해 힘껏 걸음을 내디뎠다.

그렇게 한참을 달려 암자 근처에 이른 사현이 몸을 낮추며 상황을 살폈다. 암자는 이미 군병들에 의해 장악이 된 뒤였다.

낙담한 듯 입술을 깨물며 주변을 살피던 사현의 시야에 숲을 헤매고 있는 마득의 뒷모습이 얼핏 보였다. 황급히 몸을 일으킨 사현이 그녀의 뒤를 쫓아 걸음을 움직였다.

※ ※ ※

"벌써 몸을 피한 모양입니다. 암자 어디에도 왕자로 보이는 이 는 없었습니다."

암자 곳곳을 살핀 군장이 흠반 앞에 고개를 숙인 채 보고를 했 다. 미간을 찡룩인 흠반이 마뜩잖은 얼굴로 군장을 바라봤다.

"이들에게도 확실히 대질을 한 것인가."

"예."

끌려와 앉혀진 사람들은 대부분 나이 지긋한 여인들이었다.

"몸을 피했다 해도 시간상 그리 멀리 가지는 못하였을 테니 서 라벌을 다 뒤져서라도 반드시 그놈을 잡아 내 앞에 꿇어앉혀라."

대낮처럼 밝게 비춰진 횃불 사이로 천천히 얼굴을 드러내며 덕 만이 명령했다.

"본존불을 모신 성스러운 곳에서 이 무슨!"

비록 포박을 당하긴 했으나 꼿꼿이 몸을 세운 노승이 덕만을 향해 소리쳤다. 살생을 피하고자 그저 방어와 제압만으로 신자들 을 대피시키려던 노승은 결국 한 신자의 목 끝에 겨눠진 검 앞에 그대로 손을 놓을 수밖에 없었다.

싸늘한 눈으로 노승을 노려보던 덕만이 잔인하게 입술 끝을 비틀곤 군병들을 향해 몸을 돌렸다.

"이 산에서 움직이는 모든 것들을 잡아 대령하라. 왕자를 잡아 오는 자에겐 큰 상을 내릴 것이다!"

그에 군장이 군병들을 향해 다시 한 번 명령했다.

"들었느냐? 반드시 왕자를 잡아 대령하라!"

"예!"

마득의 뒤를 따라 숲 속으로 들어선 사현이 앞서 달려가고 있는 마득을 발견하곤 반가움에 미소를 지었다. 수풀 속에 숨어 있던 연화 역시 멀리서 뛰어오는 마득을 발견하고 몸을 일으켰다.

"무사하셨군요!"

수풀 안에서 튀어나온 연화가 마득을 향해 달려가는 순간 갑작스런 움직임에 주변을 정찰하던 군병 하나가 그녀를 향해 활을 겨눴다.

이런 사실을 까마득히 모른 채 바삐 걸음을 움직이던 연화가 마득 뒤에 있는 사현을 보며 알은척을 했다.

그에 걸음을 멈춘 마득이 뒤를 돌아봤다. 여태 찾아 헤매던 얼굴을 발견한 마득의 얼굴이 환히 밝아지던 순간 연화를 향해 활을 겨누고 있는 군병의 모습이 그녀의 시야에 들어왔다.

그와 동시에 군병을 돌아보는 사현의 움직임이 느껴졌다. 팽팽하게 당겨진 시위를 바라보던 사현의 얼굴이 하얗게 굳음과 동시에 그가 연화를 향해 힘껏 다리를 움직였다.

연화와 좀 더 가까이 있던 마득이 망설임 없이 초인적인 힘으로 몸을 날려 연화를 끌어안았다.

피융!

"윽!"

빠르게 날아온 화살이 마득의 등에 꽂혔다. 크게 몸을 휜 마득이 연화를 안은 채 바닥에 푹 고꾸라졌다.

짧은 순간 벌어진 엄청난 상황에 얼은 듯 굳어 있던 사현이 검을 빼 들어 군병을 향해 달려들었다.

전광석화처럼 허공을 가른 사현의 검이 그 움직임을 멈춤과 동시에 툭, 하고 군병이 바닥으로 쓰러졌다.

검집에 검을 꽂은 사현이 황급히 마득에게 달려갔다. 바닥에 쓰러진 그녀를 재빨리 품에 안았다. 가쁘게 숨을 몰아쉬던 마득이 그를 보며 입술을 달싹였다.

"시간이 없어. 하아, 어서 가……."

마득을 안은 그가 어찌할 바 모르겠다는 듯 그녀를 안은 팔에 힘을 주었다.

"어서 가……."

"어, 어……."

누군가 가슴을 칼로 저미는 듯한 고통에 사현이 입을 벌린 채 뚝뚝 눈물을 흘렸다.

어찌 이런 것인지 설명을 해 주십시오. 소리를 내는 대신 그가 마득의 옷깃을 흔들었다.

힘겹게 손을 들어 올린 마득이 그의 얼굴을 쓸었다. 그녀의 입가에 희미한 미소가 어렸다.

"네 소중한 이를…… 하아, 지켜 줄 수 있어서 다행……."

채 말을 마치지 못한 마득의 손이 툭, 하고 아래로 떨어졌다.

힘없이 늘어진 마득의 몸을 붙잡은 사현이 으으, 소리치며 그녀의 몸을 흔들었다.

어찌 이런 것인지 설명을 해 주셔야 할 것 아닙니까!

그녀의 몸에 얼굴을 묻은 사현이 소리 죽여 오열했다.

"웬 놈이냐!"

일부러 숲이 우거진 쪽을 골라 암자로 향하던 석가는 위쪽에서 들려온 목소리에 우뚝 걸음을 멈출 수밖에 없었다.

'낭패다.'

입술을 깨무는 순간, 군병이 소리쳤다.

"여기 수상한 놈이 있다!"

그와 동시에 검을 든 군병들이 까맣게 모습을 드러냈다.

젖은 눈으로 멍하니 마득의 주검을 붙잡고 있는 사현을 바라보던 연화가 갑자기 돌멩이를 집어 들곤 허겁지겁 땅을 파기 시작했다.

들짐승의 먹이가 되도록 마득을 그리 둘 수 없었다. 땅을 파 묻어 주고 싶었다.

넋을 놓고 있던 사현이 천천히 고개를 돌렸다. 터져 나오려는 울음을 꾹꾹 눌러 참은 연화가 울먹거리며 손을 움직였다.

"왜 나 때문에 죽어. 어떡하라고 나 때문에……."

서툰 움직임에 그녀의 하얀 손에 여기저기 생채기가 생기기 시작했다. 꾹 감은 사현의 눈꺼풀 아래로 굵은 눈물이 후드득 떨어졌다.

"……!"

미간을 좁히고 있던 그가 번쩍 눈을 떴다. 수색망을 좁히며 다가오는 군병들의 움직임이 느껴졌다.

조심스레 마득을 뉜 사현이 검을 빼 들며 일어섰다. 연화 옆으로 다가간 그가 그녀의 손을 잡아 일으켰다. 제 뒤에 연화를 감춘 그는 가만히 숨을 고르며 검을 고쳐 쥐었다.

와아, 하는 소리와 함께 군병들이 달려들었다.

쟁, 하고 검이 맞부딪쳤다. 달빛을 받은 그의 검에 푸르스름한 검기劍氣가 맺혔다.

쉬익.

그의 검이 빠르고 정확하게 허공을 갈랐다. 일직선으로 찔러 들어간 검이 다시 오른쪽으로 꺾이며 상대의 빈 곳으로 파고들었다.

신음을 흘리며 발아래로 무너지는 이에게서 순간적으로 방향을 튼 그의 검이 곧바로 치고 들어오는 검을 막았다.

완전히 회복되지 못한 몸은 마음과 달리 무겁고 느리게 움직였다. 질끈 입술을 깨문 사현이 힘껏 검을 받아쳤다. 검이 부딪치며 만들어 낸 날카로운 금속음이 고요한 산중에 울려 퍼졌다.

느린 몸 때문인지 상대의 검에 집중하는 데 평소보다 많은 기력이 소모되었다. 그러느라 조심스레 시위에 화살을 메기고 있는 군병의 움직임을 알아채지 못했다.

사현이 군병들을 향해 전진을 한 사이, 그와 거리가 벌어져 있던 연화의 눈에 조용히 활을 겨누는 사내의 모습이 들어왔다. 화살촉은 한창 검을 휘두르고 있는 사현에게로 고정되어 있었다.

'위험해!'

시위에 물린 화살은 곧 날아갈 듯 위태로운 상태였다. 머릿속이 하얗게 변했지만, 사현을 구해야 한다는 의지만큼은 강렬했다.

앞뒤 잴 것 없이 몸이 움직였다. 쥐고 있던 돌멩이는 어느새 활을 겨누고 있는 병사를 향해 날아가고 있는 뒤였다.

일부러 조준을 한 것은 아니었는데 운이 좋게도 활을 겨누던 팔에 맞아 떨어졌다. 힘이 약한 탓에 별다른 타격을 입히지는 못했지만 주의를 돌리는 것은 성공을 한 듯했다. 활을 겨누던 병사의 시선이 정확히 연화에게로 박혀 들었다.

문득 정신을 차린 사현이 뒤를 돌아보았다. 제가 군병들을 상대하는 사이, 미처 챙기지 못한 연화는 여전히 그 자리에 멈춰 서있었다. 그사이, 거리가 꽤 많이 벌어져 있었다.

이런.

스스로를 자책하며 그가 몸을 돌리려는 순간 연화를 향해 검을 빼 드는 병사의 움직임이 느껴졌다.

"아가씨!"

이성보다 앞선 본능이 그를 지배한 순간이었다. 초미지급(焦眉 之急. 눈썹이 타게 될 만큼 위급한 상태. 그대로 방치할 수 없는 매우 다급한 경우)의 상황. 저도 모르게 연화를 불러 버린 사현이 뻣뻣하게 몸을 굳혔다.

사현의 입술을 통해 들려온 목소리에 고개를 든 연화도 믿기지 않는다는 눈으로 그를 바라보았다.

그러나 그것도 잠시. 이내 정신을 차린 사현이 검을 쥔 손에 힘을 주었다. 눈에 들어오는 것은 오직 하나. 연화의 안위뿐이었다.

들고 있던 장검을 창처럼 쥔 사현이 뒤로 한껏 팔을 뻗고는 병사를 향해 힘껏 던졌다.

휘익!

허공을 가르며 날아간 그의 검이 그대로 병사의 가슴에 꽂혔다. 검붉은 피가 콸콸 솟구쳤다. 검을 버린 사현의 주위로 군병들이 빠르게 몰려들었다.

도무지 믿을 수 없는 상황에 넋을 잃고 사현을 바라보던 연화가 손으로 입가를 가렸다. 고袴를 입고 선 그의 모습이 달빛 아래 형형히 빛났다.

걷잡을 수 없는 충격에 그대로 몸을 굳힌 연화가 멍한 눈으로 사현을 바라봤다. 두 사람의 시선이 허공에서 얽혀 들었다.

애잔한 눈으로 연화를 바라보던 사현이 갑자기 손을 들어 머리를 묶고 있던 끈을 풀어냈다. 묶여 있던 머리가 바람에 흩날렸다.

그가 군병들을 향해 한 걸음 나서며 크게 외쳤다.

"내가 바로 너희들이 찾는 신라의 왕자, 석가다!"

'안 돼!'

연화가 입을 가리며 고개를 저었다. 왕자란 소리에 잔뜩 흥분한 병사들이 웅성거리며 모여들었다.

"지금 즉시 덕만공주와 대면할 것이니 나를 그리 안내하라. 대신, 이 일과 아무 상관 없는 저 여인은 그냥 보내 주도록 하여라."

그의 말에 모두가 연화를 돌아봤다.

'저 계집은 어쩌지?'

'놔둬. 어차피 우리가 필요한 건 왕자니까.'

눈짓을 주고받은 군병들이 이내 연화에게서 시선을 거뒀다. 사현이 안도하는 순간 빠르게 다가온 병사들이 그를 포박했다.

거칠게 몸이 묶이는 와중에 그가 연화를 바라보며 말했다.

"사현을 찾아 도움을 청하시오."

이대로 제가 석가 행세를 하려는 듯 그가 이름을 바꾼 채로 말했다.

'어서 왕자님께 가세요.'

그렁그렁 눈물을 매단 연화가 고개를 저으며 입술을 달싹였다.

"안 돼……."

"나는 괜찮으니, 어서."

병사들에게 에워싸여 끌려가던 사현이 애써 미소를 지으며 연화를 돌아보았다. 어둠 속으로 성큼성큼 그가 멀어지고 있었다.

살점이 떨어져 나간 듯한 아득함에 퍼뜩 정신을 차린 연화가 치맛단을 움켜쥐며 사현의 뒤를 쫓았다.

"안 돼!"

울부짖듯 소리치며 달려가는 연화를 군병이 억센 손길로 내리쳤다.

"악!"

단말마의 비명과 함께 연화가 바닥으로 팽개쳐졌다. 널브러진 연화를 돌아본 사현이 걸음을 멈추자 그를 이끌던 병사 하나가 그의 옆구리를 힘껏 가격했다.

윽, 소리와 함께 몸을 굽힌 사현을 단단히 부축한 이들이 끌듯이 그를 데리고 가 버렸다.

바닥에 주저앉은 채 눈물을 닦던 연화가 벌떡 몸을 일으켰다. 이렇게 울고 있을 수만은 없었다.

사현의 말대로 도움을 청해야 했다. 막막한 어둠에 싸인 숲을 바라보던 연화가 꿀꺽 숨을 삼켰다.

어딘가 있을 석가를 찾기 위해 산길을 달리기 시작했다.

※ ※ ※

언덕의 끝. 낭떠러지 앞에 사현이 꿇어앉혀졌다. 언덕 아래 위치한 주종소(鑄鐘所. 종을 주조하여 만드는 곳)에서는 종을 만들기 위한 쇳물이 끓고 있었다.

뜨겁게 달구어진 쇳물이 마치 살아 있는 생명체인 양 울컥, 하고 뻘건 빛을 토해 냈다. 그 거센 기세에 주변 모든 것들도 붉은 빛으로 물든 채 이글거리고 있었다.

"신라의 왕자라 하였느냐?"

사현을 향해 다가온 덕만이 그를 내려다보며 물었다. 고개를 들어 바라보는 사현의 눈빛에 한 치의 물러섬도 없었다.

"그렇소."

단정히 다물려 있던 입술이 내놓은 당당한 답에 눈매를 좁힌 덕만이 그를 유심히 살폈다.

경계로 날을 세운 저완 달리 어둠 속에 드러난 그의 눈동자는 분노나 원망 따윈 찾아볼 수 없는 선한 빛으로 반짝이고 있었다.

어쩐지 마음 한편이 서걱거리는 느낌에 황급히 시선을 돌린 덕만이 군장을 향해 턱짓을 했다. 군병에 의해 끌려온 칠숙이 그녀의 앞에 무릎이 꿇렸다.

"이자가 틀림없느냐?"

사현을 가리키며 묻는 덕만의 물음에 그의 얼굴을 확인한 칠숙의 입매가 불뚝거렸다. 칠숙을 돌아본 사현이 곧바로 입을 열었다.

"함께 반란을 도모하였다 하나 제 목숨 살고자 내 거처를 이른 자요. 한데 어찌 면전에서 나를 왕자라 지목할 수 있겠소. 목숨을 가지고 농을 할 자 없으니 내 말을 믿으시오."

"지금, 네 스스로 역모에 가담하였음을 인정하는 것이냐."

"내가 주도하였소. 하니 무고한 이들은 그만 돌려보내 주시오."

목숨까지 잃을 수 있는 상황에서 어찌 이토록 태연한 모습을 보일 수 있는지. 너무도 낯선 그의 태도에 덕만이 미간을 좁혔다.

"역모의 죄가 어떤 것인지 알고 하는 소리인가."

순간, 불어온 바람에 그의 머리카락이 흩날렸다.

어둠 속에 드러난 그의 입술엔 자조 섞인 미소가 어려 있었다. 오히려 편안해 보이는 모습에 덕만이 눈썹을 세웠다.

"헉헉."

땀인지 눈물인지 모를 것이 뺨을 타고 흘러내렸다. 석가를 찾아야 한다는 일념 하나로 산속을 헤매던 연화가 방향을 찾고자 주위를 두리번거릴 때였다.

쓱.

수풀 속에서 뻗어 나온 손 하나가 연화의 팔을 잡아끌었다. 놀란 눈동자가 제 앞의 상대를 확인하는 순간 쉿, 하고 검지를 세운 석가가 그녀의 손을 잡곤 어디론가 사라졌다.

"태어난 곳은 천왕산의 별궁이나 세 살 되던 해에 덕만공주께서 보낸 군사에 어머니를 잃고 산속을 떠돌며 지낸 세월이 17년이오. 이 내막을 아는 자 있소?"

여전히 믿지 못하겠다는 눈으로 바라보는 덕만에게 사현이 물었다. 스스로 왕자라 인정하고 나선 것뿐 아니라 은밀히 감춰 두었던 비밀마저 끄집어내자 덕만은 그만 의심을 버릴 수밖에 없었다.

그녀가 고개를 끄덕였다.

"좋다."

지그시 바라보던 그녀가 물었다.

"하면. 내, 너를 어찌하면 좋겠느냐?"

"공주께서 예까지 이른 이유를 따로 찾을는지요."

그의 말마따나 군병을 이끌고 이곳까지 온 목적은 단 하나, 반란을 도모한 것도 모자라 자객을 보내 제 목숨을 앗으려 했던 왕자를 없애기 위함이었다.

그러나 단순히 그를 향해 분노했던 것과는 다른 감정이 가슴 깊은 곳에서 꿈틀거리고 있었다. 얼굴을 마주하는 순간, 이곳까지 그녀를 이끈 맹목적인 다짐에 균열이 가기 시작했다.

반쪽이라도 피를 나눈 혈육이란 건가.

머릿속이 조용한 소용돌이에 휩싸이는 순간, 어둠을 가르는 음성이 들려왔다.

"목숨을 버리는 것엔 아쉬울 바 없으나 무고한 피를 보며 왕위에 오르는 바, 부디 더 이상의 희생 없이 선정을 베풀어 만고에 길이 남을 성군이 되길 바랄 따름이오."

담담히 뱉는 그의 목소리에 덕만의 눈동자가 크게 흔들렸다. 생사여탈을 쥐고 있는 쪽은 저인데 오히려 군림하고 있는 이는 눈앞의 자인 것 같았다.

"무얼 망설이십니까."

가만히 눈을 깜빡이던 사현이 그녀를 바라보며 물었다. 적의라고는 하나 없는 눈동자였다.

살려 뒀다간 끊임없이 반목할 사이임이 분명했다. 그러나 아무리 존재조차 부정하던 동생이라지만 결정을 내리는 것은 쉽지 않은 일이었다. 제 손으로 제 배에 칼을 박아 넣던 때보다도 오히려 그녀를 힘겹게 만들었다.

차라리 만나지 않았더라면.

너는 너대로, 나는 나대로. 그렇게 모른 척 살았더라면.

갑자기 목이 졸리는 것처럼 가슴이 답답해졌다.

그때, 덕만의 답을 기다리던 사현의 미간이 미세하게 꿈틀거렸다. 그의 시야에 나무숲에 몸을 숨긴 채 다가오고 있는 석가와 연화의 모습이 들어온 것이다.

곧 그리로 갈 것이니 잠시만 기다리란 석가의 수신호에 여태 평정을 유지하던 사현의 얼굴에 파문이 일기 시작했다. 아무리 무공이 뛰어난 자라 한들 혼자서 저 많은 군병을 상대하는 것은 불가능한 일이었다.

이대로 두었다간 왕자는 물론 연화에게까지 위험이 뻗칠 것이 분명했다. 왕자가 무모한 짓을 하도록 놔둘 수 없었다.

'허튼짓 마십시오.'

단호한 표정으로 짧게 고개를 저은 사현이 벌떡 몸을 일으켰다. 놀라 커다래졌을 연화의 눈망울이 눈앞에서 어른거렸지만 이를 악물며 외면했다.

"세상에 남길 것 없는 인생, 죽은 몸뚱어리를 남겨 무엇 하리. 내, 저 쇳물 속으로 뛰어들면 차후에 작은 종이나 하나 만들어 주시오."

스스로 목숨을 버리겠다는 말에 덕만이 입매를 굳혔다. 잠깐이지만 안도를 느꼈다는 사실에 수치감이 밀려들었기 때문이었다. 얼굴이 화락 달아올랐다. 처음으로 앉은 자리가 부끄러워지는 순간이었다.

깊게 숨을 들이쉰 사현이 언덕 끝을 향해 천천히 걸음을 내디뎠다. 경계하듯 검이 겨눠졌지만, 덕만의 손짓에 일제히 뒤로 물러났다.

절벽 앞에 선 사현이 고개를 들어 올렸다. 연화와 함께했던 시간들이 주마등처럼 눈앞을 스쳐 갔다.

아장거리던 걸음. 마주칠 때마다 부드럽게 휘어지던 눈매. 등을 내어 달라며 조르던 투정까지. 그녀는 외로움과 절망의 끝에 서 있던 그를 구원해 준 단 하나의 존재였다.

'감히. 당치 않을.'

어쩌면 이것이 저의 운명일지 모른다. 마음에 든 것을 모두 비우자, 오히려 편안해지는 기분이었다.

그가 홀가분한 얼굴로 허공에 외쳤다.

"이 세상에 난 것도 내 의지가 아니었고, 어머니를 잃고 산 17년 세월 또한 내 의지가 아니었지만……."

잠시 말끝이 흐려졌다. 목이 메었지만, 입매는 부드럽게 휘어졌다.

"지켜 주고자 마음먹은 바를 다하고 내 목숨 버리는 것을 내 의지대로 할 수 있으니, 참으로 좋구나!"

말을 마친 사현이 그대로 몸을 날렸다. 커다란 몸이 곧장 수직으로 낙하했다.

꼭 감은 눈 아래로 뜨거운 눈물이 흘러내렸다. 불어온 바람이 그의 뺨을 어루만졌다. 따뜻하고 포근한 느낌에 그가 작게 미소 지었다.

누군가의 얼굴을 떠올린 것을 끝으로, 그는 아득한 어둠 안으로 잠겨 들었다.

"읍!"

사현을 부르며 뛰어나가려는 연화를 힘껏 안은 석가가 그녀의 입을 막은 채 몸을 웅크렸다.

사실 누구보다 이 자리를 박차고 나가고 싶은 사람은 다름 아닌 그 자신이었다. 죽음 앞에 두려울 것이 없었기에 이렇게 숨어 비굴하게 목숨을 구걸하느니 당당히 죽음을 맞고 싶단 마음이 간절했다.

하지만 그는 피가 나도록 입술을 깨물며 당장 뛰쳐나가고 싶단 충동을 억누를 수밖에 없었다. 제 목숨 따위야 어찌 되든 상관이 없지만 홀로 남겨질 연화를 생각하니 선뜻 몸이 움직이지 않았다. 제 안위보다 그녀의 걱정이 먼저 앞섰다.

깨끗하게 죽임을 당하는 것이 오히려 다행일 정도로 화가 미칠 것이 분명했다. 그녀에게 그런 고통까지 안겨 줄 순 없었다. 그것은 마지막까지 연화를 걱정하던, 사현의 죽음을 헛되이 만드는 일이었다. 되돌릴 수만 있다면, 절벽 아래로 몸을 날린 것이 저였으면 싶었다.

연화를 말리는 석가의 마음도 찢어질 듯 아팠다. 견딜 수 없는 충격과 슬픔에 젖은 연화의 어깨가 안쓰러울 정도로 심하게 흔들렸다. 어깨를 감싸 안은 석가가 그녀의 등에 얼굴을 묻었다. 날카로운 송곳이 마구 가슴을 후벼 파는 것 같았다.

"하아."

망연히 언덕 끝을 바라보던 덕만의 입술에서 참고 있던 숨이 새어 나왔다. 조용히 몸을 일으킨 그녀가 텅 비어 있는 절벽을 향해 다가갔다.

끝에 다다른 그녀가 주먹을 움켜쥐며 아래를 내려다봤다. 펄펄 끓는 쇳물을 내려다보자니 부글거리던 분노가 차갑게 가라앉는 느낌이었다.

이로써 눈에 거슬리던 장애물들이 모두 제거가 되었다. 이제 어느 누구도 감히 그녀의 앞길을 막지 못할 것이다. 그러나 다 끝났다는 후련함보다 먼저 든 것은 엄청난 상실감이었다.

어쩌다 이리된 겐가.

온전히 신라를 제 것으로 삼겠다는 바람. 그저 누구도 넘보지 못할 부강한 신라를 염원했고, 그를 이루겠다는 일념 하나로 달려왔을 뿐인데 돌이켜 보니 진저리가 날 만큼 끔찍한 괴물이 되어 있었다.

그것이, 그토록 잘못된 일이었어?

자문하던 그녀가 움켜쥐고 있던 손을 천천히 펴 보았다. 파르르 떨리는 손가락 사이로 휘잉, 바람이 지나갔다. 권력을 가지면 모든 걸 다 가질 수 있을 거라 여겼는데. 손에 쥔 것은 결국, 아무것도 없었다.

'목숨을 버리는 것엔 아쉬울 바 없으나 무고한 피를 보며 왕위에 오르는 바, 부디 더 이상의 희생 없이 선정을 베풀어 만고에 길이 남을 성군이 되길 바랄 따름이오.'

담담한 목소리가 다시금 떠올랐다. 귓가에 각인된 음성은 아마도 죽을 때까지 그녀를 괴롭게 따라다닐 것이다.

반란을 진압하고 역모를 꾸민 일당을 소탕하였다는 대의명분은 그럴듯할지 몰라도 결국 왕위 찬탈을 둘러싼 암투일 뿐이었다. 그 과정에서 그녀는 동생을 죽이는 패륜을 저질렀다.

동생의 목숨을 취하면서까지 오른 자리가, 그런 제가 과연 성군이 될 수 있을까?

붉어진 눈으로 한동안 쇳물을 내려다보던 그녀가 몸을 돌렸다. 도열한 이들의 면면을 바라보며 입을 열었다.

"만에 하나라도 이 일이 따로 사서史書에 기록되는 일이 있어서는 아니 될 것이다."

내뿜던 살기는 사라졌으나, 적막을 가르며 들려온 음성은 몹시도 냉엄했다.

"행여 거역하는 자가 있다면 9족을 멸할지니 만일 명을 어기고 기록을 남기는 자가 있을 시, 죽음으로 그 본을 보이리라."

감히 거스를 수 없는 명에 모두가 머리를 조아렸다. 걸음을 떼려던 덕만이 멈칫, 그 자리에 멈춰 섰다. 절벽 아래로 다시금 고개가 돌아갔다. 뻘겋게 끓고 있는 쇳물이 눈에 들어왔다. 부인하고 싶은 마음이 강렬했지만, 이미 벌어진 현실이었다. 외면할 수 없는 그녀의 눈빛이 아련해졌다.

"신라에서 가장 큰 종을 만들 것이다."

그녀가 조용히 명을 내렸다.

"넋은 기리되 대신 누구의 눈에도 띄지 않도록—"

남은 말을 덧붙이며 그녀가 걸음을 움직였다.

"왕관과 함께 땅속 깊이 묻도록 하라."

✳ ✳ ✳

어슴푸레 동이 트는 새벽. 희미한 여명을 가로지르며 누군가 산을 내려가고 있었다. 터벅터벅 걸음을 내딛는 이는 연화를 등에 업은 석가였다.

석가의 등에 얼굴을 묻은 연화가 끅끅 울음을 삼켰다. 무채색으로 젖어 든 눈동자에서 연신 눈물이 흘러내렸다. 가슴 안쪽 깊숙한 곳이 칼로 후비는 것처럼 고통스러웠다. 오롯한 슬픔 외에 느껴지는 것은 아무것도 없었다. 곱게 빗질했던 머리는 헝클어진 지 오래고, 단정했던 옷매는 잔뜩 구겨진 채였다.

'사현아……'

뱉지 못한 이름이 심장을 울렸다. 어디선가 예, 하는 환청이 들리는 것만 같았다.

'나 좀 업어 줘.'

'지금 왕자님 등에 업혀 계시잖아요.'

'사현아.'

'예에.'

'나 머리 좀 빗겨 줘.'

'이제 혼자 하셔야 해요.'

'사현아.'

'예.'

'미안해.'

'그런 말씀 마시고 아가씨는 그저 행복하세요. 아가씨는 웃을 때가 제일 예쁩니다.'

'사현아.'

'울지 마시라니까요. 속상합니다.'

'사현아. 사현아……'

질끈 입술을 깨문 연화가 손등으로 쓱쓱 눈물을 훔쳤다. 그의 마지막 모습이 지금도 선연했다.

그래, 안 울어. 울지 않을게.

애써 입술 끝을 들어 올리자 어딘가에서 그가 잔잔히 웃음을 짓고 있을 것만 같았다.

숨을 고른 연화가 석가의 목에 손을 둘렀다.

산을 내려가는 두 사람의 모습이 저만치 작게 멀어져 갔다.

그로부터 1년 후. 진평왕이 승하하였고, 마침내 덕만이 신라 최초의 여왕으로 등극했다.

에필로그

주말을 맞은 박물관은 가족 단위의 관람객으로 북적이고 있었다. 수많은 유물들 중, 특히 발길이 끊이지 않는 곳은 거대 금속 공예품이 진열된 옥외 전시관이었다.

　그곳엔 주악비천상奏樂飛天像이 새겨진 신라 시대 범종이 전시되어 있었다. 종을 매다는 고리 역할을 하는 용뉴龍鈕와 소리를 깊고 넓게 퍼지게 하는 음통音筒은 우리 범종만이 가진 독자적인 양식이었다. 그것이 자아내는 웅장한 울림은 세계의 어느 종도 따라올 수 없기에 더욱 가치가 높았다.

　"그렇게 신라는 문화적 전성기를 맞으며 삼국 통일의 기반을 다졌어요. 남성 중심 사회에서 빛났던 선덕여왕의 카리스마, 대단하죠?"

범종의 몸통을 우아하게 감싸고 있는 양각의 문양 띠를 바라보며 서진이 물었다. 종에 심취해 있던 정혁이 미간을 좁혔다.

"통치자로서는 어땠는지 몰라도 여자로선 너무 불행한 삶이었던 같은데요."

"그렇긴 하죠."

그녀가 작게 고개를 끄덕이자 그가 종에 시선을 둔 채 물었다.

"석가는 정말 실존했던 인물일까요?"

"현존하는 사료史料 중엔 그가 스무 살까지 살아 있었다는 사실을 뒷받침해 줄 만한 기록이 없어요. 아들의 존재에 대해 유일하게 언급한 화랑세기조차 위작 논란이 있는 터라."

"그럼 종에 새겨진 내용은 결국 세상에 증명받지 못한 역사가 되는 건가요?"

"글쎄요. 역사라는 건 그냥 승자의 기록이라고 누가 그러던데?"

장난스럽게 묻는 그녀의 말에 정혁이 머쓱한 듯 시선을 외면했다.

"그나저나, 연수를 놓쳐서 어떡해요?"

서진이 머리를 쓸어 올리며 묻자 그가 어깨를 으쓱해 보였다.

"다음 기회를 기다려야죠."

"속상하겠네요."

물끄러미 종을 바라보던 정혁이 의미심장한 미소를 지으며 중얼거렸다.

"땅속에서 그 오랜 세월을 견딘 사람도 있는데요, 뭘."

그가 무심한 얼굴로 고개를 돌렸다. 종 앞에서 안내문을 읽는 사람들, 손가락으로 브이를 그리며 사진을 찍는 사람들, 무심히 지나가는 사람들의 자유로운 면면이 눈에 들어왔다.

타다다닥.

저기서부터 달려오던 세 살쯤 된 사내아이가 발이 꼬인 채 바닥으로 폭 엎어졌다.

으앙, 울음을 터트린 아이 곁으로 아이 아빠인 듯한 남자가 다가왔다. 아이를 일으킨 남자가 한쪽 무릎을 세우고 앉아 바지에 묻은 흙을 세심히 털어 주었다.

울먹이는 아이를 달래는 남자 곁으로 머리를 질끈 묶은 여자가 다가왔다. 허리를 숙인 여자가 아이의 뺨을 다정히 쓸었다.

그 모습이 어쩐지 낯설지 않게 느껴져 정혁은 눈매를 좁힌 채 눈앞의 가족을 바라봤다.

잠시 후 아이를 안아 무등을 태운 남자가 여자의 손을 잡고 유유히 종 옆을 지나 걸어갔다.

어쩌면, 이란 생각을 하며 그가 가만히 미소를 지었다.

멀리 사라지는 세 사람의 뒷모습에서 행복이 묻어나는 것만 같았다.

외전

"사현아."

등에 나무를 진 건장한 사내가 싸리를 엮어 만든 담장 안으로 들어섰다. 자신을 부르는 소리에 마당 한구석에 앉아 흙장난을 하던 사내아이가 번쩍 고개를 들었다.

"아버지이!"

입가에 환한 웃음을 머금은 아이가 고사리 같은 손을 벌리며 아버지를 향해 와락 달려들었다. 지게를 내려놓은 그가 가볍게 아이를 안아 올리고는 흙이 묻은 손을 털어 주었다. 아이와 마주한 눈빛이 한없이 온화했다.

"녀석. 손이 이게 무어야."

"헤헤. 두꺼비 집을 지어 주고 있었어요."

"그래?"

다정히 웃어 준 사내가 아이의 머리를 쓰다듬어 주었다.

야트막한 담장 한편에는 그가 아내를 위해 심었던 오얏나무가 가지마다 한창 하얀 꽃망울을 틔워 내고 있었다. 내일쯤이면 달빛과 어우러져 하얗게 흐드러질 것이 분명했다.

바람이 꽃비를 흩날릴 때면 아내는 그의 어깨에 머리를 기대고 꽃구경에 빠져들었다. 해마다 보는 풍경인데도 볼 때마다 설렌다는 아내의 말에 그는 가만히 고개를 끄덕였다. 그가 아내를 볼 때마다 느끼는 감정과 다를 바 없기 때문이었다. 매일 마주하는데도, 그는 여전히 매일이 설레었다.

"두꺼비 집도 좋지만, 이 손 좀 봐라. 까마귀가 형님, 하고 달려들겠다."

"큭큭."

"웃기는. 아버지랑 손부터 씻자."

"네."

"다녀오셨어요?"

청아하게 울리는 목소리에 그가 고개를 돌렸다. 정짓간에서 나온 여인이 두 사람을 바라보며 걷어 올렸던 소매를 내리고 있었다.

비록 입고 있는 옷은 낡고 해졌으나 정갈하게 빗어 넘긴 머릿결 하며 희고 고운 얼굴까지. 입 건사하기 바쁜 산골의 촌부라 하기엔 너무도 고운 자태였다.

물기 묻은 아내의 손을 보던 사내의 미간이 꿈틀거렸다. 아이를 안은 채 성큼 다가선 사내가 엄한 표정으로 말했다.

"몸도 무거우면서. 내 어련히 알아 저녁을 지을까."

이럴 줄 알고 귀가를 서둘렀던 것인데.

사내의 타박에 여인이 곱게 눈을 흘겼다.

"이 정도 움직이는 건 오히려 몸에 좋답니다. 첫 아이도 아닌데 유난은."

"조심해서 나쁜 건 없지."

작게 중얼거린 사내가 여인을 보며 말했다.

"사현이 씻기고 바로 저녁 차려 갈 테니 당신은 얼른 방에 들어가시오."

"됐습니다."

"어허."

"어머니, 들어가세요. 아버지랑 제가 할게요."

아비의 품에 안긴 아이가 또랑또랑하게 눈을 빛내며 말을 거들자 사내와 여인의 입술이 동시에 휘어졌다.

아이의 볼을 다정히 쓸어 준 여인이 아이를 향해 고개를 기울였다.

"우리 사현이가 엄마 밥 차려 주려고?"

"네. 이번에는 저도 도와드릴래요."

"보시오. 아이도 바라지 않소. 그러니 얼른."

그가 방을 향해 턱짓을 하자 못 말리겠다는 듯 바라보던 여인이 결국 고개를 끄덕였다.

"국은 간이 다 되었으니 저번처럼 마구 소금을 넣으시면 아니
됩니다."

걸음을 떼던 여인이 미덥지 못하다는 얼굴로 사내에게 당부했
다.

"알았소."

"밥은 조금 더 뜸을 들여야 하니 지금 푸시면 안 됩니다. 안 그
럼 저번처럼 설익은 밥 드셔야 해요."

"알았다니까."

행여 또 잔소리를 할까, 떠밀다시피 아내를 방으로 들여보낸
사내가 아이와 함께 정짓간으로 들어섰다.

"아버지. 어머니가 소금 더 넣지 말라셨는데요?"

"음. 조금 싱거운 것 같아서."

"밥 지금 푸면 안 된다고 하셨던 것 같은데."

"이만하면 다 익었…… 앗, 뜨거!"

"아버지, 많이 아파요?"

"아니다."

"손이 빨갛게 되었어요."

"괜찮다."

"어머니 보시면 속상해하실 텐데. 손 주셔요. 호오. 호오."

기특한 아이의 머리라도 쓰다듬는지 정짓간에선 아무런 소리도
들리지 않았다.

달그락달그락.

잠시 후 밥상 위에 수저며 그릇 올리는 소리가 들렸다.

언덕 저편으로 넘어간 해가 하늘을 붉게 물들였다.

정짓간 위로 솟은 굴뚝에선 여전히 모락모락 연기가 피어올랐
다.

불어온 바람에 꽃잎이 살랑였다.

꽃 향이 달큰한 것이, 올해도 맛난 오얏이 주렁주렁 달릴 모양
이었다.

— 2부 마침

작가 후기

모니터에 '작가 후기' 넉 자만 띄워 놓고 며칠을 보냈는지 모르겠습니다.

워낙 우여곡절이 많았던 글이라 하고 싶은 말이 많을 줄 알았는데 막상 후기를 쓰려니 차라리 소설을 쓰는 게 더 쉬울 거란 생각이 들 만큼 어려운 것 같네요.

사실 이 글의 후기를 쓰는 날이 올 거라고는 전혀 예상치 못했던 터라 더더욱 그런 모양입니다. 지금까지 그래 왔던 것처럼, 폴더 안에서 계속 잠을 자고 있을 줄 알았거든요.(그래선지 전작들 때보다 훨씬 떨리고 긴장되고…… 그렇습니다. ^^)

이 글은 '승만황후가 아들을 낳아 선덕의 지위를 대신하고자 하였으나 그 아들이 일찍 죽었다,' 라는 짧은 기록에서 시작이 되었습니다.

비록 진위에 대한 논란이 있긴 하지만, '진평왕의 아들이 죽지 않고 살아 있었다면?' 이란 호기심으로 시작된 상상은 순식간에 한 편의 시나리오로 완성이 되었고, 사정으로 인해 다시 드라마 대본으로, 그리고 최종적으로 영화 제작이 무산된 지 10년 만에 이렇게 소설로 출간을 하기에 이르렀네요.

무척이나 긴 시간이 흘렀음에도 천국과 지옥을 오가던 그때의 기억은 어제 일처럼 생생하기만 합니다. 그런 우연이 있을까 싶을 만큼 정말 많은 일들이 있었거든요.

맘고생은 심했지만, 그래도 글에 대한 열정만큼은 여느 보석에 비할 바 없이 반짝거렸던 것 같습니다. 늦었지만 그때의 제게 고생했다고, 수고했다고 말해 주고 싶네요.

그리고 폴더 안에 묵혀 둔 파일을 볼 때마다 어쩐지 땅속에 묻혀 있는 범종을 보는 듯했는데, 늦게나마 출간이 되어 사현이 좋아할지도 모르겠단 생각을 해 봅니다.

이 글이 세상에 나올 수 있도록 이끌어 주신 스칼렛 로맨스 박경희 팀장님, 그리고 함께 고생하신 편집부 여러분께 감사하다는 말씀 전합니다.

애정 어린 눈길로 끊임없이 용기를 북돋아 주시는 우리 독자님들께도 감사와 사랑의 마음을 전합니다.

김연아 님. 서로의 팬으로, 오래도록 좋은 인연 이어 가기를 바라 봅니다. 비타민 같은 응원, 늘 감사드려요. 김혜연 님. 묵묵히 보내 주시는 응원, 항상 고맙게 새기고 있습니다. 에이프릴 님, 부족한 글 예쁘게 봐 주셔서 정말정말 감사합니다. 천사 님, 처음 연재를 할 때부터 지금까지 보내 주시는 한결같은 응원 감사드려요.

로맨스 소설을 사랑하시는 사랑더하기 님, 사랑비밀 님, 망각곰 님, 욱이엄마 님, 콩알콩알 님, 트리안 님. 소설보다 더 달콤한 낭만이 일상에 가득 깃들기를 소원합니다.

그리고 나른한 냥이 님, 막장이여사 님, 슈팅스타 님, 슈퍼꾀꼬리 님, 얼음마녀 님, 유제니 님, 작은별 님, 찌나 님, cara 님, cool 님. 여러분들 덕분에 지치지 않고 글을 쓰고 있습니다. 말로 표현 못 할 고마움을 이렇게 짧은 후기로 대신함을 너그럽게 이해해 주세요.

오랜 친구, 반흔 작가님도 고마워요. 조만간 부산 가서 꼭 바다 보고 옵시다.

마지막으로 바쁘신 와중에도 작가의 끊임없는 질문에 친절히 답을 해 주신 국립문화재연구소 학예연구사 님과 국립경주문화재연구소의 여러 연구원 님, 국립경주박물관 학예실 관계자분께도 감사의 인사를 전합니다.

무작정 시작되었던 이야기는 이렇게 끝을 맺네요.

너무나 긴 시간을 붙잡고 있었던 까닭인지 덕만과 용춘, 천명, 용수, 그리고 기록되진 않았으나 어딘가 있었을 법한 석가와 연화, 사현이 자꾸만 눈에 아른거리는 듯합니다.

부디 읽는 분들의 마음에도 오래도록 기억되는 글이 되기를 감히 바라며.

부족한 글 읽어 주셔서 감사합니다.

건강하시고, 행복하세요.

2018년 9월, 김필주 드림

바람에 새긴 꽃

1판 1쇄 찍음 2018년 9월 4일
1판 1쇄 펴냄 2018년 9월 11일

지은이 | 김필주
펴낸이 | 정 필
펴낸곳 | **(주)뿔미디어**

기획 · 편집 | 박경희, 권지영, 문지현
표지 디자인 | 김수진

출판등록 | 2002년 9월 11일 (제1081-1-132호)
주소 | 경기도 부천시 원미구 소향로 17, 303(두성프라자)
전화 | 032)651-6513 / 팩스 032)651-6094
E-mail | scarlets2012@hanmail.net
블로그 | http://blog.naver.com/dahyangs
비북스 | http://b-books.co.kr

값 9,000원

ISBN 979-11-315-9286-1 03810